트레샤 퓨전 판타지 장편소설
WISHBOOKS FUSION FANTASY STORY
파왕성
플레이어

11

트레샤 퓨전 판타지 장편소설

초판 1쇄 찍은 날 | 2020년 2월 21일
초판 1쇄 펴낸 날 | 2020년 2월 28일

지은이 | 트레샤
펴낸이 | 예경원

기획 | 위시북스
편집책임 | 이은송
편집 | 위시북스

펴낸곳 | 예원북스
등록번호 | 제396-2012-000132호
등록일자 | 2012. 7. 25
KFN | 제1-514호

주소 | 경기도 고양시 일산동구 호수로 646-24 위너스21빌딩 206A호 (우)10401
전화 | 031-819-9431 팩스 | 031-817-9432
E-mail | yewonbooks@naver.com

ISBN 979-11-365-1458-5 04810
979-11-6424-172-9 (set)

※ 이 도서의 국립중앙도서관 출판시도서목록(CIP)은 서지정보유통지원시스템 홈페이지(http://seoji.go.kr)와 국가자료공동목록시스템(http://www.nl.go.kr/kolisnet)에서 이용하실 수 있습니다.

Wish Books

트레샤 퓨전 판타지 장편소설

WISHBOOKS FUSION FANTASY STORY

파왕성 플레이어 11

파왕성
플레이어

CONTENTS

◀ 69장 ▶
아리엇 산맥

'이렇게 강제로 길잡이를 맡게 될 줄은 전혀 생각도 못 했었는데. 정말 성질 급한 양반들이란 말이지.'

디어스 길드의 간부들이 찾아온 것은 정확히 한 달 전의 일이었다. 간신히 중립 지역의 미션을 클리어하고 제5도시 다마스로 돌아가던 차, 그들이 찾아와 정중히 제의를 건넸었지만 선욱은 단호히 거절했었다.

정보가 불투명한 미지의 산맥. 아무리 자신이 스릴을 즐긴다고 해도 무리하게 개척을 준비하는 원정대는 결코 사양이었다. 하지만 간부들이 돌아가고 며칠도 되지 않아 차소희가 직접 제의를 건네기 위해 찾아왔고, 전처럼 거절 의사를 표현했다가 호되게 얻어맞으며 강제로 끌려오고 말았다.

'다른 진영에 비해 권좌들의 숫자도 적고 세력도 약하긴 하지만 너무 급해. 대체 저 산맥에 뭐가 있길래 이러는 거야. 혹시 정보 수집 도중 히든 피스에 대한 정보라도 얻은 건가.'

혹여 산맥에 눈이 뒤집어질 정도의 보물들이 숨겨져 있는 것이라면 어느 정도 납득은 된다. 물론 이런 원정 자체가 무모한 시도란 것은 변함이 없었지만 말이다.

"네가 최근에 루키로 떠오르고 있는 안선욱이지?"

"아마 그렇겠지."

"아하하하. 무슨 대답이 그래. 난 펄션 길드 쪽에서 고용된 길잡이 버키. 이번 원정 동안 잘 부탁한다고."

산맥 초입부를 오르고 있던 차, 건장한 체형의 백인이 악수를 청해왔다. 이번 원정대의 마지막 세 번째 길잡이인 버킴 하이언. 유럽 출신 플레이어인 그는 사교성이 꽤나 좋았던 것인지 먼저 인사를 건네왔고, 악수를 건네받자마자 시키지도 않은 자기소개를 주절주절 늘어놓고 있었다.

"아, 알겠으니까 그만해. 네가 얼마만큼 대단한 지 이제 알겠으니까 그만하라고."

"이런. 내가 너무 혼자 말을 늘어놓았나. 미안해. 안선욱."

"됐고 너는 어떻게 생각해. 이번 원정이 승산이 있을 거라고 생각하고 있냐?"

"응? 그건 당연한 거 아냐?"

정말 이해할 수 없단 표정으로 고개를 갸웃거리는 버킴. 얼마 되지 않아 주변의 랭커들을 한 명, 한 명씩 가리키며 현 원정대의 전력에 대해 설명하기 시작했다.

"권좌만 두 명에다가 랭커들도 수백 명이야. 게다가 디텍터들과 성직자들도 충분히 합류하고 있고 방패막이로 쓸 용병들도 꽤나 많이 고용했다고. 이 산맥에 어떤 미지의 존재들이 있다고 해도 이런 전력으로 원정에 실패하는 것은 말이 안 되지."

"에휴. 내가 괜히 물어봤다."

"아, 물론 일부 불필요한 인원들이 존재하긴 하지. 바로 저놈처럼 말야."

유일하게 길잡이들 중 수많은 의혹을 받고 있는 플레이어가 지목당한다. 간부들에게 뒷돈을 찔러준 게 아니냐는 소문이 떠돌 정도로 가장 이해가 되지 않았던 후보. 버킴은 쓰레기를 쳐다보듯 인상을 구기며 대놓고 리우청을 모욕했다.

"저 자식이 길잡이란 사실은 정말 믿기지 않아. 안선욱. 넌 그렇다 쳐도 리우청, 저놈만큼은 인정할 수 없다고."

"우리란 말은 좀 빼지. 그래?"

"뭐야. 선욱. 설마 너 저런 쓰레기 놈이랑 동료인 거야?"

"그만 다물고 주변 경계나 잘해. 아까 전부터 조용한 게 꽤나 불안하니까."

불평하듯 가볍게 손사래를 치며 쫓아내긴 했지만 전부터 초입부가 조용한 것은 사실이었다.

마침 버킴도 그 사실을 인지한 것인지 고개를 끄덕이며 시야 스킬을 시전하고 있었고, 뒤늦게 선욱이 무언가를 내려다보고 있는 리우청을 발견하며 고개를 갸웃거렸다.

'무엇을 보고 있는 거지? 메신저?'

후발대로 준비하고 있는 민아와 메시지라도 주고받고 있는 것일까. 벌써부터 태평히 메신저나 보고 있는 태도에 약간은 한심스럽게 여겨지기도 했지만, 일단 파트너로 정해진 만큼 어느 정도 의견 조율은 필요할 것이다.

선욱은 그렇게 생각하며 고개를 돌렸다.

"전방에 세 마리의 오우거 발견. 다른 몬스터는 보이지 않습니다."

"그 정도면 길잡이들에게 진형을 물을 필요도 없겠군. 좋아. 전투 준비."

슬슬 산맥 속의 첫 전투가 시작되려 하고 있었다.

콰앙! 쾅!

원정대가 산맥으로 진입한 지 몇 시간도 채 지나지 않아 교전이 벌어지기 시작했다. 주로 플레이어들을 습격하는 몬스터들은 오우거, 웨어 울프, 와이번들이었고, 지금까지는 익숙한 몬스터들뿐이었기 때문에 원정대도 안정적으로 전투를 이어 나가고 있었다.

'이것은 시작에 불과하지. 산맥에 살고 있는 몬스터들의 숫자만 해도 2천 마리는 쉽게 넘어가니까.'

아직까지는 회귀 이전과 동일한 패턴이었다. 그때와 달라진 게 있다면 길잡이의 멤버에 리우청이 추가됐다는 것뿐. 하지만 그가 오히려 원정대의 길잡이가 된 덕분에 일행은 편하게 그들을 뒤쫓을 수 있었다. 이제 경계해야 하는 것은 전생에서도 탁월한 판단력을 선보였던 선욱 정도일 것이다.

'버킴 하이언은 전생에도 잘못된 지휘로 퇴출당했으니까 신경 쓰지 않아도 될 테고. 일단 가볍게 꼬리를 잘라볼까.'

변수가 될 만한 랭커는 미리 제거해 둬야 편했다. 용찬은 시야를 확보하고 있는 진협에게로 고개를 돌리며 물었다.

"후방에 성직자들의 숫자는 대충 몇 명이지?"

"네가 보고 있는 쪽이라면 정확히 49명이야. 몇 명은 검과 창을 들고 있는 것으로 보아 성기사인 것 같아."

"몬스터들이 후방을 급습한다 치고 지휘관 두 명을 처리하기 위해서 필요한 숫자와 몬스터 종류는?"

"오우거 30마리. 웨어 울프 24마리 정도. 단숨에 후방을 노리면 상대 쪽 길잡이가 의심할 수도 있으니까 한 20마리 정도는 선두로 돌격시켜야 할 거야. 그리고 지휘관으로 보이는 두 명은 궁수와 마법사가 보이니까 교란시키기 위해 와이번들도 한 다섯 마리 정도는 공중으로 보내야 할 테고."

승자에게 베팅 수업에서 당당히 1위를 달성했던 플레이어답게 작은 것 하나도 놓치지 않고 판단을 내리고 있었다. 그런 철두철미한 대답에 곁에 있던 록시와 루시엔은 말도 안 된다는 표정으로 진협을 쳐다보고 있었지만, 얼마 되지 않아 그의 판단력을 인정할 수밖에 없게 됐다.

[록시의 동기 부여가 발동되고 있습니다. 지정된 몬스터들이 플레이어들에게 적의를 가집니다.]

용찬이 은밀히 끌고 온 몬스터들이 곧장 후방을 급습한다.

록시의 동기 부여에 걸린 오우거들은 커다란 몽둥이를 휘두르면서 방패병들을 휩쓸어 버렸고, 와이번들이 공중에서 디텍터들과 성직자들을 낚아채 두 지휘관의 시선을 끌었다.

"젠장. 성직자들을 최우선으로 지켜!"

"오우거들이 너무 많아. 선두 놈들은 뭐 하는 거야?!"

"저쪽도 몬스터들한테 습격받고 있어. 일단 우리끼리 최대한 버텨…… 끄악!"

시선이 와이번들에게로 쏠린 틈을 타, 어깨 죽지를 갈기갈기 찢어버리는 산맥의 웨어울프. 가장 먼저 궁수로 보이던 지휘관이 중상을 입어 쓰러지자 나머지 지휘관 한 명의 안색이 급격히 창백해졌다.

"쿠어어어어!"

결국 2백여 명 정도를 이끌던 펄션 간부 두 명은 오우거의 몽둥이를 피하지 못하고 그 자리에서 절명하고 말았다.

"말도 안 돼. 정말 전멸당하고 있잖아?"

"정말 믿기지 않는군."

"슬슬 우리도 자리를 피해야 해. 곧 선두의 디텍터들이 몬스터들이 돌진해 온 방향을 조사하러 올 거야."

록시와 루시엔이 동시에 입을 떡 벌리며 놀라워한다. 그런 시선이 약간은 부담스러웠던 것인지 진협은 얼굴을 붉히며 다른 길을 가리켰고, 아이리스를 등에 업고 있던 딩크가 주변 몬스터들을 정리하며 빠르게 자리에서 벗어났다.

그리고 몬스터들을 정리 하자마자 원래 일행이 있던 자리로 찾아오는 수십 명의 디텍터들. 마치 예언처럼 착착 들어맞는 진협의 판단력에 다시 한번 감탄하게 되는 순간이었다.

'역시 이놈은 진정한 원석이야.'

그 이후로도 진협은 한순간도 멈추지 않고 용찬이 원하는 목표에 맞게 판단을 내렸다.

"저놈들 중 일부는 보급을 위해 계속 도시를 오갈거야. 아마 내가 저 쪽의 길잡이라면 로테이션처럼 돌아가면서 플레이어들에게 보급을 지시할 거고."

"설마 아까 전부터 유심히 쳐다보던 게……."

"순서는 대충 기억해 두었어. 아마 이번 대기 시간에 디어스 길드의 40번째 파티가 좌표를 남기고 귀환 주문서를 사용할 거야."

일시적으로 보급을 끊어 원정대의 페이스를 늦추는 것과 동시에 간부를 제거하는 판단. 그리고 그런 계획을 위해 계속해서 헥토르와 위르겐을 번갈아 소환시켜 흔적을 지우는 뒤처리는 매우 인상적이었다.

"보급이 끊기면 원정대는 어쩔 수 없이 진입을 멈출 수밖에 없어. 이제부턴 목표를 제외한 일반 길드원들도 제거해 가면서 의심을 지워야 해."

"그런 것은 내 전문이지."

"안 돼. 여기서 마력의 흔적을 남기면 꼼짝없이 들키고 말거야. 슬슬 오우거, 웨어 울프, 와이번을 제외한 다른 몬스터들도 출현하는 것 같으니까 지금부턴 그것을 이용할 거야."

중턱 부근에서 부족 생활을 하고 있는 산맥의 고블린들은 무식하게 돌진하는 오우거들과 달리 활을 이용할 줄 알았다.

슈슈슉!

때문에 진협은 헥토르의 엉성한 사격술(?)을 이용해 혼란을 주었고, 뒤늦게 고블린 부족을 끌어들여 밤마다 플레이어들에게 고통을 주었다.

"우선 여기까지야."

"뭐? 그냥 내친김에 나머지 간부들도 전부 정리하자고."

"아니, 미개척 지대. 이런 미지의 산맥이기 때문에 이 정도 숫자를 줄일 수 있었던 거야. 이미 저자들은 위험을 인식했고 슬슬 패턴을 바꾸거나 계획의 일부를 수정하겠지. 그리고 저들에게 있어 지금 가장 두려운 것은……."

피로, 스트레스. 사람이 심리적으로 불안해질 때 벌어질 수 있는 과격한 태도까지. 진협은 그런 분위기로 생길 내분까지 미리 내다보고 있었고, 다음 날이 되자마자 일부 파티의 멤버가 바뀌기 시작했다.

"조합을 새로 짜는 건가?"

"아냐. 원정대 내 분위기를 생각해 안면이 있는 자들끼리 붙여준 것 같아. 출발 직전에 서로 웃고 떠드는 것을 잠깐 본 적이 있어."

"……정말 말이 안 나오는군. 그래서 다음 계획은?"

"일단 여기서 선택을 해야 돼. 아무래도 길잡이들 중 한 명이 눈치챈 것 같아."

용찬의 물음에 진협이 새로 포진된 파티 중 하나를 가리켰다. 겉보기엔 다른 파티들과 다를 바 없이 친한 플레이어들끼리 뭉친 것 같았지만 직업 분배가 달랐다.

"무기는 그럴듯하게 착용하고 있지만 출발 직전에 내가 봤을 때 저들 중 네 명은 디텍터였어."

"그렇다면……."

"맞아. 미끼를 던지기 시작한 거야."

즉, 길잡이들 중 한 명이 이런 상황 자체를 의심하기 시작했단 것. 당장은 다른 진영의 개입 정도로 의심하고 있는 것 같았지만 방심은 금물이었다.

"선택해야 돼. 정체까진 아니더라도 우리의 존재가 저들에게 알려지는 것을 감수해서라도 충돌을 할지. 아니면 이대로 물러나서 한동안 상황을 지켜볼지."

진협은 이런 상황까지도 예상하고 있던 것인지 침착히 선택을 요구했다. 만약 전자를 선택하게 되면 바쿤 일행 측도 피해를 면치 못할 터. 그때부턴 아마 길잡이들의 심리 싸움으로 결과가 결정될 것이다.

멀리서 선욱을 주시하고 있던 용찬은 잠시 고민하다 이내 진협에게로 고개를 돌렸다.

"리우칭이 모르는 것을 봐선 버킴과 선욱 둘 중 한 명이 내부까지 경계하며 지시를 내리고 있단 뜻일 거다."

"아마도 그럴 거야."

"그리고 내 예상으로 볼 때 미끼를 던진 것은 선욱일 가능성이 커."

재능 면에서 따지면 선욱도 길잡이로서 만만치 않은 상대였다. 때문에 용찬은 전자를 선택하기 직전 진협에게 물었다.

"이길 자신……."

"내가 이겨."

배낭을 뒤적거리던 손이 멈춘다. 누구도 알아주지 않았던 자신의 재능. 그런 재능을 높이 사준 것이 바로 용찬이었다. 때문에 진협은 그에게 실망을 안겨줄 수 없었다.

오직 바쿤의 길잡이로서.

"내가 이길 거야."

당당히 승리를 거머쥘 시간이었다.

총 1만 2천여 명의 플레이어들이 참여한 미개척 지역 원정. 그중 1천여 명은 랭커. 그리고 디어스 길드와 펄션 길드를 이끌고 있는 두 명의 권좌까지 함께 참여하여 전력은 최상급이라고 볼 수 있었다.

다만 수천 명의 무소속 용병들까지 끌어들이는 바람에 원정에 대한 소식은 다른 진영까지 퍼져 나갈 수밖에 없었고, 길잡이로 선발된 세 명도 그 점을 충분히 인지하고 있었다.

'꽤나 치밀하게 의심을 지워가고 있긴 하지만 그렇다고 해서 완전히 날 속이는 것은 불가능하지. 하지만 걸리는 게 한두 가지가 아니란 말야.'

우선적으로 몬스터들이 습격하는 빈도가 잦아졌다. 가끔씩 부자연스러울 정도로 도망치지 않고 득달같이 달려들던 것이 그 증거일 것이다. 때문에 선욱은 정체불명의 적들을 파악하기 위해 미끼를 던져놓았다. 그것도 아군에게까지 알리지 않은 채로 말이다.

'애매한 점들이 좀 있긴 하지만 적들이 우리의 동선을 파악하고 있단 것은 부정할 수 없어. 보급을 위한 파티가 몇 차례 전멸된 것도 그렇고……. 역시 내부에 적이 있다고 생각해야겠지?'

용병으로 원정에 참여한 다른 진영의 스파이. 혹은 리미트리스 진영임에도 불구하고 타 진영에 매수당한 플레이어 정도가 최우선적인 후보였다.

물론 원정 출발 직전 문신 및 신분 검사를 한 차례 거치긴 했지만 이런 대규모 원정에서 모든 조사가 완벽할 순 없는 법이다.

"이제 중턱을 남겨두고 있나. 미개척 지역 원정이라고 하더니 의외로 순탄한데?"

버킴이 지루하단 듯 하품을 늘어트리며 기지개를 폈다. 벌써 사망자가 천 명 이상 속출한 상황임에도 말이다.

"쯔쯧. 자신감이 넘치는 건지 아니면 멍청한 건지."

"뭐야. 지금 나한테 얘기한 거야? 선욱?"

"그럼 너 말고 여기 누가 있겠냐."

"하핫. 설마 겨우 1천 명 정도 죽은 거 가지고 겁을 먹은 것은 아니지? 미개척 지역 원정인 만큼 이 정도 죽는 거야 그리 이상한 것도 아니잖아."

일리는 있는 말이다. 정확한 정보 없이 원정을 추진하는 길드 입장에서 미개척 지역만큼 위험한 곳은 더 없을 테니까. 하지만 버킴은 아직까지 원정대의 꼬리가 잘려 나가고 있단 것을 눈치채지 못 하고 있었다. 선욱은 그런 버킴을 한심하게 쳐다보다 들려오는 비명에 황급히 고개를 돌렸다.

"무슨 일이야?!"

"다수의 시체들이 보급대를 습격했습니다!"

"시체라고?"

흑마법사. 베일에 가려져 있던 추적자 한 명의 정체가 밝혀졌지만 굳은 안색은 풀리지 않았다. 대인전에 능한 흑마법사라면 미끼를 문다 해도 금방 위치가 발각되지 않을 터. 오히려 마력의 흔적을 뒤쫓다가 역으로 큰 피해자를 남길 수 있었다.

"쥐새끼 한 마리가 있는 것 같은데. 현재 상황은?"

"시체들 중 원정대에 참여했던 랭커의 시체도 포함되어 있어

제압에 큰 곤란을 겪고 있습니다."

"지원에 나서야겠군. 내가 함께 갔다 오도록 하지."

펄션 길드의 마스터 선일이 냉기 서린 검을 뽑아들었다. 마검사란 직업으로 권좌에 오른 그라면 충분히 마력 추적에도 능할 터. 아마 얼마 되지 않아 흑마법사의 꼬리가 밟히겠지만 선욱은 안심할 수 없었다.

'여태껏 숨어서 수작질을 부리다가 이제 와서 이리 뻔하게 보급대를 습격한다고? 웃기지도 않는 소리. 무언가 목적이 있지 않고서야 이렇게 대놓고 자신의 직업을 드러낼 리가…… 잠깐. 목적?'

불현듯 수많은 사망자 중 포함되어 있던 랭커들이 떠올랐다. 거의 대부분 남다른 성과를 거두며 최근 유망주로 떠오르고 있던 파티의 지휘관들이었다.

"어이, 버킴. 현재 선두를 지휘하고 있는 랭커들이 몇 명이나 있어?"

"대충 열 명 남짓 정도이려나. 헌데, 그것은 갑자기 왜?"

"잠깐 인원들을 다시 점검하려고."

"괜한 짓을. 그것보단 후방 부대나 재배치하자고. 네가 갑자기 이상하게 바꿔 버린 바람에 조합이 이상해졌잖아. 이러다가 흑마법사가 후방 부대까지 습격하면 어떻게 하려고."

버킴이 멋대로 조합을 바꾼 것에 대해 불평불만을 늘어놓는다.

후방 부대? 아니, 지금까지 특정 랭커들을 노려온 놈들이라면 겨우 그들을 처리하고자 이렇게까지 일을 벌이진 않았을 것이다.

'오호라. 그래. 한번 해보자 이거지?'

가장 음지에서 수하들에게 지시를 전달하는 베일에 싸인 책략가. 만약 자신의 생각이 맞다면 그자는 지금 자신에게 도전장을 던진 것이나 다름없었다.

그리고.

'좋아. 무엇을 노리는지는 몰라도 한번 붙어보자고.'

선욱은 도전을 피하지 않았다.

"네가 말한 성격 그대로라면 놈은 아마 지금쯤 한성의 습격을 도전쯤으로 받아들이고 있을 거야. 그리고 일부 플레이어들을 몰래 다른 위치로 배치하고 있겠지."

선욱이 움직일 수 있는 말들의 숫자는 도합 1만 2천. 반대로 진협이 움직일 수 있는 말들의 숫자는 겨우 합쳐봤자 7명이었다. 전력상으로만 보면 거의 상대가 불가능한 구도였지만 지금 바쿤의 목적은 원정대 토벌이 아니었다.

-미친! 펄션 길드 마스터까지 찾아왔잖아. 저 새끼 스킬 한 방이면 나 바로 요단강 건너는 거 알고 있는 거지?

보급대를 급습한 한성 쪽으로는 선일과 펄션 길드가 지원에 나선 것인지 통신 수정구로 울먹거리는 소리가 들려왔다.

"무엇을 노리는 거지?"

"선두의 랭커들."

"하지만 네가 말한 대로라면 선욱도 미리 대비를 해두었을 텐데?"

"그래서 지형을 바꿀 생각이야."

용찬의 물음에 답한 진협이 익숙한 물병을 꺼내 건넸다. 주로 디텍터들의 감지 기술을 교란시키는 소비용 아이템 게비리트. 이번 원정을 위해 그도 따로 준비를 해둔 것인지 뒤늦게 묵직한 배낭이 눈에 띄었다.

"선욱은 1만여 명의 플레이어들을 이끌고 있는 입장이야. 재아무리 뛰어난 판단력을 가지고 있다고 해도 파티를 하나하나 전부 섬세하게 지휘하진 못할 거야. 그리고 가장 중요한 점은 놈이 우리에 대해서 잘 알지 못한다는 거야."

마치 판을 들여다보듯 두 눈동자가 빠르게 굴러간다. 한성을 통해 시선을 교란시키는 틈을 타 노릴 수 있는 경우의 수는 다수. 하지만 진협은 바쿤 병사들의 능력을 믿고 기존 목표이던 선두의 랭커들을 제거하려 했다.

쿠구구구궁!

말하기가 무섭게 중턱 부근에 자리 잡고 있던 거대한 거목이 앞으로 고꾸라졌다.

“헨드릭. 이 아이가 길을 만들어주겠대! 자기를 밟고 건너가래.”

“나머지 병사들은 미리 다른 방향으로 각각 보내놨어. 네가 가진 병사 소환 능력과 아이리스의 식물 교감 능력을 활용하면 충분히 선두의 랭커들을 제거할 수 있을 거야.”

“제가 여기서 최대한 지원해 드리겠습니다. 마왕님.”

아이리스, 진협, 로드멜까지 전부 준비를 마친 듯해 보였다. 그렇게 신속화를 발동한 루시엔이 먼저 거목 위로 올라서자 곳곳에서 마력이 물결이 해일처럼 몰려왔다.

[플레이어 이진협이 추적 저항의 토템을 사용했습니다. 지정된 범위로 추적계 기술을 저항하는 방어막을 시전합니다.]

방어막을 꿰뚫지 못하고 좌우로 밀려 나가는 푸른 물결들.

“좋아. 갔다 오도록 하지. 루시엔. 앞장서라.”

“알겠어요.”

먼저 인상착의를 가린 루시엔이 미끼 역할로 달려 나가자 뒤따라 용찬이 다크 윙을 시전하며 공중으로 날아올랐다.

‘다크 윙의 지속 시간까지 미리 계산해 두고 있던 건가. 아이리스의 식물 조종 능력을 이용해 거목으로 길을 만들어 낼 줄이야. 이런 길이라면 다크 윙이 사라져도 목표지까지 도달하는 데 큰 문제는 없겠어.'

미리 복용해 두었던 게리비트 또한 효과대로 감지계 기술들을 교란시키고 있었다.

-예상대로 디텍터들이 미끼를 물었어. 원거리 기술에 주의해.

"최대한 막아내 보지."

-전방 100미터 앞에 마법사들. 주로 광범위 마법에 능했던 놈들이야!

루시엔이 넘어오기 직전에 처리하려 했던 것일까. 진협의 시야에 포착된 다섯 명의 마법사들이 플라이를 시전한 채 화염구를 캐스팅하고 있었다.

'아예 거목과 통째로 날려 버릴 속셈인가?'

성미가 급한 것을 보아 버킴의 지시를 따라 움직이는 무리일 터. 하지만 화염구가 거목으로 작렬하기 직전 용찬의 데스 그랩이 마법사들의 발목을 붙잡으며 그 시도는 무산되고 말았다.

퍼억!

"얌전히 누워 있어라."

황급히 보호막을 시전하는 마법사들이었지만 레벨 5에 도달한 뇌신장을 막아내긴 무리였다. 그렇게 공중의 무리들을 간단히 제거하자 이번에는 근접 계열 플레이어들이 거목을 타고 정면으로 돌진해 왔다.

-왼쪽 창기병은 변칙술에 능해. 눈으로 쫓지 말고 단숨에 하단으로 파고들어!

-후방에 궁병 하나가 유도 화살을 시전했어. 카운터나 마력 보호막으로 몸을 보호해.

-루시엔에게 세 명의 방패병이 접근하고 있어. 진입을 봉쇄하려는 목적인 것 같아. 하단에 약한 버클러 방패를 든 놈부터 처리해.

시야 공유를 통해 모든 것을 꿰뚫어 보는 진협의 관찰력은 모든 수단들을 철저히 박살 내버렸다. 그리고 다크 윙의 지속 시간이 끝나는 순간.

-거목을 부숴 버려!

용찬의 파쇄가 커다란 거목으로 작렬했다.

콰지직!

파편들이 사방으로 비산하고 지상으로 추락하는 두 명의 신형. 다행히 높이가 얼마 되지 않아 루시엔과 용찬은 정상적으로 바닥에 착지했고, 금방 수백 명의 플레이어를 발견할 수 있었다.

길잡이의 지시를 따라 선두를 유지하고 있던 선발대. 마침 놈들도 둘을 발견한 것인지 부산하게 진형을 갖추며 주변을 둘러싸기 시작했다.

-서둘러서 처리하고 빠져야 해. 아마 길드원 소환 동전으로 금방 지원군을 불러올 거야. 그러니 우선 병사들을 소환해서 전방의 방패병들부터…….

푸쉬이이익!

진협이 새로운 지시를 내리던 차, 중턱 부근으로 새하얀 안개가 뒤덮혔다.

-이건?!

'클라우드 토템이군. 선욱이 먼저 도착해 있었던 건가?'

-이런. 랭커들을 최우선적으로 보호할 속셈이야. 일단 병사들부터 전부 역소환시켜!

시선을 교란시키는 용도로 병사들은 제 할 일을 마친 셈이다. 클라우드 토템이 발동됨으로써 이 자리에 있는 플레이어들은 전부 시야가 차단되었을 터. 하지만 둘러싸인 진형에선 바쿤이 불리할 수밖에 없었다.

[바쿤의 병사들이 역소환됩니다.]

뒤따라 펄션 길드에게 쫓기고 있던 한성과 나머지 병사들까지 전부 바쿤으로 돌아가자 남은 것은 용찬뿐이었다.

'자, 이제 어찌해야 될까.'

-탐지 기술은 어때?

'일단 발동은 되는군. 하지만 실루엣 가지곤…….'

-그 정도면 충분해. 틈은 만들어줄게. 기다려.

두 눈이 휘둥그레진다. 아무리 관찰력이 뛰어나다고 해도 겨우 실루엣만을 가지고 상대를 판별할 수나 있긴 할까. 너무도 무모한 판단에 용찬은 급히 반박하려 들었지만 그에 앞서 광범위 속박 기술이 주변 일대를 뒤덮었다.

[투명화가 발동됩니다.]

적절한 순간에 투명해지는 신형. 다행히 속박의 효과에선 자유로워졌지만 물밀듯이 쏟아지는 후속 공격이 문제였다.

할 수 없이 용찬은 개미 떼 마냥 득실거리는 플레이어들 머리 위를 짓밟고 다니며 난전을 유도했고, 얼마 되지 않아 진협이 언급한 틈이 만들어지기 시작했다.

"뭐, 뭐야?! 뭐가 자꾸 날아와. 피해!"

"……이건 덩굴이잖아?!"

"나무 덩굴이 왜 갑자기 우리를 공격하는 건데?!"

다시금 아이리스의 식물 조종 능력이 발휘된 것이다. 그와 동시에 산맥 중턱에 존재하던 온갖 식물들이 몬스터로 진화하기 시작했고, 플레이어들은 사방에서 밀고 들어오는 식물형 몬스터에 당황하는 기색을 내비쳤다.

-지금이야. 네가 바라보는 쪽에서 동쪽 방향으로 뛰어!

귓가로 들려오는 수많은 자들의 거친 호흡 소리. 마치 슬로 모션 마냥 시간이 느리게 흘러가는 풍경 속에서 진협의 목소리가 뇌리에 박혀 들었다.

-검사의 일격난무 기술이야. 환영 분신을 사용해서 표적을 바꿔 버려.

한 번.

-무게에 치중한 배틀 액스야. 로드멜의 힐이 발동되고 있으니 카운터를 사용하면서 돌파해.

또 한 번.

오직 실루엣이 보여주는 동작만으로 진협은 모든 것을 간파하고 있었다.

-좌측에 달아나는 커다란 검집을 등에 멘 놈. 저런 우스꽝스러운 머리 스타일을 한 놈은 저놈밖에 없었어. 그놈이 첫 번째 목표야!

파지지직!

건틀렛으로 일렁거리는 푸른 뇌전. 서서히 발걸음이 빨라지는 가운데 뇌보가 발동하자 신형이 빠르게 점멸했다. 그리고 사방으로 울려 퍼지는 총성과 함께 주먹이 목표의 머리를 가격하는 순간 용찬은 깨달았다.

'재능을 뛰어넘는 재능. 이진협. 이 자식은 괴물이다.'

콰직!

얼마나 죽였는지 모른다. 애당초 목표이던 랭커들도 목표가 아닌 일반 플레이어들도 전부 아수라장 같은 분위기에 휩싸인 채 싸늘한 주검이 되어가고 있었다.

-클라우드 토템이 취소된 것 같아. 안개가 점점 사라져 가. 조심해!

피해를 최소화시키려는 것일까. 사방천지를 둘러싸고 있던 자욱한 안개가 스멀스멀 사라져 가고 있었지만 이미 목표 중 대부분은 살해된 상태였다. 때문에 용찬은 진협의 관찰력을 믿고 마지막 목표를 향해 달려갔다.

"저 후드를 뒤집어쓴 놈이야. 얼른 죽여!"

마치 진흙처럼 끈적거리는 피웅덩이 위로 신형이 쏘아진다. 수백 명의 플레이어들은 용찬을 저지하기 위해 한곳으로 스킬을 집중시켰지만 늦은 감이 없지 않아 있었다.

"젠장. 돌아버리겠네!"

반격을 준비하고 있던 마지막 랭커의 몸이 아래로 뚝 꺼지며 파이오니아는 허공을 갈랐다. 어느새 녹색 오브에 마력을 집중시키고 있는 안선욱. 정확히 랭커가 서 있던 자리에 디그를 시전한 것인지 상당히 까다로운 마력 운용을 선보이고 있었다.

'구멍을 파내는 디그 스킬로 랭커를 보호할 줄이야.'

자칫 잘못하면 구멍의 깊이를 조절하지 못해 랭커가 중상을 입을지도 모르는 상황임에도 불구하고 놈은 전혀 망설임이 없었다.

"차라리 거리를 벌려. 무투가가 상대라면 먼저 속박, 방해 기술로 적을 둔하게 만들라고!"

위기를 넘기자 길잡이의 지시를 따라 새로운 진형을 구축한다. 마법사들은 차례대로 자신이 가지고 있던 속박계, 방해계 기술들을 시전하며 용찬의 능력치를 감소시켰고, 방패병들과 근접형 플레이어들은 각각 2인 1조로 모여 스위칭을 준비했다.

[페레스의 망토 효과가 발동합니다.]

다행히 페레스의 망토 덕분에 상태 이상 기술은 대부분 저항해 내고 있었지만, 이따금씩 저항력을 뚫고 파고드는 둔화 효과만큼은 피해낼 수 없었다.

-안선욱이 너를 제압 불능 대상으로 판단했어. 아마 스위칭 진형을 통해 지원군이 소환될 때까지 시간을 벌 속셈일거야.

어떻게든 한쪽을 뚫어야 해.

'그전에 쏟아지는 마법과 화살에 죽을 것 같은데.'

-걱정 마. 아직까지 로드멜의 마력은 여유로워. 그나저나 상대는 어때?

'아직은 나를 못 알아본 것 같군. 하지만 익숙한 기술을 썼다간 금방 눈치챌 거다.'

-좋아. 비록 목표는 한 명 놓쳤지만 이제 살아서 돌아가면 돼. 일단 북쪽에 보이는 꽁지머리의 방패병에게로 데스 그랩을 시전해!

이미 원정대에 참가한 플레이어들 대부분의 기술들을 머리에 외워두고 있는 진협이었다.

덥석!

"읏?"

때문에 용찬도 군소리하지 않고 지시를 따랐고, 금방 데스 그랩에 붙잡힌 방패병이 균형을 잃고 앞으로 떠밀려 왔다.

일시적으로 파트너를 잃은 이도류의 검사. 그 틈을 놓치지 않고 쏜살같이 놈에게 쇄도해 어택을 시전하자 진의 한 축이 무너지려 했다.

"백한설! 미러 게이트!"

"반말하지 마세요!"

생판 모르던 길잡이에게 지시를 전달받은 마법사 랭커 백한설. 기분이 몹시 나빴던 것인지 인상이 와락 구겨져 있었지만 이미 그녀의 손은 마력을 끌어 모으고 있었다. 그리고 얼마 되지 않아 꽁지머리 검사 앞으로 생성되는 전신 거울. 한창 북쪽의 플레이어들을 돌파해내고 있던 용찬의 신형이 금방 거울 속으로 빨려 들어갔다.

[미러 게이트의 효과가 발동됩니다. 대상을 반대 방향으로 소환시킵니다.]

방향이 역전된다. 북쪽의 반대인 남쪽에서 다시금 생성된 미러 게이트는 빨아들였던 용찬의 신형을 반대로 튕겨냈고, 미리 마법을 준비하고 있던 선욱이 뒤늦게 철창 감옥을 소환시키며 퇴로를 차단했다.

"후. 좋아. 디텍터들은 빨리 놈의 정보를 간파해."

"정보 차단 주문서를 사용해 둔 것 같습니다."

"그러면 간파 주문서랑 간파 기술을 중첩시켜서 우선 저항력을 떨어트려! 그리고 길드원 소환은 어떻게 됐어?!"

"방금 막 시체들을 전부 처리한 것 같습니다. 이제 소환이 가능할 것입……."

콰앙!

의기양양하게 미소를 띠우려던 차, 기력을 봉쇄하는 철장

감옥의 한 면이 파괴됐다.

"뭐야. 무투가가 어떻게?!"

기력, 마력, 속성력까지 총 세 가지의 기운을 다루는 바쿤의 마왕. 특히나 습격 당시부터 힘을 쭉 숨겨왔던 용찬이었기 때문에 놀라움은 배가되어 있었다. 하지만 이미 길드원 소환 동전은 사용된 직후였고, 선발대를 공격하던 덩굴들도 전부 제거해 둔 것인지 플레이어들은 희망 찬 얼굴로 소환되는 간부들을 바라봤다.

"처음부터 여기를 노리고 있었던 거였나. 다른 동료들은 어디로 가고 너 혼자 남아 있는 거지?"

선발대를 책임지고 있던 권좌가 마침내 모습을 드러냈다.

'마검사 김선일.'

리미트리스 진영을 대표하는 두 권좌 중 한 명이자 펄션 길드의 마스터인 그였다. 다행히 후발대를 책임지는 차소희와 동행하고 있진 않았지만 제트와 달리 놈은 병사들을 활용한다 해도 이길 수 있을지 미지수인 상대였다.

'진협. 다른 퇴로는 없는 거냐?'

-으음. 조금만 기다려 줘. 유한성이 남기고 간 소환 마법진이 아직 준비 중이야.

'주변을 둘러싼 플레이어들만 해도 3천여 명쯤은 되는 것 같은데. 거기서 권좌까지 상대하며 시간을 벌라 이건가.'

-정 안 될 것 같으면 병사들을 전부 소환시키고 전력을 다해서 길을 뚫으면 돼. 물론 네가 거부하긴 하겠지만.

'아직은 안 되지. 이제 겨우 산맥의 중턱이니까.'

산맥 중턱까지의 진입은 예정된 수순이었다. 회귀 전 기억과 일치한다면 앞으로의 여정부터 극심한 혼란이 몰아칠 터. 차후 던전을 생각해 미리 일부 랭커들을 제거하긴 했지만 이 정도로는 만족하지 못했다.

게다가 이번 원정의 대표 길잡이인 안선욱. 예상대로 놈은 진협의 관찰력을 뛰어난 판단력으로 카운터 하며 역으로 자신을 궁지로 몰아넣었다.

'어떻게든 저놈도 이번 원정에서 처리해야 돼.'

마왕과 권좌의 시선이 교차한다. 여기서 빠져나가기 위해선 선일을 상대로 최대한 시간을 벌어야 할 것이다.

스르릉!

"묻고 싶은 게 많긴 하지만 일단 제압이 우선이겠지."

선일이 기세를 드러내며 검을 뽑아 들자 자연스레 주변 플레이어들이 거리를 벌렸다. 아마 스킬의 여파를 생각해 미리 자리를 피한 것일 터. 마침 선욱도 그 뜻을 알아차리고 디텍터들에게 간파를 지시했다.

까앙!

허공에서 가로막히는 푸른 검신. 따로 자신에게 공격 속도 및 이동 속도를 증가시키는 버프 마법 '헤이스트'를 적용시켜 두고 있던 것인지 바람을 가르며 선일이 먼저 선공을 시도해 왔다.

[카운터를 시전했습니다.]

[푸른 귀신 김선일이 오한 들린 냉기를 시전했습니다.]

두꺼운 건틀렛을 꿰뚫고 격렬한 한기가 손끝을 얼어붙게 만든다. 푸른 귀신이란 호칭답게 물 속성력이 뛰어났던 선일은 정교한 검술을 선보이며 지속적으로 둔화 효과를 안겨주었고, 용찬은 갈수록 느려지는 반응 속도에 인상을 구기며 힘든 공방을 치렀다.

"과연 아무 생각 없이 원정대를 습격할 실력은 아니라는 건가. 어디 진영 소속이지?"

"……."

"뭐, 직접 붙잡아 알아내면 되겠지."

말이 끝나기가 무섭게 땅 위로 얼음 기둥들이 치솟았다. 그와 동시에 상공에서부터 쏟아지는 수천 개의 얼음 가시들. 단숨에 주변 일대로 커다란 크레이터가 생겨났지만 용찬은 아직까지도 숨이 붙어 있는 상태였다.

쩌저저적!

마치 유리 깨지듯 바닥으로 떨어지는 나이기스의 파편들.

동일한 속성력을 가진 얼음 방패였기 때문에 피해는 어느 정도 최소화시킬 수 있었지만, 이제 남은 방어 수단은 스톤 스킨뿐이었다.

'어이. 이진협. 아직이냐?'

-…….

'이런.'

뒤따라 몰아치는 냉기의 참격에 용찬의 안색이 급격히 굳어졌다. 이대로 가다간 본전도 찾지 못 하고 오히려 디텍터들에게 정보를 간파당할 판이었다.

'이 정도로 빠른 판단을 내릴 줄이야. 역시 저놈도 무시 못하겠군.'

위기를 기회를 바꾼 선욱의 재치있는 판단이 크게 한몫한 것이기도 했다. 그렇게 선일에게 일방적으로 밀리고 있었을까. 파이오니아에 인챈트되어 있던 레비가 갑자기 상대의 냉기를 흡수하기 시작했다.

-째째째짹!

[물의 속성력이 상승…….]

서서히 공명하기 시작하는 파이오니아. 마침 선일도 자신의 속성력이 사라져 간다는 것을 눈치챈 것인지 두 눈을 부릅떴다.

"무투가가 내 속성력을 흡수한다고?"

하멜의 무투가들 중 속성력을 다루는 자들은 극소수에 불과했다. 특히나 상대의 속성력을 흡수해 자신의 것으로 만드는 것은 듣도 보도 못 한 현상. 더욱 용찬의 정체에 의구심이 든 선일은 어떻게든 상대를 제압하기 위해 한 자루의 검을 더 뽑아 들었다.

하지만 그 순간, 하늘 위로 비가 쏟아지기 시작했다.

투두두둑!

단순한 빗줄기에 불과하던 빗물들이 천천히 얼어붙는다.

[레비가 새로운 스킬을 터득했습니다. 스노우맨이 시전되고 있습니다. B급 히어로 정령 스노우맨을 소환합니다.]

점점 거세지는 눈발 속에서 서서히 몸집을 불려가는 붉은 안광의 눈사람. 당황한 선일은 급히 검을 휘둘러 스노우맨을 동강 내려 했지만, 그에 앞서 눈덩이가 굴러오기 시작했다.

"미, 미친. 눈사람이 눈덩이를 굴린다!"

"모두 피해!"

"뭐하고 있어. 보호막부터 시전…… 끄허헉!"

떼 아닌 커다란 눈덩이에 일부 플레이어들은 마력 보호막까지 시전하며 도망치고 있었지만, 스노우맨은 멈추지 않고 계속해서 눈덩이를 만들어 보냈다.

[눈덩이에 적중한 플레이어들이 둔화, 속박 상태에 처합니다.]

상태 이상 효과까지 가지고 있던 것일까. 눈덩이에 얻어맞은 자들은 하나같이 다리가 얼어붙으며 꼼짝달싹 못하는 상태가 되어 있었다.

'갑자기 스킬을 터득할 줄이야. 아무튼 잘했다. 레비.'

-째째짹!

-쿠오오오오!

덩달아 신이 난 스노우맨이 양팔을 들어 올리며 괴성을 내질렀다. 하지만 기본적으로 주어진 생명력이 그리 높은 것은 아니었던 것인지 금세 선일의 날 끝에 몸이 두 동각 나고 말았다.

-준비 끝났어. 바로 소환할게!

마침내 소환진이 준비된 것인지 진협의 목소리와 함께 용찬의 신형이 사라졌다.

"……대체 이게 무슨."

아수라장이 된 중턱 부근에서 오롯이 서 있는 것은 일부 플레이어들뿐. 나머지는 전부 눈덩이에 당한 것인지 이곳저곳에서 굴러다니고 있었다. 선일은 어이가 없단 표정으로 멍하니 주변을 둘러봤고 이내 자신과 비슷한 표정으로 서 있는 선욱을 발견했다.

그날, 원정대는 수백 명의 사상자와 함께 일부 랭커들을 잃으며 산맥 중턱에 자리 잡게 됐다.

◀ 70장 ▶

델마누스

회귀 이전, 아리엇 산맥 개척 도중 원정대를 위험에 빠트린 세 가지 난관이 있었다.

하나는 산맥 정상에 자리 잡은 고대 바바리안들의 습격이었고, 또 하나는 최정상에 위치한 고대 던전이었다. 그리고 마지막 하나가 가장 첫 번째로 원정대를 맞이한 히든 보스였는데, 놈은 권좌 둘을 상대로도 밀리지 않는 실력을 가진 산맥의 단 하나뿐인 마법사였다.

'내 제자. 아델리아. 그 아이를 그렇게 만들었으면서 이제 와서 그만해 달라고? 뻔뻔하기 그지없는 놈들. 아예 이 자리에서 모두 소멸시켜 주마!'

하지만 그런 놈도 치명적인 약점 앞에 결국 무릎을 꿇게 됐다. 만약 그때 놈과 대립 관계를 세우지 않았더라면 오히려 히든 보스는 플레이어들을 정중히 대우해 주었을 터.

문득 예전 기억이 떠오른 용찬은 씁쓸히 웃으며 어둠의 눈을 시전했다.

멀리 모닥불 근처로 보이는 길잡이 버킴. 쓸데없는 지시로 원정대 일부를 몰살시킨 것은 물론 최초로 하멜에 히든 보스를 출현시킨 놈이기도 했다.

'그래도 이번 생에선 아니지. 오히려 놈은 우리에게 도움이 될 테니까.'

미리 일부 랭커들을 제거한 이유도 그 때문이었다. 권좌 둘을 상대하기 딱 좋은 히든 보스를 방해하지 않도록 그전에 먼저 변수를 제거해 둔 것이다. 비록 목표 중 하나는 놓쳤지만 이렇게 계속 주요 인원들을 제거할 수만 있다면 마지막 난관에서 빈틈을 노릴 적절한 숫자를 만들어낼 수 있을 터. 그러기 위해선 곧 다가올 첫 번째 난관에서 최대한 버킴을 활용해야만 했다.

"냐아아앙! 너무하다. 주인. 레비 같은 놈에게 저런 기술을 선사해 주다니!"

"음? 안 자고 있었나?"

"정령은 수면욕이 없다. 특히 우리 같은 독립적인 정령들은 더더욱 그렇다! 나에게도 새로운 스킬을 달라. 주인!"

반지에서 튀어나온 체셔가 양팔을 휘두르며 더욱 강인한 힘을 요구해왔다. 아마 레비가 새로운 기술 '스노우 맨'을 습득해 꽤나 배가 아팠던 것일 터. 하지만 안타깝게도 그 상황은 의도한 것이 아닌 순전히 우연에 불과했다.

'선일의 속성력까지 흡수할 줄은 몰랐는데 말이지. 눈덩이를 굴리는 소환수라. 아직 숙련도가 낮아 생명력이 작은 게 흠이긴 하지만 전처럼 시선 유도용으로는 꽤나 쓸 만하겠어.'

너무 체셔의 기술들만 늘어나 속성력이 한쪽으로 치우치고 있었는데, 다행히 레비가 세 번째 기술을 터득해 내며 어느 정도 균형이 맞춰진 상태였다.

쏴아아아!

산맥 중턱에 오른 탓일까. 날이 저물자마자 온도가 급격히 떨어지며 쌀쌀한 바람들이 몰려왔다.

"냐아아앙. 추, 춥다. 주인!"

"슬슬 눈보라가 몰아칠 것 같군."

"추운 것은 싫다. 냐앙!"

꼬리를 만 채로 몸을 오들오들 떨기 시작하는 어둠의 정령. 북쪽에서 불어오는 싸늘한 한기를 버티지 못하고 급히 용찬의 품속으로 파고들고 있었다.

겨울. 하멜의 뒤죽박죽인 계절과 관련 없이 오직 아리엇 산맥에서만 겪을 수 있는 겨울이 찾아온다는 증거였다.

"음냐. 나도 이제 피를 맛있게 빨 수 있다고."

"루, 루미엔. 거기서 기다려."

"크흐흐흐. 진정한 흑마법…… 크흐흐."

모포를 둘러쓴 채 곯아떨어진 일행들을 훑어보던 시선이 금세 산맥 정상을 향한다.

'델마누스…… 였나?'

대륙에서 잊혀진 겨울탑의 마법사. 잠시 그의 마법들을 떠올리던 용찬은 몰려오는 졸음에 이내 두 눈을 감았다.

"습격자의 정보가 겨우 이것밖에 없다고?"

다른 진영의 개입쯤이야 이미 예상해 두고 있던 바다. 개척 성공률을 높이기 위해 일전부터 부지런히 용병들을 모집하고, 산맥 초입부를 이리저리 들쑤시고 다녔으니 정보가 세어나가는 것은 어찌 보면 당연했다. 하지만 5백여 명가량의 사상자를 남긴 습격자의 정보는 겨우 간단한 인상착의 및 직업뿐. 물론 다른 동료들의 직업도 함께 밝혀냈지만 세부적인 정보가 하나도 없었다. 때문에 후발대로서 출발해 방금 막 선발대와 합류한 소희는 건네받은 종이를 쥔 채 분노를 토해낼 수밖에 없었다.

"흑마법사, 궁수, 이도류 검사, 둔기 전사, 마법사, 드루이드로 추정되는 동료 및 디텍터. 그리고 습격의 중심이었던 무투가까지. 겨우 여덟 명이었어. 겨우 여덟 명한테 이렇게까지 당해 버렸다고?"

"……."

"주둥이가 달려 있다면 반론이라도 좀 펼쳐보지 그래?"

고뇌에 잠긴 듯 테이블에 턱을 괴고 앉아 있던 선일이 천천히 두 눈을 감는다. 물의 속성력을 다루는 것은 물론 자신을 상대로도 쉽게 쓰러지지 않던 그 실력까지. 보통 무투가가 아니란 것은 이미 보고를 통해 전달해 놓은 상태였지만 조금 더 부연설명이 필요했다.

하지만.

"따로 소환사도 함께 서포트하고 있던 것인지 대형 소환수를 소환시키더군. 그래도 이 정도만 해도 피해를 최소화시킨 것이나 다름없어. 길잡이인 선욱의 재빠른 판단이 아니었더라면 선발대 지원은 더욱 늦어졌을 거다."

끝내 자존심이 그의 발목을 붙잡아왔다. 권좌 자리에 오른 자신이 일개 무투가를 상대로 당황했단 사실이 알려지면 그동안 쌓은 명성이 단숨에 무너질 터. 물론 선발대 거의 대부분이 목격자였지만 냉기를 흡수당하던 장면은 거의 본 자가 없었다. 게다가 뜬금없이 나타난 눈사람 또한 다른 소환사의 방해로 판단하고 있는 상태였다.

"아무튼 나머지 두 명의 길잡이도 좀 더 경각심을 가져야 해. 대체 선욱이 선발대로 이동하는 동안 너희들은 뭐하고 있던 거냐?"

되려 주제를 바꾸며 질타하는 분위기에 금방 버킴과 리우청은 꿀 먹은 벙어리가 됐다. 그렇게 한 차례 습격을 막아낸 원정대는 좀 더 경계도를 높이기 시작했고, 아예 선욱을 중심으로 대비책을 갖추는 추세였다.

그리고 철저한 호위 속에서 도시를 오가기 시작한 보급대.

미리 소환 좌표를 등록해 둔 아티팩트를 각 길드의 간부들이 돌아가면서 보관하며 좀 더 보완성에 충실하고 있었다.

"소환 좌표를 일일이 등록시키는 게 귀찮긴 하지만 이렇게 하면 최소한 습격자들에게 위치는 들키지 않겠어."

"전부 다 안선욱이란 놈이 지시한 거잖아. 용병들에겐 아예 가르쳐 주지도 않았다고 하던데."

"확실히 다른 길잡이들보다 뛰어난 것 같아. 저기 버킴이란 놈만 봐도 알잖아. 어제는 리미트리스 길드원 한 명에게 찝적거리다가 차소희한테 한 소리 들었다잖아."

"놈도 놈이지만 리우청이란 놈이 가장 가관이야. 원정이 시작된 이후로 한 번도 제대로 된 지시를 내린 적이 없잖아. 요즘은 아예 선욱의 뒤에 숨어서 아무것도 하지 않는다고 하던데. 쯔쯧.”

이젠 완전히 원정대 내에서 대표 길잡이로 선욱을 꼽는 분위기였다. 그런 계속되는 비교에 버킴은 불만만 가득해져 가는 상황. 나중엔 아예 자신의 역할까지 뒷전으로 미루는 듯한 태도였지만 대부분은 인상을 찌푸리며 바라볼 뿐 직접 지적을 하는 플레이어들은 거의 없었다.

그리고 원정 7일 차로 접어들던 날.

“타, 탑이다!”

델마누스의 겨울탑. 마치 눈밭의 일부처럼 하얗게 눈에 뒤덮인 15층 규모의 탑. 기존부터 산맥에 존재해 온 건축물인 것인지 겉은 낡고 허름했지만, 탑의 주인이 존재하는 것인지 입구 부근은 깔끔히 정리가 되어 있었다.

‘인기척은 느껴지지 않는데. 어디 한번…….’

녹색 오브가 푸른 광채를 내비치며 주변 일대를 마력으로 가득 메운다.

[감지 불능! 정체 모를 마법진이 감지계 효과를 방해하고 있습니다.]

금방 존재를 감지할 것 같았던 마력들이 단숨에 흩어졌다. 생전 처음 겪는 현상에 당황한 선욱은 다시 마력 감지를 사용해 봤지만 결과는 그대로였다.

"내부에서 마력을 차단하고 있는 건가."

"그 잘난 길잡이님께서 못 하시는 일도 있었나?"

"하아. 버킴. 입 다물고 저리 좀 꺼져주면 안 되겠니?"

언제 곁으로 다가온 것인지 버킴이 술병을 손에 쥔 채 실실 웃기 시작했다.

"뭐, 나 같은 놈은 상대할 가치도 없다 이건가. 알았어. 제대로 길잡이 역할도 못 해내는 멍청이는 빠져줄게. 그나저나 동양인들은 대시를 해도 왜 이렇게 튕기는 거야. 짜증 나 죽겠네."

처음 때만 해도 길잡이란 역할에 충실했던 그가 언제 이렇게 망가진 것일까. 완전히 망나니처럼 돌변한 버킴의 태도에 선욱은 고개를 절레절레 저으며 한숨을 내쉬었다.

'그때 거기서 김선일이 자존심을 버리지 못하고 길잡이들에게로 책임 전가를 할 줄이야. 이제 와서 저놈의 멘탈 케어 역할을 맡을 수도 없는 노릇이고.'

쓸 만한 패와 버림패는 확실히 구분해 둬야 했다. 그렇지 않으면 오히려 변수에 엮어 원정대 전체가 곤란한 처지에 놓일 수도 있었다. 때문에 선욱은 멀리서 버킴을 주시하면서도 일부러 그를 자극하지 않고 있었다.

끼이이익!

녹슨 쇠를 긁는듯한 소음과 함께 탑의 문이 열린다.

"플레이어인가?"

안에서부터 모습을 드러낸 것은 백색 수염을 치렁치렁 달고 있는 한 노인. 본인이 마법사인 것을 증명하듯 백색 로브를 입은 그는 한 손에 지팡이를 쥔 채로 선욱을 훑어봤다.

"아, 플레이어 안선욱이라고 합니다. 산맥을 올라가던 도중 우연히 탑을 발견해 주변을 조사하고 있던 차였습니다. 실례가 되었다면 사과드리겠습니다."

"음. 예의가 바른 청년이군. 저 뒤에 있는 인원을 보아하니 산맥은 처음인 것 같은데……. 원정대? 라고 해야 되나."

"맞습니다. 저희 입장에서 이 아리엇 산맥은 미개척 지역이죠. 혹시 가능하시다면 몇 가지만 여쭙고 싶은데……."

"아아, 내가 바깥에 너무 오래 세워두고 있었군. 일단 들어오게."

그리 경계하는 기색은 보이지 않았다. 오히려 너털웃음을 흘리며 안으로 손짓을 할 뿐. 그런 노인에 제안에 선욱은 두 명의 권좌에게 금방 상황을 전달했고, 얼마 되지 않아 허가가 내려졌다.

그렇게 홀로 탑 안으로 안내받은 선욱.

"우선 여기 앉도록 하지. 아델리아. 차 두 잔만 내오거라."

따로 내부에 접대실까지 마련되어 있던 것인지 테이블 맞은편에 앉은 그가 위층으로 마력 덩어리를 흘려보냈다.

'역시 이자가 감지계 기술들을 방해하고 있던 거였나. 꽤나 고등급의 마법사로 보이는데 이렇게 바로 외부인을 들이는 것은 무슨 의미일까?'

자신감? 아니, 어쩌면 원정대를 상대로도 충분히 몸을 내뺄 수 있는 수단이 존재하기 때문일지도 몰랐다. 특히나 NPC 고유 정보까지 보이지 않는 상황이었기 때문에 선욱은 나름 표정 관리를 하며 주위를 경계했다.

"허허, 긴장하지 말게. 자네에겐 아무런 해도 끼치지 않을 생각이니 말야."

"제가 원정대를 대표하고 있는 상황이라서 어쩔 수 없이 긴장하게 되는군요. 게다가 이런 미개척 지역의 탑은 또 처음이라서 말이죠."

"호오. 원정대를 대표한다는 말을 던져서 다른 플레이어들까지 포함시킬 줄이야. 걱정 말게. 자네는 물론 원정대에게 전혀 해를 끼칠 생각은 없으니까 말야. 그리고 자네가 대표라고 하기엔 저 바깥의 A급 플레이어 두 명의 존재감이 너무도 커. 혹시 플레이어들 사이에선 다른 방식으로 우위를 가리는 겐가?"

눈치도 고단수. 그리고 거기서 한 발자국 더 나아가 일행들의 수준까지도 미리 파악하고 있었다. 어찌 이토록 사람의 속내를 가지고 놀듯 대화를 이어나간단 말인가.

선욱은 애써 웃는 표정을 유지했지만 등 뒤로 흐르는 식은 땀만은 어쩌지 못했다.

달칵!

"아, 죄송해요. 찻잎을 어디 두었는지 깜빡해서 한참 동안 찾아……."

허겁지겁 계단에서 내려오던 소녀의 두 눈이 파르르 떨린다. 앞서 노인이 언급했던 아델리아가 눈앞의 소녀였던 것일까. 손에 찻잔을 들고 있던 양 갈래 머리의 그녀는 선욱을 보자마자 몹시 당황해했다.

그리고.

"꺄아아악!"

허공으로 찻잔을 던지더니 급히 위층으로 올라가 버렸다.

주르르륵.

어느새 선욱의 머리 위로 뚝뚝 흐르고 있는 찻물. 첫 대면부터 굉장한 선물(?)을 받은 그는 멍하니 두 눈을 깜빡이며 맞은편에 앉아 있던 노인에게 물었다.

“혹시 이 탑에선 이런 식으로 손님을 맞이하는 겁니까?”

“크흠!”

역으로 탑 주인에게 한 방 먹이는 순간이었다.

원정대가 중턱에 자리 잡은 이후 겨울탑과 교류하는 일이 잦아졌다. 겨울탑의 주인은 오래전부터 아리엇 산맥에 살고 있던 대마법사 델마누스. 권좌 두 명은 그를 통해 최정상까지의 지형 및 출현 몬스터들을 파악해 두려 했던 것인지 계속해서 선욱을 이용해 탑을 방문케 시켰고, 델마누스와 그럭저럭 원만한 관계를 유지할 수 있었다.

그렇게 며칠 동안 가벼운 사전 작업을 거쳤을까.

“내가 고심해서 제작한 아리엇 산맥의 지도일세. 비록 최정상까진 파악하지 못했지만 그전까지는 상세히 길이 표시되어 있을 거야.”

마침내 원하던 지도를 건네받을 수 있었다.

“역시 지도를 가지고 있었군.”

“정찰대를 꾸려야겠어. 디텍터와 정찰에 능한 궁수들을 소집해.”

오래전부터 아리엇 산맥 중턱에 거주하고 있었다면 주변 지리는 빠삭할 터. 특히나 지도를 제작해 두었을 가능성이 높았기 때문에 두 권좌는 선욱을 이용해 NPC와의 친밀도를 쌓았던 것이었고, 그들의 예상은 정확히 적중했다.

이로써 최정상 아래 부근까지 안전한 길은 확보된 상황. 며칠 중턱 부근에 머무르고 있던 원정대는 긴급히 정찰대를 보내 지도를 확인하는 등 출발 준비를 서두르고 있었다.

"벌써 떠나는 것인가. 의외로 선욱, 자네와는 꽤나 말이 통해서 흥미로웠는데 말이지."

"별수 없죠. 저희 목적이 아리엇 산맥 개척인 만큼 여기서 오랫동안 머무를 수는 없는 처지입니다."

"그러면 어쩔 수…… 아, 이런 하나를 깜빡하고 있었구만. 지도에 표시된 얼음 호수 근처로 출입을 금하는 마법진을 발동시켜 두었는데. 이걸 알려주지 않을 뻔했어."

혹여 산맥에서 길을 잃는 방랑자들을 위해 설치해 둔 마법진은 역으로 원정대를 발을 묶을 가능성이 있었다. 특히 등급 관련 없이 일반적인 마법사는 절대 손대지 못하는 술식 체계로 이루어져 있었기에 얼음 호수까지 가서 괜히 발걸음을 돌려야만 하는 상황이 올 수도 있었다. 때문에 델마누스는 선욱에게 한 명의 동행자를 붙여주었다.

"스, 스승님. 제가 꼭 다녀와야 되나요?"

"간단히 마법진만 해제하고 돌아오면 되는 일이다. 미리 길드 마스터란 자들과도 한 번 만난 적이 있고 선욱이 곁에서 함께 동행할 예정이니 그리 크게 걱정하진 말거라."

"히잉. 알겠어요."

겨울탑의 단 하나뿐인 제자. 첫 만남부터 찻잔을 집어 던졌던 아델리아가 그 동행자였다.

"페페펭. 슬슬 움직이기 시작하는 것 같습니다."

멀리서 시야 확대 안경으로 원정대의 동태를 살피고 있던 위르겐이 보고해 왔다. 며칠 동안 탑 근처에서 머무르고 있던 원정대를 살피고 있던 바쿤 일행. 하지만 놈들이 다시 원정을 재개하면서 바쿤의 추적 또한 재개되는 분위기였다.

"그런데 저 탑에 무엇이 있길래 이렇게 경계하는 거야?"

줄곧 겨울탑과 거리를 두고 있던 것 때문일까. 궁금증을 참지 못한 진협이 이유를 물어왔다.

"겨울탑에 A급의 대마법사가 머무르고 있다더군. 리우청의 보고로 보아 원정대는 그의 도움을 받은 모양이야."

"……A급 대마법사. 그 정도의 실력을 가지고 있다면 마력 감지의 범위도 무척 넓겠는데?"

"그래서 이렇게 거리를 두고 있는 것이지. 어제 그에게 지도를 얻었다고 하니 몬스터들이 거의 출몰하지 않는 안전한 길로 원정을 이어갈 거다. 우리도 슬슬 준비하도록 하지."

간단명료한 용찬의 설명에 고개를 끄덕이는 진협이었지만 아직까지 몇 가지 해결되지 않은 의문점들이 있었다.

'왜 리미트리스 진영의 원정을 방해하는 걸까. 물론 마왕이니까 플레이어들을 방해하는 것은 당연하지만…… 마치 앞에 벌어질 사건들을 미리 예상하기라도 한 듯 움직이던 모습들은 도저히 설명이 안 돼.'

뛰어난 관찰력의 대상은 원정대뿐만이 아니었다. 하지만 자신의 재능을 인정해 준 오직 단 하나뿐인 존재였기 때문에 진협은 애써 머릿속에서 의심을 지워 버렸다. 그리고 미리 로버트에게서 건네받은 두꺼운 외투를 꺼내 입으며 급격히 낮아지는 온도를 대비했다.

"딩크 털들은 푹신푹신해서 좋은 것 같아."

"끄응. 저리 좀 떨어져라. 꼬맹아."

"싫어. 딩크 품속이 제일 따뜻하니까 계속 안겨 있을 거야."

온몸이 털로 뒤덮인 딩크는 그나마 추운 날씨에도 멀쩡한 것 같았지만 다른 병사들은 아니었다. 그렇게 바쿤 일행은 탑을 쭉 빙 둘러 원정대의 뒤를 밟기 시작했고, 그들이 휴식 혹은 야영을 취하는 타이밍에 병사들도 따라서 쉬었다.

"지도를 제작한 대마법사는 아주 오래전부터 산맥에 살고 있었던 것 같아."

"근거는?"

"이런 험난한 산맥 속에서 비교적 지형이 단조롭고 몬스터들의 출현이 적은 길을 찾는 것은 쉽지 않은 일이야. 아마 지도를 제작하기 위해 길을 직접 돌아다녔을 거야."

추적 도중 간간이 진협이 추측하는 사실들은 대부분 진실에 가까웠다. 회귀 이전 직접 원정대에 참가했던 용찬이 혀를 내두를 정도였으니 더 이상 말할 필요도 없을 것이다.

겨울탑의 델마누스. 대륙에서 잊혀진 대마법사 중 한 명으로서, 오래전 아리엇 산맥으로 들어와 자신만의 탑을 개설했다고 알려진 자였다.

'진정한 마법의 길을 개척한답시고 산맥에 들어와 홀로 수련을 해왔던 놈이었지.'

마치 속세에 얽매이지 않고 홀로 산속에 들어와 사는 도인 수준이었다. 그 때문인지 인간을 멀리하는 경향이 있었지만 고아였던 아델리아를 제자로 받아들인 이후 약간은 생각을 고쳐먹은 듯했다.

[플레이어 이진협이 살라만더의 램프를 사용했습니다. 일정 시간 추위에서 파티원들을 보호해 줍니다.]

눈발이 꽤나 거세졌을까. 오들오들 몸을 떨던 파티원들을 유심히 지켜보던 진협이 배낭에서 쓸 만한 일회용 소비 아이템을 꺼내 사용했다.

"그래도 저 인간은 꽤나 눈치가 있군."

"흥."

"……아하하하."

록시가 비교하는 발언을 꺼내 들자 모포에 누워 있던 한성의 얼굴이 구겨졌다. 물론 루시엔은 둘 다 마음에 들어 하지 않는 듯했지만 주변이 따뜻해지자 표정이 풀려 나갔다.

그렇게 딩크의 품속에 안겨 있던 아이리스가 먼저 꾸벅꾸벅 졸기 시작하자 진협이 위르겐에게서 건네받은 시야 확대 안경으로 선발대를 천천히 훑었다.

"저 여자가 그 대마법사의 제자란 거지?"

마침 선욱 곁에 있던 아델리아를 발견한 것일까. 진협이 NPC 고유 시스템에 표시된 그녀의 정보를 읽으며 잠시 동안 생각을 정리했다. 그리고 뒤늦게 자신의 관찰 스킬을 통해 아델리아의 특징을 파악하려 했지만 그 시도는 단숨에 무산되고 말았다.

"내 스킬이 통하지 않아. 어떻게 된 거지?"

"아무래도 대마법사란 놈이 디텍터 관련 기술에 철저히 대비를 해두었나 보군."

"선욱이 습격자에 대한 것까지 델마누스에게 알려준 걸까?"

"그럴지도 모르지."

대마법사의 제자가 함께 동행하는 이상 원정대 입장에서 습격자의 대한 사실을 숨길 순 없었을 것이다. 아니, 오히려 델마누스의 도움을 받을 수도 있단 생각에 더욱 적극적으로 설명을 늘어놓았을 터. 그런데도 아델리아를 동행시켰다는 것은 그가 따로 대비 수단을 갖춰놨다는 의미였다.

'굳이 여기서 원정대를 건드려 대마법사의 분노를 살 필요는 없지. 기다리는 동안 저번에 얻은 일지나 좀 읽어볼까.'

관리 대장 제트를 처리하고 얻었던 차원 여행자의 일지. 그동안 잊고 있던 일지의 첫 페이지를 펼쳐들자 익숙한 한글이 용찬을 맞이했다.

사기꾼! 개 같은 계약 사기! 애초에 그 녀석과 계약 같은 것을 하는 게 아니었는데. 어쩌다 일이 이렇게 되어버린 것일까.

'대체 어떤 계약을 말하는 거지?'

첫 장부터 격렬한 감정이 내용 자체에 맺혀 있는 듯했다. 아마 차원 여행자란 일지의 주인이 누군가에게 계약 관련으로 사기를 당했단 뜻일 터. 잠시 고개를 갸웃 거리던 용찬은 페이지를 넘길수록 언급되는 하멜에 대한 정보에 인상을 굳혔다.

하멜은 원래 신들이 관리 하에 유지되어 오던 독립적인 차원이었다. 원래는 이런 시스템 같은 것도 존재하지 않던 세계였는데 어쩌다 이렇게 된 것일까. 일단 일을 맡은 만큼 조사를 해봐야 할 것 같다. 하멜의 시스템은 외부 차원에서 흘러들어오는 존재를 그리 환영하진 않는 것 같다. 물론 우리 같은 차원 여행자들은 쉽게 건드리지 못하는 모양이었지만 다른 놈들은 그게 아닌 듯하다.

어쩌다 차원이 폐쇄됐던 것인지 원인을 밝혀야 된다. 신들조차 접근이 불가능해진 만큼 우리 차원 여행자들이 대신해서 일을 처리해 줘야 할 것이다. 근데 왜 자꾸 그놈이 떠오르는 것일까. 아오! ×같은 자식. 애초에 발락의 마왕을 믿는 게 아니었는데……

폐쇄된 차원 하멜. 그리고 원인을 밝히기 위해 직접 하멜로 들어온 차원 여행자들. 일지를 전부 정독해도 계약 사기가 어떤 것인지는 도통 이해가 되지 않고 있었지만 하나만큼은 확실히 알 수 있었다.

'신들을 대신해서 일을 수행하는 게 차원 여행자란 건가. 그러면 하멜엔 원래 시스템 같은 게 존재하지 않았다는 건데…… 아리샤의 설명도 그렇고 점점 복잡해지는군.'

아직 하멜이 유지되고 있단 것은 차원 여행자들이 제대로 원인은 밝혀내지 못했다는 의미이기도 했다. 아마 현대의 인간들이 소환되는 것도 시스템과 크게 관련이 있을 터. 혹여 지금도 일지의 주인이 생존해 있다면 원인을 찾기 위해 곳곳을 돌아다니고 있을 것이다.

'나와는 크게 관련이 없는 얘기야.'

그저 본래 목적대로 마왕의 목표를 달성하면 될 뿐. 물론 지금도 현대로의 귀환이 확실한 것은 아니었지만 용찬에게 있어 가장 중요한 것은 복수였다.

그렇게 바쿤 일행은 원정대와 동일하게 야영을 취했고, 다음 날이 밝자마자 다시금 추적을 재개했다.

"헨드릭. 앞으로의 계획은 뭐야?"

"대마법사의 제자가 얼음 호수의 마법진을 해제할 수 있다고 하니 계속 저들을 따라다니면서 빈틈을 노려야겠지."

"빈틈?"

일부 랭커들을 잃었다곤 하나 아직도 두 권좌의 휘하에서 굳건히 유지되고 있는 원정대였다. 게다가 한 차례 습격 이후 더욱 경계심이 높아져 지금은 더욱 습격하기 까다로운 상황이 되어 있었다. 때문에 진협은 도통 이해하지 못하고 그저 고개를 갸웃거렸지만 이미 용찬의 입가엔 미소가 가득 맺혀 있었다.

'원정대를 몰살시켰던 원인. 이제 네가 나설 시간이다.'

어느새 선욱 곁으로 다가가 능청맞게 아델리아에게 장난을 던지고 있는 한 사내. 회귀 이전에도 동일한 행각을 벌였던 버킴의 두 눈이 서서히 탐욕으로 물들고 있었다.

정체된 마탑의 마법 체계, 식어버린 마법에 대한 열정. 모든 명예와 부를 던져 버리고 수련을 자처한 것도 어쩌면 새로운 동기가 필요해서 그런 것일지도 모른다.

미개척지대로 널리 알려진 아리엇 산맥은 델마누스의 탐구심을 자극시키기 충분했고, 폐관 수련을 위해 중턱 부근에 탑을 개설해 생활을 연명해 나갔다.

그리고 거센 눈보라가 치던 어느 날.

'이런 산맥에 어떻게 아이가 버려져 있는 것이지?'

지도를 제작하기 위해 주변 지형을 돌아보던 도중 부모에게 버려진 한 아이를 발견하게 됐다. 처음엔 혹여 산맥에 숨겨진 마을이 존재할까 싶어 한 번도 드나든 적이 없던 정상 부근까지 발길을 내밀기도 했지만 끝내 마을은 찾아볼 수가 없었고, 인간이 살았던 흔적마저 희미했다.

'정말 기이한 일이로군. 대체 이 아이를 어찌하면 좋을꼬.'

누가 보더라도 가여운 아이인 것은 틀림없었지만 인간을 극도로 멀리하는 델마누스는 고민했다. 하지만 이대로 가만히 놔둔다면 추운 날씨를 버티지 못 하고 동사할 터. 할 수 없이 그는 아이를 겨울탑으로 데려와 키우기 시작했다. 그리고 어느 정도 생각이란 것을 할 수 있는 나이가 되자마자 직접 이름을 선사해 주었다.

아델리아. 딱히 특별한 의미를 가지고 있는 이름은 아니었다. 하지만 그 짧은 시간 동안 나름 정이 든 것인지 아델리아란 이름을 소중히 생각하기 시작했고, 직접 마법을 가르치며 그녀를 자신의 정식 제자로 임명하게 됐다.

'이제 와서 생각해 보면 참으로 긴 시간이었어.'

예전 기억을 회상하던 델마누스는 흡족한 미소로 차를 홀짝거렸다. 그다지 마법에 대한 재능이 있던 것은 아니었지만 언제나 배우고자 하는 자세가 되어 있었고, 그런 노력이 엿보여 마법을 가르치는 내내 자신도 즐거웠다. 하지만 너무 탑 안에서만 생활해 오다 보니 아델리아는 극도로 소심한 성격이 되어 있었고, 자신을 제외한 다른 인간과의 접점은 거의 없다시피 했다. 때문에 델마누스는 자신을 대신해 그녀를 얼음 호수로 보낸 것이었다.

'플레이어들이긴 하지만 아델리아에게 있어선 좋은 경험이 될 거야.'

자주 탑을 방문했던 선욱과는 꽤나 말을 트고 있었지 않던가. 미리 원정대를 이끌던 두 권좌에게 부탁을 해두었으니 얼음 호수까지의 여정에 큰 불편함은 없을 것이다. 게다가 따로 자동 소환 아티팩트까지 건네주었기에 델마누스 또한 안심하고 제자를 보낼 수 있었다.

'언젠가 겨울탑을 떠나야 할 날이 오면 대륙에서 수많은 인간들을 만나게 되겠지. 그때를 위해 미리 다른 사람들과 만남을 가져보는 것도 썩 나쁘진 않을 거다.'

만남, 인연, 교류, 관계 등등 모든 것은 경험을 통해 쌓게 되는 것이었다.

214세의 대마법사 델마누스. 극한의 마력과 지식으로 명을 이어나가던 그는 하나뿐인 제자를 떠올리며 눈을 감았다.

'슬슬 나도 준비를 해두어야겠어.'

"그러면 몇 년동안 탑에서만 지낸 거야?"

"네, 네에."

"오호라. 스승님을 제외하곤 다른 남자는 만나본 적도 없고?"

"……맞아요."

델마누스가 건넨 지도 덕분에 원정대는 몬스터의 습격 없이 편하게 여정에 나서고 있었다. 하지만 대마법사를 대신해 임시로 합류한 아델리아에게 버킴이 계속해서 질문을 건네는 바람에 주위 시선이 썩 좋진 않았는데, 결국 참다 못한 선욱이 접근을 제지하며 그를 멀리 떨어트려 놓았다.

"어휴. 이젠 NPC한테까지 들이밀고 있네."

"저런 놈이 어떻게 길잡이로 들어온 거래. 정말 한심한 새끼네."

"그래도 리우청이란 놈은 묵묵히 따라오기라도 하는데 버킴 새끼는 정말 가관이다. 선욱이랑 비교당하는 게 그리도 분했나 봐."

권좌가 직접 선욱을 인정한 이후로 계속 이런 분위기였다. 총 세 명의 길잡이가 있는데도 불구하고 오직 단 한 명만 빛을 발하고 있었고, 그 외 두 명은 거의 떨거지 취급을 받고 있었다.

특히 원정대의 여성들에게 집적거리기까지 하던 버킴은 완전히 망나니 취급을 받는 상황. 이번에도 다를 것 없이 주위 플레이어들이 벌레 보듯 인상을 구기며 쳐다보고 있었지만, 정작 본인은 코웃음을 치며 술을 벌컥벌컥 마실 뿐이었다.

'웃기고 있네. 최고의 길잡이? 아니, 언젠가 네놈들도 나를 인정할 수밖에 없을 거야.'

인간이라면 누구든 실수를 하게 마련이다. 아마 선욱도 원정대를 이끄는 도중 한 번쯤은 치명적인 실수를 하게 될 터. 이젠 무시 받는 것도 익숙해진 버킴이었기 때문에 오직 그때만을 기다리며 자기 마음대로 편하게 행동하고 있었다.

'그나저나…….'

탑에서 보던 때와 달리 완전히 머리를 풀고 합류한 아델리아. 남성의 시선을 한눈에 사로잡는 그런 수준의 외모는 아니었지만 그녀 정도면 반반한 축에 속했고, 특히 대마법사의 제자란 타이틀이 무척이나 매력적이었다.

'스승을 제외하곤 다른 인간과 만나는 것은 처음이라고 했던가. 이거 완전히 겁먹은 토끼 수준이잖아.'

그래서인지 더더욱 끌려왔다. 남의 시선마저 극도로 두려워하는 아델리아가 자신의 품에 안기면 어떤 표정을 짓게 될까. 상상의 나래를 펼치던 버킴은 끓어오르는 욕망에 흥분을 주체하지 못했다.

하지만.

'저놈이 거슬린단 말이지.'

지금 아델리아의 곁엔 선욱이 철석같이 붙어 있었다. 그녀에게 접근하기 위해선 어떻게든 그를 떼어내야 할 터. 물론 대마법사의 제자이기 때문에 선욱을 떨쳐낸다고 해도 주의할 문제점들은 많았지만, 방심한 상태의 마법사를 무력화시키는 것 정도야 간단했다.

그렇게 기나긴 고민 속에서 두 번째 날이 저물었을까.

"어이. 리우청. 그 새끼는 어디 갔어?"

"선욱을 말하는 거면 권좌가 있는 초소로 불려갔어."

"……그래?"

마침내 기회가 찾아왔다. 이런 깊은 밤, 조용히 대표 길잡이를 불러낸 것이라면 권좌와 간부들 사이에서 중요한 회의가 있단 뜻일 터. 따로 배정받은 천막에 아델리아가 홀로 있는 지금이 가장 적기였다. 때문에 버킴은 손에 들고 있던 술병을 다시 들이키며 표정 연기를 시작했다.

"빌어먹을 새끼. 혼자 아주 잘 나가는구만. 들어가서 잠이나 자야지."

"……."

"뭘 봐. 너도 꺼져."

뒤로 꽂히는 의미 모를 시선이 신경 쓰이긴 했지만 리우청을 따돌리는 것 정도야 간단했다. 그렇게 자신의 천막으로 돌아온 버킴은 주위 시선들을 경계하며 인벤토리에서 몇 가지 아이템을 꺼내 들었다.

'플레이어들을 처음 만나는 NPC라면 우리가 자주 사용하는 아이템들도 거의 모를 테지. 뭐, 어느 정도 대비를 갖춰두고 있긴 할 테지만…….'

기껏 해봐야 천막 주위로 간단히 보조 마법을 거는 정도?

하지만 그 정도는 미리 챙겨온 아이템들로 조용히 처리가 가능했다. 그리고 그 예상은 정확히 들어맞았다.

'겨우 알람 마법과 전격 함정? 이 정도로 안심한 채 자고 있다니. 정말 세상 무서운 줄 모르는 여자일세.'

허술하기 그지없는 천막이 눈에 들어온다. 가끔씩 정찰을 위해 랭커들과 디텍터들이 주변을 돌아다니긴 했지만 그동안 아껴오던 상급 은신 주문서까지 사용하며 찾아온 상태였다.

'게다가 지금은 정찰을 하는 시간대도 아니지. 자, 틈에 얼른 들어가 볼까.'

중급 함정 해제 주문서, 광역 사일런스 주문서, 일회용 마법 침묵 반지까지. 다양한 아이템들을 꺼내든 버킴은 재빨리 천막에 걸려 있는 마법들을 제거하고 안으로 들어갔다.

어두컴컴한 천막 속에서 보이는 것은 잠옷을 입은 채 곤히 잠든 아델리아. 소심하기 그지없는 소녀가 이토록 무방비하게 잠들어 있자 참고 있던 욕망이 폭발하듯 끓어올랐다.

철컥!

두꺼운 마력 족쇄를 양 팔목에 채우자 감겨 있던 두 눈이 파르르 떨려왔다.

"우웅. 누구세요?"

"나야. 버킴. 오늘 너에게 새로운 경험을 선사해 주러 이렇게 내가 직접 찾아왔다고."

"꺄, 꺄아아악-!"

"그렇게 소리 질러봐야 누구도 오지 않아. 왜냐고? 이미 천막 주위로 사일런스를 쳐두었거든. 그러니까 저항만 하지 말고 순순히 내게 몸을 맡겨봐. 금방 즐거워질 테니까."

탐욕어린 두 눈에 안색이 창백히 물들어갔다. 체내에 깃든 마력은 족쇄 때문인지 의지대로 발현되지 않았고, 아델리아는 비명을 내지르며 발버둥을 쳤지만 금방 버킴에게 제압되고 말았다.

그리고 천천히 상체로 향하는 손길. 단추가 풀릴 때마다 뽀얀 속살이 드러나는 가운데 그녀의 두 눈동자는 절망으로 가득해지고 있었다.

'아아, 스승님.'

뒤늦게 눈에 들어오는 것은 옷가지를 정리하며 함께 놔두었던 목걸이. 그것은 델마누스가 출발 직전 건네준 자동 소환 아티팩트였지만 착용하지 않고 있으면 효과는 발동되지 않았다. 그렇게 아델리아는 전혀 희망이 보이지 않는 상황에 끝내 저항을 포기하고 말았다.

그 시각, 록시의 모래 통로를 이용해 겨울탑으로 잠시 돌아와 있던 용찬.

-정말 네 말대로야. 분명 자러 간다고 했던 놈이 안 보여. 천막에도 없는 것을 봐선…….

마침 원정대에 심어둔 정보통에게서 메시지가 도착했다. 여기서 언급한 놈은 생각해 볼 것도 없이 길잡이인 버킴일 터. 회귀 이전 기억대로 흘러가는 상황 속에서 남은 것은 이제 거짓을 보태서 정보를 전달하는 것뿐이었다.

"겨울탑의 주인. 내 말이 들리나?"

-자네는 또 누군가?

"플레이어다."

-허어. 원정대는 이틀 전에 출발했을 텐데?

"정확히는 저놈들과 다른 소속의 플레이어지."

역시 A급의 마법사답게 따로 도구를 사용하지 않고도 상대에게 통신을 걸 수 있었다. 용찬은 머릿속으로 들려오는 중후한 목소리에 입가를 말아 올렸고, 얼마 되지 않아 델마누스가 직접 바깥으로 모습을 드러냈다.

"다른 소속이라면 저들과는 적대 관계겠군. 그래서 내게 하고 싶은 말이 무엇인가? 만약 허튼소리를 할 생각이면 원래 있던 곳으로 되돌아가……."

"당신의 제자 아델리아. 과연 놈들이 대마법사의 제자인 그녀를 가만히 놔둘 거라고 생각하나?"

무심한 두 눈가로 맺히는 살기. 벌써부터 사방으로 강대한 마력이 뿜어져 나오고 있었지만 용찬은 멈추지 않고 계속 말을 이어갔다.

"내가 원정대를 이끄는 입장이라면 그녀를 인질로 붙잡아 네놈을 협박할 수단으로 사용할 거다. 왜냐고? 대마법사가 직접 나서면 그만큼 아리엇 산맥 개척이 쉬워질 테니까."

"네놈. 죽고 싶어서 안달이 났나 보구나."

"내 말이 거짓말 같다고 느껴지나? 뭐, 그럴 만도 하겠지. 하지만 오늘 내가 좀 몰래 엿들은 정보가 있어서 말야. 아마 지금쯤이면 몇 명의 수하들을 이용해 그녀에게 손을 대고 있을 거다."

"그 말이 사실이란 증거가 어디 있느냐."

선욱과 친밀한 교류를 가졌던 만큼 동일한 플레이어라고 해도 당장 믿음이 가는 것은 원정대 쪽일 것이다. 게다가 회귀 이전에도 출발 직전 아델리아에게 자동 소환 아티팩트를 건넸던 델마누스였기 때문에 모든 말들이 거짓으로 들리는 게 당연했다.

'간과하고 있는 것은 이번 생도 똑같군. 목걸이를 벗어둘 수도 있단 것은 전혀 생각해 두고 있지 않아. 그때도 지금처럼 그런 가능성을 염두에 두지 않고 있다가 뒤늦게 일이 벌어졌었지.'

특히 대마법사의 제자를 인질로 이용하는 것도 충분히 가능성은 있는 일이었다.

진실을 포장하는 거짓. 그리고 그것을 증명할 명확한 증거까지. 이미 버킴의 소식이 확인된 가운데 더 이상 고민할 것은 없었다.

"왜 말이 없는 거냐. 역시 거짓……."

"당신 정도의 마법사라면 내가 어디 있든 금방 찾아낼 수 있겠지. 그렇게 거짓말 같으면 직접 가서 한번 확인해 봐라. 만약 내 말이 거짓말이라면 군소리 않고 너에게 목을 내주도록 하지."

전혀 물러섬 없는 태도에 역으로 당황하기 시작한다. 하지만 그것도 잠시. 그 짧은 시간 동안 판단을 내린 것인지 델마누스가 목걸이를 꺼내 들었다.

"이것은 출발 직전 제자에게 건네주었던 목걸이다. 몸에 이상이 생기거나 마력을 발현하지 못 하는 상태가 되면 자동으로 발동하게 되지. 반응이 없는 것을 봐선 특별히 이상은 없다는 뜻일 텐데……. 그 말 책임질 수 있느냐?"

"물론이지."

"좋아. 번거롭긴 하지만 내 한번 갔다 오도록 하지. 그리고 혹시라도 도망갈 생각이라면……."

"이미 추적 마법을 걸어놓은 주제에 뻔한 충고는 그만하지. 그래?"

추측이 맞아떨어진 것일까. 노기 서린 얼굴로 용찬을 노려보던 델마누스가 급히 이동 마법을 시전했다. 그리고 얼마 되지 않아 울려오는 통신 수정구. 뒤늦게 들려오는 진협의 목소리에 용찬의 두 눈빛이 광기로 물들었다.

-원정대 분위기가 이상해. 돌아와야 할 것 같아. 헨드릭!

"전투 준비부터 해라."

-뭐?

새하얀 눈보라 속에서 대지를 비추고 있는 두 개의 달. 서서히 레드 문과 블루 문이 합쳐지는 가운데 원정대가 향한 쪽에서부터 백색 기둥이 솟구치기 시작했다.

[히든 보스가 출현합니다. 백은의 마법사 델마누스가 분노하고 있습니다.]

산맥 전체가 울부짖듯 흔들려 온다. 원정대를 공포로 몰아넣은 최악의 악몽. 마침내 놈이 원정대를 상대로 살심을 드러내고 있었다.

"곧 축제가 벌어질 테니."

천막들 사이로 번져가는 불길. 내면 깊은 곳으로 잠식해 공포를 각인시키는 불길한 마력의 소용돌이. 얼마나 거세게 몸이 떨리는지 상대의 분노가 고스란히 느껴질 정도였다.

"이게 무슨 소란이야. 갑자기 보스라도 나타난 거야?!"

"설마 전에 우리를 습격했던 놈들은 아니겠지?"

"회의 중에 기습이라니. 디텍터들에겐 아직까지 통신이 없는 건가."

방금 막 차후 원정에 대한 회의를 끝냈던 간부들은 정신이 없었다. 야간 기습을 대비하기 위해 철저히 감시를 세워두고 있었는데, 천막을 나오자마자 보이는 광경이 불바다라니. 대체 어떻게 디텍터들과 마법사들의 기술들을 뚫고 야영지로 파고든 것인지 깊은 궁금증이 돌았지만 그것보단 대처가 우선이었다.

"소희 님. 이건!"

"다들 소란 떨지 마라. 습격한 자는 단 한 명뿐이니까. 김선일. 너도 눈치챘겠지?"

"이 정도의 마력이라면 그 마법사인가."

디어스 길드의 부마스터답게 설희가 먼저 적의 강대한 마력을 감지해 내자 뒤따라 두 권좌가 골치 아프다는 표정을 지었다. 그리고 겨울탑이 언급되자 테이블에 앉아 있던 선욱이 식은땀을 흘리며 자리에서 벌떡 일어났다.

'설마?!'

겨울탑의 단 하나뿐인 제자 아델리아. 그리고 원정길 내내 갖가지 장난으로 그녀를 곤란케 했던 버킴까지. 최악의 시나리오가 불현듯 뇌리를 스쳐 지나가자 자연스레 발길이 내밀어졌다.

"어이, 지금 어딜 가는 거야?!"

등 뒤로 당황해하는 간부들의 목소리가 들려왔지만 선욱은 멈추지 않았다. 그리고 얼마 되지 않아 도착한 아델리아의 천막에서 그는 볼 수 있었다.

바스락!

대마법사의 손에 가루가 되어가는 플레이어의 신형을. 이미 몸의 절반은 가루가 되어 흩날리고 있었지만, 선욱은 그가 누구인지 알고 있었다. 하지만 피눈물을 흘리는 대마법사와 눈을 마주치자 당최 입이 열리지 않았다.

"으흐흐흑."

"……아."

게다가 천막 속으로 보이는 나신의 여인은 또 무엇이란 말인가. 마치 현기증처럼 머리가 핑핑 돌기 시작한다. 선욱은 골머리를 짚은 채로 힘겹게 고개를 들어 올렸다.

"자네 처음부터 이럴 계획이었나?"

"무언가 오해가 있었던 모양입니다. 분명 저희 쪽 실수가 맞긴 하지만 이번 일은 저놈의 단독 소……."

"고작 한다는 게 변명이라니. 그래. 전부 다 내 실수야. 애초에 원정길에 함께 보내는 게 아니었어. 대체 이 아이의 상처를 어떻게 치유해 줄꼬."

제자를 향하던 서글픈 눈빛은 어느새 광기로 물들어 공기를 무겁게 만든다.

"뒤로 물러나. 안선욱!"

"대화는 안 통할 것 같군. 우선 여기는 우리가 맡으마. 너는 다른 쪽을 수습해."

한발 늦게 도착한 두 권좌는 아예 설득을 포기한 것인지 눈밭을 타고 뛰어오는 설인들을 가리켰다. 설마 산맥에 살던 몬스터들까지 끌어들인 것일까. 도저히 종잡을 수 없는 대마법사의 능력에 눈앞이 깜깜해졌지만 적신호가 들어온 시스템 메시지만큼은 현실이었다.

[백은의 마법사 델마누스]

[등급:?]

아리엇 산맥의 히든 보스. 결코 적으로 돌리기 싫었던 대마법사의 분노를 일깨워 버린 것이다.

'자, 이걸로 두 권좌의 시선은 돌려놨다. 남은 것은 적당히 인원수를 줄여놓는 것뿐. 그래도 델마누스가 설인들을 끌고 와준 덕분에 더욱 일이 손쉬워지겠어.'

교묘한 술수로 심기를 자극한 덕분일까. 회귀 이전엔 데려오지도 않았던 설인까지 대동하며 원정대를 습격한 대마법사 델마누스였다. B급 야생 몬스터 수천이라면 시간은 충분히 벌어줄 터. 그동안 바쿤 일행은 최대한 이번 기회를 이용해 인원수를 줄이고 원정대를 조급하게 만들어야 했다.

"치, 침입…… 퀘엑!"

"입 다물어."

대마법사의 강대한 마력은 인간들을 공포에 떨게 만들고 신경을 분산시킨다. 즉, 주변을 철저히 경계하던 디텍터들의 시야까지 흐려진다는 것. 다행히 바쿤 일행은 분노의 대상이 아니었던 것인지 마력의 영향을 받지 않고 있었고, 마침 딩크의 거대한 철퇴가 보초의 머리통을 작살 냈다.

[하운드]

[등급:유니크]

[옵션: 힘 5 증가, 내구 3 증가, 돌진 스킬 사용 시 이동 속도 및 공격 속도 상승, 공격 시 일정 확률로 철퇴의 무게를 세 배로 증가시킴.]

[설명: 마계 군단장 베리얼이 사용했다던 거대 철퇴다. 엄청난 무게 탓에 근력이 낮은 전사들은 들지 못하는 무기로서, 전투 시 무게를 증가시키는 효과까지 가지고 있어 강력한 파괴력을 발휘할 수 있다.]

게펄트가 직접 바쿤으로 보냈던 또 한 가지의 선물. 무려 유니크급에 달하는 하운드는 근접 전투 시 강력한 파괴력을 발휘하는 양손 무기였고, 광전사인 딩크는 무식하게 철퇴를 휘두르며 적들이 서 있는 바닥까지 통째로 박살 내고 있었다.

'정말 딩크에게 어울리는 무기야. 저 정도의 파괴력이면 무식한 체력으로 끈질기게 버티다가 역으로 적에게 강력한 일격을 선사할 수도 있겠어.'

변화가 있는 것은 그뿐만이 아니었다. 진혈왕으로 1차 각성을 한 이후로 헥토르 또한 파마의 장창과 단창으로 뛰어난 근접전을 선보이고 있었고, 가끔씩 드레이크 장궁으로 무기를 교체하며 가공할 정도의 사격을 보여줬다.

퍼억!

"아싸. 한 명 처리 완료!"

아니, 이번에는 아예 활로 성직자 한 명을 후려쳐 제압한 상태였다.

"야! 마왕님께서 활로 사람 패지 말라고 했잖아!"

"앗, 깜빡했다. 죄송해요. 헤헤."

"으이그. 백날 말해도 금세 까먹으니 원."

그 찰나를 놓치지 않고 루시엔이 금방 타박을 하고 들었지만 본인은 그저 머리를 긁적거리며 넘어갈 뿐이었다. 저렇게 분위기에 휩싸여 활로 근접 전투만 벌이지 않는다면 좀 더 완벽한 마탄의 궁수가 될 터.

그렇게 용찬이 한숨을 내쉬는 사이 한성은 시체들에게서 피어난 흑색 꽃들을 회수하며 흑마력을 회복하기 시작했다.

"흑련 특성 덕분인지 좀 더 편하게 흑마력을 회복할 수 있군요. 이러면 전보다 빠르게 시체 군단도 만들 수가 있죠. 으흐흐흐."

"적들은 대부분 델마누스의 마력 때문에 제대로 마법을 사용할 수 없을 거다. 무슨 뜻인지는 잘 알고 있겠지?"

"예. 걱정 마십시오. 최우선적으로 마법사들부터 노릴 테니까. 그러니 귀찮은 성직자들만 좀 제거해 주십시오."

"그럴 예정이었다."

말이 나오기가 무섭게 또 한 명의 성직자가 데스 그랩에 끌려온다. 이미 야영지의 후방은 거의 초토화 되어가고 있는 상황. 마지막으로 록시의 청광이 성직자의 심장부를 관통하자 울타리를 지키던 무리들은 깔끔히 정리가 되어 있었다.

그리고 얼마 되지 않아 울리는 통신 수정구.

-대체 뭐가 어떻게 돌아가고 있는 거야?

제대로 상황을 전달하지 않고 무작정 야영지를 습격한 탓일까. 멀리 떨어진 거리에서 대기하던 진협이 당혹스러운 목소리로 통신을 해왔다.

"원정대의 길잡이 중 한 명이 대마법사의 제자를 건드린 모양이더군. 그래서 이 사달이 난 거고 말야.”

-설마 너 그것을 이용해서?

“이런 기회를 놓치는 것은 말이 안 되지. 슬슬 네 쪽으로도 시야를 공유해 주마. 거기서 대기하고 있어.”

-……너무 크게 상황을 키운 것 같기도 한데. 하아, 어쨌든 알겠어.

진협이 우려하는 것은 너무도 잘 알고 있었다. 아마 대마법사의 각성이 바쿤 일행들에게 어떤 영향을 미칠지 걱정하는 것일 터. 하지만 지금 델마누스의 분노는 오직 원정대에게만 향하고 있었다.

‘두 권좌까지 놈에게로 붙었으니 후방에 있는 우리들에게 타격은 없어. 만약 원정대가 전부 전멸한다면 놈의 분노가 우리들에게까지 올 수도 있겠지만 디어스와 펄션도 그리 호락호락한 대형 길드는 아니지.’

전생에서도 원정대는 기어코 히든 보스를 처치해 냈었다. 물론 변수가 존재할지도 모르는 일이지만 용찬의 우선적인 목표는 인원을 줄이는 것이었기 때문에 이렇게 후방으로 습격을 시도한 것이었다.

콰콰콰쾅!

역시 A급 네임드 수준의 히든 보스란 것일까. 겨우 한 차례 광역 마법이 발동된 것 같은데 벌써부터 주변 지형이 파괴되어 가고 있었다.

'차소희와 김선일은 A급 중에서도 하위권이었지. 지금 히든 보스로 각성한 델마누스가 네임드 수준이고. 처음엔 두 권좌가 밀리겠지만 서로 호흡을 맞춰가다 보면 달라지게 마련이지.'

물론 전생의 자신은 딱히 다른 누군가와 호흡을 맞출 필요도 없었다. 권좌들 중에서도 유일하게 유태현과 비등했던 A급 히어로 수준의 하이 랭커였으니까.

'그런데도 불구하고 상대가 되지 않았던 펠드릭. 그리고 범주를 벗어난 괴물 사태후까지. 그놈들은 거의 미지의 등급을 넘보는 수준이라고 치면 되겠어. 과연 두 괴물이 붙으면 어떤 결과가 나올지 갑자기 궁금해지는군.'

정 후보를 더 꼽는다면 하멜의 마녀들 또한 포함이 되겠지만 그녀들은 자기 보호 외엔 할 수 있는 게 거의 없으니 예외였다. 그렇게 잠시 딴 길로 새고 있었을까. 마침내 적진 한 가운데에서 익숙한 랭커들이 다수 튀어나오기 시작했다.

"설인들 막기도 바빠 죽겠는데 이젠 다른 진영의 날파리들까지 꼬이네."

"저 중간의 무투가. 전에 우리 선봉대를 습격했던 놈이야. 조심해."

"야영지에 난리가 난 틈을 타서 후방을 습격한 모양이군요. 일단 진형부터 갖추도록 하죠."

황금 전위병 나카무라, 공간 마술사 백한설, 디어스 부 길드 마스터 백설희.

그리고.

"……."

마탄의 사수 김민아까지. 일부 다른 랭커들까지 지원에 나서며 포위진을 구축하는 가운데 길잡이인 선욱이 그들의 중심으로 자리 잡고 있었다.

-이런, 여기서 못 빠져나가게 할 속셈이야. 우선 뒤로 물러나야 해.

'어차피 디텍터들은 델마누스의 마력 때문에 스킬을 제대로 사용 못 해. 이런 기회를 놓치긴 너무 아깝지. 놈들과 맞선다.'

-저번에 김민아와 충돌한 적이 있었다며. 정체를 들켜도 상관 없는거야?

'이젠 굳이 그럴 필요까지도 없지. 마족이란 정체만 들키지 않으면 돼. 애초에 저놈들은 나를 단순히 머더러 정도로 알고 있을 테니까.'

-후. 좋아. 그렇다면 선수를 바꿔야 해. 이런 포위진에선 딩크보다 쿨단이 더욱 효과적일 거야!

더 이상 용찬의 의지를 꺾을 수 없다고 판단한 것인지 진협이 빠르게 조언을 해왔다.

[놀 전사 딩크가 역소환됩니다.]

[수호자 쿨단이 소환됩니다.]

미리 인상착의를 가리고 있던 백골의 스켈레톤 병사가 소환된다. 당연히 랭커들은 갑자기 소환된 그를 단순한 증원으로 여기고 있었지만, 미세하게나마 민아의 표정에 변화가 오기 시작했다.

어디선가 본 듯한 익숙한 로브와 투구.

뒤늦게 쿨단이 흑요석의 방패를 든 채 방어 자세를 취하자 두 눈이 붉게 충혈되어 갔다.

"네놈은 그때 그!"

"알아 차리는 게 좀 느리군. 동생이 죽고 난 이후 편히 지내고 있었나? 김민아."

"너어어어어-!"

절대 잊을 수 없는 단 한 남자의 목소리. 그 목소리에 격하게 반응하던 민아는 선욱의 지시를 기다릴 것도 없이 즉시 시위를 잡아당겼다,

파지지직!

하지만 델마누스의 마력 영향 때문인지 화살에 실려 있던 마력은 금방 소멸이 되었고, 날카롭기 그지없던 화살촉마저 뇌전에 가로막히며 바닥으로 떨어졌다.

"역시…… 역시 네놈이었어!"

"나비 계곡 이후로 몇 년 만이지? 이젠 지난 시간도 긴가민가하군. 그래도 참으로 오래 살아남았어. 그렇지 않나?"

"죽여 버리겠어!"

궁수가 단독으로 뛰쳐나가려 하자 곁에 있던 랭커들이 민아를 붙잡는다. 슬슬 선욱도 익숙한 뇌전 기술에 눈치를 채기 시작한 것일까. 미쳐 날뛰기 시작하는 그녀를 보며 일순 지시를 망설이고 있었다.

-지금이야! 우측의 마법사부터 노려!

빈틈을 놓치지 않는 매의 눈빛. 진협의 지시가 떨어지자마자 바쿤의 병사들이 동시에 움직이기 시작했다.

파지지직!

'두 번은 절대 놓치지 않아. 차혜림도 그랬었고. 곧 너희들도 똑같은 결말을 맞이할 거다.'

용찬이 그동안 숨기고 있던 속성력들을 모조리 방출하고 있었다.

[델마누스가 마력 억제화를 발동하고 있습니다. 지정된 대상들의 마력을 억제합니다.]

마탄의 사수의 주 기술들은 대부분 마력을 이용한 사격술이다. 하지만 마력 억제화가 발동되고 있는 지금은 주력기를 거의 다 상실한 상태였고, 그나마 남아 있는 궁수의 기술들마저 쿨단의 흡수력에 모조리 흡수당하고 있었다.

"저 방패병 자식. 우리 기술들을 전부 흡수하고 있어. 저거 완전 사기 스킬 아냐?!"

"아냐. 어떤 기술이라도 패널티가 있게 마련이야. 기술을 흡수하는 것도 분명 한계가 있을 거야. 그러니까 버텨!"

"대체 어떻게 버티란 거야. 저 자식들은 마력의 영향도 받지 않는 것 같은데!"

수적으로 우세한 것은 분명 랭커들이었지만 소규모 정예로 모인 바쿤 병사들의 기세도 만만치 않았다. 게다가 델마누스의 마력 억제화는 오직 원정대를 향해 발동되고 있지 않던가. 주요 마법사들이 제대로 마법을 사용하지 못하는 가운데 쿨단이 한계까지 흡수력을 발동하고 있으니 원거리 지원은 거의 없다고 봐도 무관했다.

'즉, 김민아와 안선욱을 제거할 절호의 기회란 뜻이지.'

광기로 물든 미소 속에서 천둥 벼락이 몰아친다. 랭커답게 나름 저항력을 지니고 있었지만 뒤따라 하늘에서 비가 내리기 시작하자 사방으로 전류가 파고들었다.

파지지직!

끊임없이 걸려드는 감전 상태. 아무리 상태 이상 저항력을 품고 있다고 해도 무한대로 방출되는 뇌전 속에선 절대 자유로울 수 없었다.

-가장 먼저 황금 전위병 나카무라부터 처치해!

"루시엔. 저놈부터다."

"알겠어요!"

신속화로 향상된 이동 속도에 섬무가 더해지자 놀라울 정도로 빠른 칼부림이 펼쳐졌다. 갑옷들을 전부 황금색으로 도배해 황금 전위병이라 불리던 나카무라는 쇄도해 오는 두 자루의 레이저 소드에 급히 물리 방어력을 강화했지만, 물밀듯이 쏟아지는 댄싱 검술을 전부 막아내긴 무리였다.

[플레이어 나카무라가 가헬의 가호를 시전했습니다.]

[루시엔이 광폭을 발동했습니다.]

일정 시간동안 받은 피해의 일부를 적에게 돌려주는 가헬의 가호. 광폭까지 발동한 루시엔 입장에선 공격에 성공해도 돌아오는 피해 때문에 장기전은 손해였지만, 놈들은 멀리서 로드멜이 채널링으로 힐을 해주고 있단 사실을 몰랐다. 그리고 선욱의 지시를 받은 암살자 두 명까지 보기 좋게 미끼를 물었다.

"우선 활쟁이부터!"

"아닌데. 나 창도 쓰는데?"

"뭣?!"

로브 속에서 번쩍거리는 창날. 단순히 헥토르를 궁수로만 여기고 있던 암살자 딘은 다리를 관통하는 파마의 장창에 인상을 대폭 구겼다.

"나도 단순한 마법사는 아니지."

마침 록시도 성질 변화를 발동한 것인지 거대한 마력 팔로 나머지 암살자 한 명을 짓뭉개며 전방으로 합류했다.

펑! 퍼엉!

적절한 순간에 시체들까지 폭발하자 포위진은 단숨에 허물어진 상태였다.

"으흐흐흐. 이거 완전 시체 천국이구만."

"나머지도 한 번에 뚫는다. 유한성. 흑마도를 준비해라."

"예이!"

원정대가 간과한 것은 바쿤 일행이 숨기고 있던 실력. 이미 혼돈의 도가니가 된 전장으로 흑마도에 걸린 스노우맨까지 소환되자 랭커들은 제대로 정신조차 차리지 못하고 있었다. 결국 길잡이이던 선욱은 자신의 실수를 인정하고 후퇴를 지시하는 분위기였지만, 분노에 휩싸여 있던 민아는 그 지시마저 무시하고 막무가내로 달려들었다.

"네놈만큼은 절대. 절대로 용서 못 해!"

-쿠오오오!

"지금 뭐 하는 짓…… 크윽. 저 눈덩이부터 막아!"

그녀를 말리기 위해 달려들던 동료들 앞으로 거대한 눈덩이가 굴러왔다. 첫 소환 당시보다 세 배는 더 커다래진 스노우맨의 주력 기술. 비록 흑마도에 의해 얼마 되지 않던 생명력마저 급격히 줄어들고 있었지만, 덕분에 민아는 분노에 미쳐 혼자 달려오고 있는 상황이었다.

"정신이 나갔군. 궁수가 근접 사격이라니. 그토록 동생의 복수를 갚고 싶었나?"

"오직 이 순간을 위해 진영까지 넘어왔어. 네놈만 죽일 수 있다면 이딴 원정대 따위 어떻게 되든 상관없다고!"

"그래. 광적으로 복수에 미치면 누구든 그렇게 되게 마련이지. 근데 말야……."

덥석!

목을 움켜쥐는 검은 손길. 로브 속으로 음산한 안광이 내비치는 가운데 악마가 처절히 발버둥 치는 먹잇감을 보며 비웃었다.

"고작 한다는 게 무작정 달려드는 거냐?"

자고로 복수란 모든 준비가 완벽해졌을 때 성취해 낼 수 있는 것이다. 지난 2년간 진영을 옮겨가며 날을 갈았다면 좀 더 확실한 방법을 택해야 정상이었다.

한데, 이 꼴은 대체 무엇이란 말인가.

"끄윽. 끄으으윽!"

"결국 넌 이 정도밖에 되지 않는단 뜻이겠지."

"주, 죽여 버리겠……."

"잘 가라. 김민아."

눈에 불을 밝히며 달려드는 방해꾼들은 이미 바쿤의 병사들에게 발이 묶여 있었다. 서서히 싸늘한 한기가 민아의 온몸을 얼어붙게 만드는 가운데 강렬한 전류가 오른손에 뭉쳐 들었다. 그리고.

타앙!

김혁의 목숨을 앗아갔던 총성이 다시금 울려 퍼졌다.

털썩!

진영 내에서 각광 받던 초신성이 싸늘한 주검이 되어 자리에 쓰러진다. 마탄의 사수란 직업으로 복수를 위해 디어스 길드까지 들어갔던 신흥 랭커였지만, 끝내 목적을 달성하지 못한 채 목숨을 잃고 말았다.

이제 남은 것은 안개섬에서 놓쳤던 안선욱뿐. 하지만 예상대로 호락호락하게 당할 정도의 수준은 아니었던 것인지 랭커들 일부를 미끼로 삼아 주요 인원들과 함께 도주를 시도하고 있었다.

[플레이어 안선욱이 클라우드 토템을 사용했습니다.]

[플레이어 안선욱이 잿빛의 등불을 사용했습니다.]

'역시 잿빛의 등불을 가지고 있었나?'

두 번의 사용 제한이 걸린 이동형 아이템 '잿빛의 등불'.

전생에서도 등불을 이용해 원정 도중 목숨을 건졌던 선욱은 이번에도 마찬가지로 파티원들과 함께 등록된 좌표로 이동하려 들었다.

"이진협. 놈이 서 있던 위치는?"

-기억하고 있어!

"좋아. 헥토르. 진협이 가르쳐 주는 방향으로 룬 화살을 시전해라."

"네엣!"

라이트닝 보텍스나 마력탄 보단 헥토르의 룬 화살이 좀 더 시전 시간이 빨랐다. 게다가 일정 확률로 둔화나 속박도 걸리기 때문에 잘만 하면 이동을 막을 수도 있을 터. 정밀 사격이 더해진 룬 화살이 허공을 가르며 빠르게 쏘아졌다.

푹!

"맞았…… 어라?"

화살이 명중했단 사실에 헥토르가 눈을 반짝거리던 찰나,

사라져가는 안개 사이로 속박에 걸려 있는 허수아비 인형이 보였다.

"쯧. 백설희의 소환 아이템이로군."

-어쩔 거야. 보니까 저 등불은 이동형 아이템인 것 같은데 이대로 쫓을 거야?

"할 수 없지. 이 녀석을 처치한 걸로 만족하는 수밖에."

원정대가 설인들에게 시선이 끌려 있다고 해도 더 이상 내부로 진입하는 것은 위험했다. 용찬은 발아래로 걸리는 민아의 시신을 내려다보다 이내 판단을 마쳤다.

"일단 남아 있는 랭커들을 제거하면서 이 근방을 마저 소탕한다. 다들 따라와라."

"그러면 저 길잡이 녀석은 포기하시는 것입니까?"

"포기? 아니지."

한성의 물음에 절로 입꼬리가 올라간다. 선욱이 잿빛의 등불을 소유한 것쯤이야 이미 예상해 두고 있던 바였다. 어딜 가든 자기 몸 하난 기가 막히게 잘 챙기는 놈이었기 때문에 한 번에 잡지 못하는 게 오히려 당연한 것일 수도 있을 터.

하지만 용찬은 조급해하지 않았다. 지금은 그저 잿빛의 등불을 한 번 사용케 했단 것에 만족할 뿐. 결국은 두 권좌의 압박 속에서 원정대를 이끌어야만 하는 선욱이었기 때문에 기회는 아직도 차고 넘친다고 볼 수 있었다.

'머리가 비상한 놈이니까 더욱 잘 알고 있겠지. 원정대를 도중 이탈하게 되면 어떤 결과를 맞이하는지.'

마침 달아나던 랭커 한 명의 발목이 얼어붙는다.

"사, 살려……."

콰직!

제대로 비명조차 질러보기 전에 으깨지는 머리통. 가볍게 손을 털어내던 용찬은 주변에 남은 플레이어들을 확인하며 좀 더 속도를 높이고 있었다.

지이이잉.

품속에서 진동하는 또 다른 통신 수정구의 존재는 감쪽같이 잊은 채로 말이다.

퍼드드득!

그림자가 길게 늘어진 숲속에서 새들이 날아간다. 우거진 나무들을 깔아뭉개며 지상으로 추락하는 거대한 형체. 한때 하멜에서 절대적인 존재로 인정받던 용이 지금은 두 날개를 다 잃은 채 허망히 다가올 죽음을 기다리고만 있었다.

그리고.

"게헤헤헤. 드디어 잡았다. 이 용대가리 새끼."

고룡의 머리 위로 피 칠갑을 한 사내가 올라섰다.

-어떻게…… 어떻게 인간이 이런 힘을…….

"아, 거 새끼. 끝까지 혓바닥을 놀리고 지랄이여. 그냥 얌전히 뒤져. 네놈의 비늘로 쓸 만한 장비를 만들어줄 테니까."

탐욕으로 물든 웃음소리가 메아리치듯 울려 퍼진다.

하멜의 첫 용살자 사태후. 미궁 타르타로스에서부터 시작된 전투는 끝내 마계로 이어진 상태였고, 그는 자신의 손에 쓰러진 메사이어드의 비늘을 게걸스럽게 떼어내기 시작했다.

촤아아아악!

분수처럼 쏟아지는 용혈. 패배한 것도 모자라 고귀한 비늘까지 뜯겨 나가는 심정은 참으로 비참하기 그지없었다.

'이 인간은 세상을 전부 집어삼킬 놈이다. 여기서 빠져나가게 하면…….'

혼신의 힘을 짜내어 마력을 끌어올리던 차, 거친 손길이 심장부를 관통했다.

두근두근!

어느새 사태후의 손에 쥐여져 있는 붉은 형체. 일명 드래곤 하트라고 불리기도 하는 심장이 강제로 뜯겨 나가자 거대한 두 눈이 흰자로 물들었다.

"게헤헤헤. 이게 그 말로만 듣던 드래곤의 심장이라 이거지. 간만에 몸보신 좀 하겠구만."

펄떡거리는 심장은 가히 마력의 덩어리나 다름없었다. A급 마력 코어보다 더 질이 높은 마력에 사태후의 두 눈은 탐욕으로 붉게 출혈되어 갔고, 뒤늦게 손바닥에서 정체불명의 눈동자가 깨어났다. 누구보다 빠르게 A급에 도달하게 만들어주었던 특성. 자신의 성격과 걸맞게 탐욕 그 자체이던 두 눈동자가 심장을 발견하자 미친 듯이 깜빡이기 시작했다.

"그래. 그래. 먹여줄 테니까 조금만 기다……."

"어디로 사라졌나 했더니 결국은 마계로 이동된 것이었던 게냐."

수풀 사이로 드러나는 익숙한 안면. 유독 조그마한 체형 때문에 기억에 남아 있었던 붉은 로브의 소녀가 천천히 걸어오자 둘 사이로 묘한 기류가 퍼져갔다.

"엥? 넌 그때 미궁에 있었던 꼬맹이잖아."

"꼬맹이가 아니라 아리샤다. 그래서 메사이어드는 네놈이 죽인 게냐?"

"게헤헤헤. 이 용대가리의 이름이 메사이어드였냐? 보다시피 내 손으로 직접 죽였어. 워낙 엿 같은 마법만 사용해서 두들겨 패는데 애를 좀 먹긴 했지만 결국은 용도 겁나게 처맞으면 뒤지더라고."

용의 심장을 만지작거리던 사태후가 느긋하게 사체 위에서 내려온다. 이미 난쟁이처럼 생긴 아리샤가 보통 NPC란 게 아니라는 것은 어느 정도 눈치 챈 상황.

"자, 그래서 이 용대가리의 복수를 하러 오셨나?"

때문에 가볍게 도발을 하며 비아냥거리기 시작했지만 그녀는 쉽게 넘어오지 않았다. 오히려 심각한 표정으로 사체를 내려다보며 굳게 입을 다물고 있을 뿐.

그렇게 잠시 동안 깊은 고민에 빠져 있었을까. 문득 사태후의 손바닥에 피어난 기괴한 눈동자가 눈에 들어왔다.

"네놈은 절대 바깥으로 보내선 안 될 놈인 것 같구나."

"그래서 이번에는 네가 날 막아보시겠다?"

"굳이 내가 직접 나설 필요는 없지. 그렇지 않느냐?"

말이 끝나기가 무섭게 붉은 아지랑이가 주변으로 피어올랐다.

"플레이어가 이 정도 힘을 지니고 있다니. 저를 부르신 이유를 알겠군요."

올백으로 확 넘긴 백발, 깔끔히 차려입은 붉은 정장. 그리고 근엄하기 그지없는 표정까지. 현 프로이스 가문의 가주이기도 한 중년 마족이 가볍게 불씨를 만들어내자 처음으로 탐의 화신의 얼굴이 굳어졌다.

"부탁하마. 펠드릭 프로이스."

◀ 71장 ▶

탐하는 자, 멸하는 자

콰아아앙!

단 한 번. 겨우 한 번 시전한 마법이 주변 지형을 바꾼다. 이것이 히든 보스의 힘이란 말인가. 물론, 델마누스를 상대하는 두 권좌의 실력도 만만치 않았지만 아직까진 밀리는 감이 없지 않아 있었다.

'정말 이래도 되는 걸까. 제자는 아무 잘못도 없는데.'

거대한 보호막 속에서 절규하는 아델리아의 모습에 리우청은 내심 죄책감이 들었다. 어찌 보면 자신은 마왕의 명령을 받아 버킴의 소행을 방관한 것이나 다름없었다.

하지만 그것도 잠시.

'아냐, 내가 살기 위해선 어쩔 수 없는 거였어. 솔직히 다른

플레이어가 나였어도 그랬을 거라고.'

그동안 힘겹게 생존해 왔던 과거 기억들이 떠오르자 금세 자기 합리화를 하게 됐다.

[플레이어 차소희가 금호장격을 시전했습니다.]

[플레이어 김선일이 냉룡의 숨결을 시전했습니다.]

단단한 바위들을 깨부수며 솟아오르는 황금빛 기둥. 그 속으로 큼지막한 냉룡의 형상이 용솟음치자 주변 일대를 장악하던 마력에 균열이 생기기 시작했다.

"지금이다. 차소희!"

선일의 외침과 동시에 소희의 신형이 빠르게 회전했다.

태풍의 눈.

어느새 그녀는 태풍의 중심이 되어 사방으로 거센 돌풍바람을 일으키고 있었다. 그리고 공중에 떠 있던 델마누스까지 집어삼키며 사정 범위에 있던 모든 것을 단숨에 지상으로 추락시켰다.

'됐다. 이겼어!'

그때까지만 해도 리우청은 쾌재를 부르며 안도하고 있었다. 도저히 상대가 되지 않을 것 같던 히든 보스가 마침내 빈틈을 보였기 때문이다.

하지만 그리 쉽게 제압할 수는 없었던 것일까.

[백은의 마법사 델마누스가 리버스 그래비티를 시전했습니다.]

깊이 파인 크레이터 속으로 빨려 들어가던 그의 신형이 거꾸로 솟구치기 시작했다. 그리고 얼마 되지 않아 두 권좌의 양어깨를 짓누르는 어마어마한 중압감. 아직까지도 체내에 마력이 남아 있던 것인지 오히려 전보다 위력적인 마법을 발동하며 역으로 델마누스가 그들을 제압한 상태였다.

-요, 용찬 님. 이러다간 두 권좌가 먼저 쓰러질 것 같습니다!

리우청은 허공으로 발현되고 있는 거대한 헬파이어를 보며 급히 용찬에게 통신을 걸었다. 만약 여기서 두 권좌가 사망하게 되면 계획은 전부 물거품이 되는 격이었다.

-걱정 마라. 차소희는 몰라도 김선일만큼은 어떤 판단이 최선인지 아주 잘 알고 있을 테니까.

'최선의 판단?'

-지켜보면 안다.

당최 알아들을 수 없는 설명이었지만 이해하는 데까진 얼마 걸리지 않았다. 갑자기 태세를 바꾸며 등을 돌리는 선일. 혹여 소희를 버리고 도망칠 속셈일까 싶어 걱정이 들었지만 그의 목적은 다름 아닌 방어막 안에 있는 아델리아였다.

“그 잘난 대마법사라도 애지중지 아끼던 제자를 건드리면 평정을 잃을 수밖에 없겠지!”

“김선일. 너 설마?!”

“잔말 말고 내 말대로 해. 지금은 저 여자를 인질로 잡아야 돼!”

견고하던 방어막을 꿰뚫고 파고드는 검신. 뒤늦게 울먹거리던 아델리아의 목으로 날을 들이밀자 헬파이어를 집어 던지려던 델마누스가 움찔거렸다.

거의 20년 간 인생을 바쳐 키웠던 겨울탑의 제자. 한 차례 플레이어에게 겁탈까지 당했던 아이를 이젠 인질로까지 이용하려 들자 가까스로 유지하던 이성이 완전히 무너졌다.

“네노오오오오오옴-!”

-끝났군. 우선 나는 잠시 갔다 올 곳이 있으니 그동안 원정대의 동태를 부탁하마.

‘……’

어디선가 지켜보고 있던 것일까. 평정심을 잃고 막무가내로 달려드는 대마법사의 기세에 리우청은 통신 수정구를 집어넣었다. 선일의 품속에서 발버둥 치는 아델리아에게 동정심이 일긴 했지만, 살기 위해선 어쩔 수 없었다. 현 상황에선 그의 말대로 그녀를 인질로 잡는 게 최선이었을 터.

그렇게 서서히 막바지에 접어드는 승부를 보며 리우청은 안도의 한숨을 내쉴 때였다.

"일단 여기서 벗어나……."

"어이, 너 거기서 뭐 하고 있어. 얼른 후방 부대 쪽으로 가봐!"

"후방 부대는 갑자기 왜?"

"김민아! 마탄의 사수 김민아가 습격자 놈들한테 당했다고!"

"……뭐?"

동료 한 명이 다급히 전해준 소식에 메신저로 향하던 손이 파르르 떨려오고 있었다.

-미궁 타르타로스가 붕괴된 이후 메사이어드와 사태후란 놈은 마계로 이동된 것 같더구나. 무려 몇 개월간 남부와 서부를 오가며 혈투를 벌였다고는 하는데…….

너무 안일하게 생각하고 있던 것일지도 모른다. 아무리 A급에 달하는 하멜의 유일한 고룡이라도 상대는 탐의 화신이라 불리던 체이서의 수장이었다. 심지어 세 명의 권좌를 상대로 월등한 전투 능력을 보였던 사태후. 그런 놈을 미궁이 붕괴된 이후 가만히 내버려 두고 있었으니 이런 일이 발생하는 것도 어찌 보면 당연했다.

하지만.

'A급 히어로 수준은 되어 보이던 그 고룡이 당할 줄이야. 대

체 네놈의 한계는 어디까지인 거냐. 사태후.'

고룡 메사이어드를 단신으로 처치한 것은 예상외의 일이었다. 게다가 하필 원정대가 히든 보스를 처치하기 직전에 아리샤에게 통신이 올 줄이야. 다행히 기존 목표대로 최대한 플레이어들의 숫자는 줄여놓긴 했지만 자칫 잘못하면 일정에 차질이 생길 수도 있었다.

"그래서 지금 놈은 어디 있는 거지?"

-은둔자의 숲. 메사이어드가 나의 도움을 얻기 위해 이리로 온 것 같더구나. 뭐, 끝내 놈에게 죽임을 당하긴 했지만 말이다.

"……그러면 최대한 숲에서 나오는 것만큼은 막아야겠군."

-일단 걱정 말거라. 너에게 통신을 하기 전에 미리 조력자를 불러놓았으니까.

통신 수정구를 쥐고 있던 용찬의 두 눈이 의문으로 물들었다. 상대는 고룡까지 제압한 괴물 사태후였다. 상황이 심각하단 것을 누구보다 잘 알고 있을 아리샤일 텐데 갑자기 걱정하지 말라니? 대체 어떤 조력자를 불렀기에 저런 태도를 갖추는 것인지 문득 궁금증이 돌았다.

-일단 이쪽으로 넘어오면 모든 것을 알게 될 게다. 얼른 은둔자의 숲으로 와보거라.

"어쩔 수 없지."

딱히 아리샤나 은둔자의 숲이 걱정되는 것은 아니었다. 하지만 회귀 이전 기억과 다르게 사태후가 마계로 넘어왔다면 차후 계획이 어긋나는 것은 물론 게이트로 연결되어 있는 바쿤까지 되려 큰 타격을 받을 수도 있었다. 때문에 용찬은 급히 바쿤으로 돌아가 1층의 게이트를 통해 은둔자의 숲으로 이동했다.

화르르륵!

가장 먼저 보이는 것은 숲 전체를 멸하는 불길. 그리고 그 불길들 속에서 격렬히 저항하는 거대한 덩치였다.

"……저건?"

"좀 늦었구나. 일단 다크 엘프들은 전부 안전한 곳으로 대피시켜 두었다."

"네 녀석. 설마 펠드릭 프로이스를 조력자로?!"

"보다시피 이 몸은 자기 방어밖에 할 수 없어서 말이지. 급한 나머지 가주에게 통신할 수밖에 없더구나."

아리샤의 대답에 두 눈이 휘둥그레진다. 이전 샤들리 가문과의 충돌 이후 직접적으로 전투에 나선 적이 거의 없던 프로이스 가주다. 회귀 이전 기억과 일치한다면 현재 펠드릭은 가장 전성기를 누리고 있을 시기일 터. 특히 배신자이던 마델까지 미리 제거해 두었기에 전생처럼 힘이 약해진 상태도 아니었다.

'탐의 화신과 홍염의 패자 간의 대결인 건가.'

겉으론 양패구상 같았지만 실상은 달랐다.

"크아아아! 이 빌어먹을 불꽃은 왜 꺼지지도 않는 거야?!"

"설마 인간의 육체로 내 홍염을 버틸 수 있을 거라 생각한 것이냐."

"젠자아앙!"

균열 자체를 깨부수는 사태후의 주력기 레이 벌츠. 하지만 펠드릭의 홍염은 기력까지 불태우며 활활 타오르고 있었다.

'기본적으로 인간과 마족의 육체는 능력치부터 큰 차이를 가지고 있지. 게다가 고룡과의 전투로 체력도 거의 한계일 테니 이렇게 버티는 것도 지금뿐일 거야.'

마치 궁지에 몰린 쥐를 박멸하듯 펠드릭은 걸음을 멈추지 않았다. 그저 가볍게 손가락을 튕기며 더욱 놈을 고통 속으로 밀어넣을 뿐.

딱! 딱! 딱!

불태우고.

또다시 불태우며.

숲 전체가 붉게 물들 때까지 홍염은 꺼지지 않고 계속해서 불타올랐다. 그리고 마침내 저항력을 꿰뚫고 화염이 사태후의 살을 녹이기 시작하자 또 한 명의 괴물이 슬쩍 입꼬리를 말아 올렸다.

"헨드릭이 플레이어들에게 관심을 가지는 이유를 알겠어."

"……."

"네놈. 고통을 느끼지 못하는 몸이군."

정곡을 찌른 것일까. 불길 속에서 발버둥을 치던 사태후가 돌연 입을 쩍 벌리며 광소를 내뱉기 시작했다.

"게헤헤헤. 알아챘구만?"

"과연 단신으로 용을 제압할 만해. 칭찬해 주지, 인간."

"칭찬? 게헤헤헤! 이 새끼. 이거 골 때리는 새끼네. 그래. 마족 중에서 네가 제일 센 놈이냐?"

"그럴지도 모르겠군."

"좋아. 좋아. 이거 후식으로 아주 딱이겠어!"

손바닥에 핀 기괴한 눈동자가 불꽃을 삼키기 시작한다. 순식간에 줄어드는 보폭. 숨을 깊게 들이마시던 놈의 두 눈빛이 이채를 발하자 세상이 변하기 시작했다.

[탐의 화신 사태후가 탐랑을 발동했습니다.]

[일정 시간 동안 흡수했던 모든 능력을 발현합니다.]

'이 눈동자들은?'

은둔자의 숲 전체로 생성되는 기괴한 눈동자들. 마치 표적을 감시하듯 이리저리 눈동자가 굴러가는 가운데 사태후의 신형이 점멸했다. 가히 신속화를 능가하는 빛의 속도.

도저히 눈으로 따라가지 못할 정도로 재빨라진 사태후가 좌측으로 파고들자 어금니처럼 생긴 건틀렛이 독기로 물들었다.

화르르륵!

독기를 증발시키는 강렬한 열기. 급히 몸을 비틀어 공격을 피해낸 펠드릭은 놈의 팔꿈치를 붙잡아 그대로 땅에 내팽개쳤다. 그리고 신체에 접촉하는 순간 심어두었던 불씨를 터트리며 후속타를 적용시켰지만 사태후는 표정 하나 바뀌지 않고 계속해서 달려들었다.

"좋아. 아주 좋다고. 이래야 싸울 맛이 나지. 안 그래?!"

"육체는 아예 신경도 쓰지 않는 건가."

"이따위 몸뚱아리, 나중에 회복하면 그만이야!"

불현듯 땅 위로 솟구치는 검은 형상.

[탐의 화신 사태후가 마수 카울의 특성을 발동합니다. 일정 시간 동안 지정된 대상의 모든 능력치를 하락시킵니다.]

한때 대륙의 서부를 쑥대밭으로 만들었던 마수 카울의 능력까지 지니고 있던 것인지 검은 형체가 아가미를 쩍 벌렸다. 그와 동시에 사태후의 양손에서 뿜어져 나오는 얼음송곳들. 이젠 아예 마법까지 발현하는 것인지 동시에 수십 가지 직업의 기술들을 선보이며 펠드릭의 발을 묶었다.

[탐의 화신 사태후가 대멸진을 발동합니다.]

[지정된 범위로 속박 효과가 부여된 폭발을 일으킵니다.]

압도적인 공방 속에서 사방으로 공기가 폭발하기 시작했다.

"게헤헤헤. 다 뒤져라!"

이 얼마나 강력한 위력이란 말인가. 주변 일대를 전부 날려버릴 정도였던 대멸진은 멀리 떨어져 있던 아리샤와 용찬에게까지 여파가 밀려왔고, 짙은 연기가 사라지자마자 푹 파인 구덩이가 눈앞에 드러났다.

'다른 존재의 능력을 흡수해 발현할 줄이야. 만약 전생에서 사태후가 죽지 않았더라면 마계와의 전쟁은 시작도 되지 않았겠어.'

기본적인 직업은 무투가. 하지만 기괴한 눈동자가 뜨는 순간만큼은 모든 직업의 기술들을 가지게 되는 진정한 괴물이었다. 설마설마했지만 남의 능력을 흡수하는 특성을 가지고 있을 줄은 몰랐던 용찬은 사태후에 대한 위험성을 대폭 수정하기로 했다.

'잠깐. 그렇다면 펠드릭은 어떻게 됐지?'

이 정도의 기술들이라면 아무리 홍염의 패자라도 큰 타격을 받을 수밖에 없을 터. 인상을 와락 구기며 크레이터 속을 내려다봤지만 아직까지 보이는 실루엣은 없었다.

그렇게 잠시 동안 숲속으로 침묵이 감돌았을까.

"에잉. 벌써부터 시작했구만."

마침 게이트 너머에서 세 명의 원로가 천천히 걸어 나왔다. 굴쉬, 포비온, 나이언. 그들은 거의 초토화가 된 숲 일대를 쭉 둘러보다가 이내 용찬에게로 고개를 돌렸다.

"헨드릭. 아마 넌 처음 보는 것이겠구나."

"……."

"잘 봐두거라. 가주의 진정한 힘을."

서서히 숲 전체로 그림자가 드리운다. 언제부터 이렇게 온도가 급격히 높아진 것일까. 온몸으로 느껴지는 열기에 용찬은 뒤늦게 고개를 들어 올렸다.

그리고 볼 수 있었다.

쿠구구구구궁!

하늘 전체를 뒤덮는 거대한 운석을.

한시도 잊은 적이 없다.

'괜찮아요. 전부 다 괜찮을 거예요.'

짙은 불길 속에 휩싸인 채 품에 안겨 있던 여인. 갈수록 살이 타들어가는 격한 고통 속에서도 그녀는 애써 미소를 지으며 자신을 보듬어주었다.

'부디 그 아이를 부탁드려요. 그리고 가문을 옳은 방향으로 이끌어주세요.'

그날 이후로 제어가 불가능한 권능을 저주하게 됐다. 자신의 실수로 그녀를 잃었단 사실에 큰 죄책감이 들었고, 한동안 대외로 나서는 것을 주저하며 기나긴 방황기를 겪었다.

그러던 도중 서서히 자라나는 헨드릭을 보며 불안해지기 시작했다.

'이 커다란 짐을 저 아이에게도 짊어지게 해야 한단 말인가.'

아니, 절대 그럴 수 없었다. 언제고 권능을 각성한다 해도 최소한 그런 불상사가 다시 일어나지 않도록 막아야 했다. 때문에 펠드릭은 화염의 속성력을 온전히 제어하기 위해 매일 수련을 반복했다. 차후 권능을 물려받을 아들을 위해서 말이다. 하지만 운명의 장난인 것인지 헨드릭은 고유 권능이 아닌 뇌전의 권능을 각성하고 말았다.

'권능 때문입니까?'

'아마 불의 권능을 이어받지 않아 걱정일 테지. 뇌전의 권능 같은 경우 여태껏 본 적이 없으니까.'

'죄송합니다만. 다음에 들르도록 하겠습니다. 지금은 급한 일정 때문에 시간이 촉박합니다.'

'……음. 그러면 어쩔 수 없겠지. 우선 원로 분들께는 내가 따로 설명해 두마.'

70위대 평가전이 끝나던 당시 원로들은 다른 권능을 각성했단 사실에 큰 걱정을 하고 있었지만, 내심 펠드릭은 차라리 잘됐다고 생각하고 있었다. 그리고 기대 이상으로 성과를 거두는 헨드릭의 행보에 더욱 책임감을 느끼며 가문을 발전시켜 왔다. 헌데, 대체 이 플레이어는 무엇이란 말인가.

자칫 잘못하면 바쿤. 아니, 마계 전체까지 피해를 줄 수 있는 이런 괴물 놈을 절대 바깥으로 풀어줄 순 없었다.

[홍염의 패자가 메테오 스크라이크를 시전했습니다. 지정된 범위로 거대한 운석을 소환합니다.]

"미리 경고해 두마. 오늘은 나 자신도 제어가 되지 않을 것 같으니 조심하는 게 좋을 거다."

한때 로이스의 마왕성 카롯을 초토화시키기도 했던 운석이 은둔자의 숲을 뒤덮는다. 점멸하는 시야 속에서 퍼져 나가는 불길들. 뒤늦게 지상에 추락한 운석이 폭발하자 세상이 붉게 물들고 있었다.

"이크. 오늘 아주 제대로 날뛰는구나."

폭발의 위력은 가히 숲 전체를 날려 버리고도 남을 수준이었다. 미리 기술들을 준비하고 있던 세 명의 원로들은 밀려드는 여파를 막기 위해 기력과 마력이 담긴 방어막을 중첩시켰고, 그 안에서 보호를 받고 있던 용찬은 난생 처음 보는 마법에 경악을 머금고 있었다.

'이런 살상력을 가진 마법을 가지고 있었다니…… 역시 지금의 펠드릭은 전생과 비교하지 못할 정도로 강하다.'

유일한 단점은 속성력을 제대로 제어하지 못한다는 것뿐. 배신자이던 마델까지 미리 제거한 상황에서 현재의 펠드릭을 막을 자는 거의 없다고 봐야 했다.

하지만.

"쿨럭, 쿨럭. 더럽게 요란한 기술만 써대는구만."

다른 한 명의 괴물도 만만치 않았던 것인지 메테오 스트라이크에 직격당했음에도 멀쩡히 자리에 서 있었다.

꿈틀꿈틀.

설마 그 위력적이던 폭발력까지 흡수한 것일까. 탐랑이란 이름의 기괴한 눈동자가 어느새 인간의 입까지 흉내 내며 무언가를 으적으적 씹어 먹고 있었다.

"게헤헤헤. 그래도 아주 좋아. 점점 네놈의 화염에 적응하고 있다고."

"……속성력까지 집어삼키는 건가."

"내 탐랑은 먹을 것을 가리지 않아. 게다가 식욕도 거의 무한대라고 볼 수 있지. 그리고 가장 재밌는 점이 무엇인지 알아?"

실실 웃던 사태후가 손바닥 위로 짙은 불꽃을 만들어낸다. 단순히 마력으로 발화한 것이 아닌 순수히 속성력을 통해 이끌어낸 홍염이었다.

"집어삼킨 게 무엇이든 탐랑은 금세 그것을 똑같이 흉내 낼 수 있다고."

처음으로 펠드릭의 눈살이 찌푸려졌다. 자신의 속성력을 흡수한 것도 모자라 이젠 그것을 완벽히 구사하는 수준이라니. 도저히 한계를 알 수 없는 탐랑의 능력에 약간은 초조함도 맺혀갔다.

놈을 처치하기 위해선 최단 시간 내에 승부를 봐야 할 터. 할 수 없이 펠드릭은 완전히 제어를 포기하고 체내의 모든 속성력을 이끌어냈다.

[홍염의 패자가 플레어를 시전했습니다.]

[탐의 화신이 탐랑의 효과를 발동합니다.]

[홍염의 패자가 영멸을 시전했습니다.]

[탐의 화신이 탐랑의 효과를 발동합니다.]

하지만 시간이 지나면 지날수록 상황은 묘하게만 흘러가고 있었다. 이젠 완전히 반격을 포기한 채 탐랑에 의지하기 시작한 사태후. 그런 놈을 한계까지 몰아붙이기 위해 쉼 없이 계속해서 마법을 발현하고 있었지만 한계에 내몰리는 것은 오히려 펠드릭이었다.

'쿨단의 흡수력도 스킬 레벨에 따라 한계치가 조정되게 마련인데 저놈의 특성은 한계치도 없는 건가? 이건 완전히 밸런스를 붕괴시키는 수준인데.'

아니, 하멜의 시스템 특성상 패널티는 분명 존재할 것이다. 다만, 중요한 것은 이 자리에 있는 그 누구도 사태후의 패널티를 모른다는 것이었다. 점점 폭주하기 시작하는 홍염을 보며 원로들은 인상을 굳혔고, 용찬 또한 돌발 상황을 대비해 체서와 레비를 건틀렛에 인챈트해 두었다.

[탐의 화신이 그레이트 힐을 시전했습니다.]

“게헤헤헤. 내가 말했었지. 몸이야 나중에 회복하면 된다고 말이지.”

성직자의 기술들까지 흡수했던 것일까. 밝게 빛나는 신성력 속에서 몸을 회복하는 사태후의 모습에 원로들은 경악을 내질렀다. 하지만 놀라움은 거기서 그치지 않았다.

“전부 다 네놈 덕분이야.”

“허튼소리 하지 마라!”

“네놈이 양분을 보급해 준 덕분에 기회가 생겼어.”

그동안 잊고 있던 고룡의 심장이 눈에 밟힌다. 활활 타오르는 불길 속에서 먹잇감을 주시하는 수십 개의 눈동자. 아예 방어를 멈추고 심장을 입으로 갖다 대는 사태후의 모습에 용찬의 두 눈이 휘둥그레졌다.

‘설마 저 자식?!’

펠드릭의 홍염은 기력과 마력을 뛰어넘는 농도 높은 에너지의 집합체였다. 그런 에너지를 주구장창 흡수했다면 기존의 능력들이 몇 배는 강화됐을 터. 만약 그것을 발판삼아 고룡의 심장까지 먹어치운다면…….

“나는 오늘 A급을 넘어선다!”

와그작!

황급히 펠드릭이 플레어를 시전 했지만 이미 고룡의 심장은 놈의 입안으로 사라져 있었다.

[하멜 최초 S랭크에 도달한 플레이어가 탄생했습니다.]

[사태후가 최초로 초인의 경지에 도달했습니다.]

[이형(異形) 특성이 부여됩니다.]

마계 전 지역으로 널리 알려지는 시스템 메시지와 함께 최악의 상황이 도래했다.

'S등급이 존재하긴 하는 걸까?'

회귀 이전, 수많은 하이 랭커들은 미지의 등급에 대한 의문을 던졌었다. 열두 명의 권좌들도 오르지 못했던 S등급. 심지어 모든 진영을 통틀어 최정상에 올라선 유태현과 고용찬마저 한계의 벽에 부딪힌 가운데 S등급은 거의 없는 영역이라 치부되고 있었다.

하지만 S등급은 실존했다.

-게헤헤헤! 그래. 이게 내가 원하던 힘이었어! 이런 거였다고!

먹물같이 탁한 기운들이 대지를 잠식한다. 꿈틀거리던 살들은 마치 의지를 가진 것처럼 서로 합쳐지기 시작했고, 얼마 되지 않아 눈앞으로 커다란 형체가 탄생했다.

너구리? 아니, 단지 동물과 형태가 흡사할 뿐 전신에서 흘러나오는 기운은 절대 이 세계의 것이 아니었다.

'그 수많은 플레이어 중에서 하필이면 사태후가…….'

위험하다. 놈은 단 한 발자국도 움직이지 않았는데도 불구하고 벌써부터 기의 파동이 위험을 알려오고 있었다.

"허어. 대체 저 괴물은 또 무엇이란 말인고."

"이렇게 지켜볼 때가 아니야. 우리도 합세해야 해."

"……위험을 감수해야 되는 것인가. 섣불리 합류했다간 오히려 가주의 홍염에 우리까지 휩싸일 거다."

원로들은 망설이는 기색을 감추지 않았다. 절대 바깥으로 내보내면 안 되는 최악의 괴물이 탄생했지만 펠드릭 또한 권능이 폭주하고 있었다. 제어가 불가능한 홍염을 곁에 둔 채 합공을 한다는 것은 거의 자살 행위나 다름없었다.

그렇게 잠시 동안 고민에 빠져 있었을까. 형태가 뒤바뀐 자신의 모습에 감탄해 하던 사태후가 멀리 있던 일행을 발견해 냈다.

-아, 이제 보이는구만. 쥐새끼 같은 놈들. 거기 숨어 있었나?

"나를 앞에 놔두고 어딜 보는 것이냐!"

-제대로 능력도 컨트롤 못 하는 새끼가 왜 자꾸 깝치는 거여!

쿵!

겨우 단 한 번. 단 한 번 팔을 휘둘렀을 뿐인데 거센 불길들이 금방 사그라져 갔다. 이형 특성이 발동되면서 저항력과 동시에 육체 능력치도 대폭 상승한 것일까.

사태후는 하늘 위에서 떨어지는 불꽃의 비에도 눈 한 번 깜빡하지 않고 잽싸게 펠드릭을 잡아챘다.

-그래도 네놈은 나에게 충분한 양분을 보급해 주었으니까 최대한 고통 없이 보내주마. 게헤헤헤.

"끄으으윽!"

-자, 네놈의 능력도 한번 먹어볼…….

파지지직!

흉측하기 짝에 없는 손 위로 천둥 벼락이 꽂힌다. 예상 못한 뇌전에 방해를 받은 사태후는 인상을 와락 구기며 고개를 돌렸다.

-엥? 네놈은…….

"날 기억하고 있나보군."

-뭐야. 플레이어 새끼가 어떻게 마족들이랑 있는 거여.

"이쪽도 나름 사정이 있어서 말이지. 우선 그 손부터 놓고 말하는 게 좋지 않을까 싶은데."

-지랄하고 자빠졌네. 귀찮은 놈들. 그냥 한꺼번에 집어삼켜주마.

사방에서 마수 카울의 형상이 입을 쩍 벌리며 몰아쳐 왔다. 용찬은 급히 다크 윙을 이용해 상공으로 날아올랐고, 세 명의 원로들과 아리샤도 무작정 돌입한 용찬을 따라 힘을 보태기 시작했다.

"간만에 검을 들어보는구만. 선두는 내가 맡으마."

"승산이 없는 전투에 참전하게 될 줄이야. 먼저 쓰러지지들 말라고."

"최대한 시간을 벌어보도록 하지. 포비온. 자네는 가주를 구하게."

가장 먼저 무장 기사 굴쉬가 핏빛 검신으로 카울의 형상을 베어내자, 정신 추적자 나이언이 재생하던 형상을 뒤쫓아 자신의 마력을 불어넣었다.

파아아앙!

제 자리를 찾지 못 하고 마력에 의해 폭발하는 형상. 그렇게 두 명의 원로가 밀려오는 카울의 형상을 상대하기 시작하자 섬광의 마도사 포비온이 빛의 속도로 주변을 돌아다니며 사태후의 시선을 교란했다.

우선적인 목표는 손에 붙잡혀 있는 펠드릭을 구출하는 것.

지금도 권능을 제어하지 못해 홍염을 방출하고 있는 그의 상태는 거의 한계 직전이나 다름없었다.

"헨드릭. 내가 틈을 만들어주마. 넌 그 틈을 이용해 가주를 구하도록 하거라."

"어떻게 하실 생각이십니까."

"끌끌끌. 가주 정도는 아니더라도 우리도 A급에 달해 있는 마족이다. 나를 믿고 기다리거라."

말이 끝나기가 무섭게 창공을 뒤덮는 수백 개의 섬광이 보였다.

'그래. 이놈들도 무려 A급의 마족들이었지. 하지만…….'

포비온의 의지를 따라 사태후의 손으로 집중되는 궤적들. 대량의 마력을 품고 있던 섬광들은 단숨에 거대한 손목을 관통하며 연달아 피해를 중첩시켰다. 그런 광경에 용찬은 두 눈을 빛내며 뇌안을 시전했지만 그전에 앞서, 땅 위로 먹물같이 탁한 기운들이 솟구쳐 올라왔다.

[탐랑 사태후가 페잉 다이블을 시전했습니다. 저항력을 무시하는 손길이 지정된 대상들을 강제로 속박합니다. 일정 시간 동안 속박된 대상의 생명력을 소량 흡수합니다.]

"크윽. 이건?!"

이형 특성이 발현되며 새로운 스킬까지 주어진 것일까. 큼지막한 손아귀에 사로잡힌 원로들은 거센 저항을 일으키며 자리에서 빠져나가려 했지만 페잉 다이블의 내구력은 쉽게 측정이 불가능한 수준이었다.

'젠장. 도저히 상대가 안 돼. S급이 이 정도였다니.'

A급인 원로들마저 속박을 풀지 못하는 가운데 A급을 앞두고 있는 용찬이 페잉 다이블을 벗어날 수 있을 리 없었다.

그렇게 아리샤를 제외한 모든 일행이 사로잡혔을 때. 너구리같은 형체로 변한 사태후가 펠드릭을 내려다보며 음침한 웃음을 흘리기 시작했다.

-어이, 보아하니 네놈의 부하들인 것 같은데 잘 보라고. 여기서 전부 내 양분이 될 테니까.

"끄으으으. 네놈!"

-그래. 네놈들을 전부 정리하고 마계부터 지배하는 것도 나쁘진 않겠어. 게헤헤헤. 자, 그럼 식사를 해볼까.

쩍 벌어지는 입안으로 드러나는 길다란 혓바닥. 서서히 놈의 눈길이 용찬 쪽으로 향하는 가운데 불길을 내뿜고 있던 펠드릭의 두 눈이 붉게 충혈되어 갔다.

그 순간.

-어쩔 수 없구나. 이런 짓까지 하긴 싫었지만 내 책임도 있으니…….

'지고의 존재님?'

-조율자란 자리를 내려놓고 너에게 내 모든 마력을 전해주도록 하마. 그 마력을 통해서 속성력을 한번 제어해 보도록 하

거라.

감당할 수 없는 마력의 소용돌이가 전신으로 파고들었다. 폭주하는 체내의 속성력을 밀어붙이며 마나 로드를 타고 흘러가는 아리샤의 강대한 마력들.

두근두근!

고통으로 신음하던 펠드릭의 두 눈이 푸른 안광을 내비치는 가운데 역풍이 불어오기 시작했다.

[S랭크에 도달한 NPC가 탄생했습니다.]

[펠드릭 프로이스가 NPC 최초로 초인의 경지에 도달했습니다.]

[이형(異形) 특성이 부여됩니다.]

불의 왕이 탄생했다.

이형(異形). 초인의 지경에 도달하게 되면 얻을 수 있는 형태 변화의 특성이다. 그 생김새와 능력은 대상이 지니고 있는 기술들과 특징에 따라 정해지고, A급은 넘볼 수도 없는 강력한 힘을 얻게 된다.

보라!

욕망이란 두 글자에서 태어난 이 괴물을. 탐랑이란 이름의 괴물이 두 눈동자를 움직일 때마다 살아 숨쉬는 생물체들은 두려움에 휩싸여 온몸을 벌벌 떨어야만 했다.

탐랑 사태후.

'탐욕의 상징이라는 건가. 정말 어마무시한 힘이군. 스톤 스킨으로 한 번 정도는 버틸 수 있을 것 같긴 한데…….'

문제는 놈의 손아귀에서 벗어나지 못한다는 것이었다.

이미 이동형 기술들은 페잉 다이블의 속박 효과 때문에 일시적으로 사용 불가가 된 상황. 점점 더 거세지는 악력에 원로들은 인상을 대폭 찌푸리며 고통을 참아내고 있었고, 용찬 또한 어떻게든 벗어나기 위해 발버둥을 치며 고통을 버텨내고 있었다.

"게헤헤헤. 어서 작별 인사들 하라고."

"그 더러운 손 치워라. 플레이어."

"엉?"

꿈틀거리던 흉측한 핏줄들이 불타오른다. 태초의 불꽃은 작은 불씨에서부터 시작됐다고 했던가. 까맣게 그을린 장작처럼 대지가 검게 물들자 왕을 성대히 환영하는 붉은 아지랑이들이 떠돌아다녔다.

콰아아아아!

대지 위로 작열하는 불 기둥 속에서 왕이 걸어 나왔다.

[불의 왕 펠드릭]

[등급: S]

[상태: 분노, 마력 활성화.]

감히 눈을 의심하지 않을 수가 없었다. 전생과 마찬가지로 이번 생에서도 제대로 권능을 제어해 내지 못했던 프로이스 가주였다. 헌데, 지금 눈앞에 저 거인은 무엇이란 말인가.

마치 불과 한 몸이 된 것처럼 이글거리는 신형은 경이롭기까지 했다.

'두 번째 S급이라고?'

홍염을 둘러싼 푸른 마력에 두 눈이 휘둥그레졌을까. 페잉 다이블의 범위에서 벗어나 있던 아리샤가 바닥으로 풀썩 주저앉았다.

"뒷일은 너에게 맡기마. 펠드릭."

"설마 가주에게 네 마력을……."

"선택지가 없더구나."

불안정한 불의 속성력을 마녀의 강대한 마력으로 제어한다. 절대 아리샤의 도움 없이는 실현될 수 없는 일이었다. 그렇게 뜨거운 열기에 큼지막한 손아귀들이 소멸되자 용찬과 원로들은 자연스레 속박에서 풀려났고, 펠드릭은 커다래진 몸집으로 사태후를 들이박으며 바닥으로 쓰러트렸다.

덥석!

안면을 움켜쥐는 양손.

"크와아아. 이, 이 자식이!"

"겁화의 불길 속에서 네놈도 고통이란 것을 느껴봐라."

체내로 불씨가 스며들자 커다란 탐랑의 몸집이 활활 타오르기 시작했다. 이젠 가히 홍염이라 할 수 없을 정도로 짙은 색의 불길들은 대지를 뜨겁게 달구었고, 뒤늦게 바닥에서부터 용암들이 흘러나오자 불꽃은 새로운 색을 띠어가고 있었다.

"쿨럭, 쿨럭. 이것은……."

"하얀색의 불꽃."

"홍염에 이어서 이번에는 백염인가."

탐의 화신조차 저항할 수 없는 백색 불꽃. 일명 백염이 하멜에 처음으로 그 순백의 빛깔을 드러내자 원로들은 감탄을 금치 못 했다.

'이게 펠드릭 프로이스의 진정한 힘.'

만약 펠드릭이 배신당하지 않고 오롯이 감정을 제어해 냈다면 전생은 달라졌을지도 모른다. 문득 그런 생각이 들었지만 이미 미래는 바뀌어가고 있었다.

용찬은 서서히 점멸하는 시야 속에서 멍하니 그를 올려다봤다.

그리고.

콰아아아앙!

세상이 하얗게 물들었다.

털썩!

수많은 재가 바람에 휘날려 사라져 간다. 초토화된 대지에 오롯이 서 있는 것은 불의 왕뿐. 이미 이형까지 풀려 버린 탐의 화신은 패배자가 되어 그를 올려다볼 수밖에 없었다.

"꺼어어. 꺼어어억!"

붉은 액체들이 바닥으로 흥건히 쏟아진다. 끈적거리는 핏물 속에서 굴러 떨어지는 수백 개의 구슬들.

'펠드릭에게 일격을 허용당했다고는 하지만 이상할 정도로 내상이 심각한 것 같은데. 설마 저게 패널티인 건가?'

자세히 들여다보니 구슬들엔 각각 스킬명과 특성명이 적혀져 있었다. 아마 여태껏 권능을 통해 집어삼킨 플레이어와 NPC의 기술들일 터. 그렇게 사태후가 집어삼켰던 모든 것을 도로 뱉어내자 이전까지 느껴지던 괴물의 기세가 확연히 줄어들어 있었다.

"게헤헤헤. 속 쓰려 뒤지겠네. 네놈 때문에 한동안은 요양 좀 해야겠어."

"그게 네놈 권능의 부작용인가 보군."

"쓰으읍. 이 권능이 겁나게 좋긴 한데 패널티가 극도로 심해서 말야. 탐랑을 한 번 발동한 이후로는 제대로 몸도 가누지 못해. 하멜의 엿 같은 시스템 때문에 말이지."

"탐하는 자의 최후란 건가. 어찌 됐든 네놈을 바깥으로 내보낼 순 없다. 프로이스 가문의 원로들. 그리고……."

사방으로 일렁거리는 하얀 불길들 속에서 내비치는 붉은 안광. 단숨에 주변 일대를 자신의 영역으로 만든 펠드릭이 위협적이기 그지없는 겁화의 불꽃들을 이리저리 조율하기 시작했다.

"감히 내 아들을 건드린 죄. 그 죗값들을 톡톡히 받아내도록 하마."

"아아, 저 새끼가 네놈의 핏줄이었어?"

"죽어라."

"웃기고 있네."

소용돌이처럼 몰아치는 불길들 속에서 기괴한 눈동자가 이를 드러낸다.

으적으적!

탐의 권능이 도리어 소유자를 먹어치우는 그로테스크하기 짝에 없는 광경. 흠칫 당황한 펠드릭이 급히 백염을 방출하며 열기를 더욱 끌어올렸지만 눈동자는 멈추지 않고 계속해서 살을 으적으적 씹어 먹었다.

그리고 머리통만 덩그러니 남게 된 순간.

"네놈들 전부 기억해 두었어. 특히 펠드릭. 네놈과 저 아들이란 새끼까지. 절대 잊지 않고 두고두고 기억해 두마."

"어딜 도망치려고 하는 것이냐!"

"게헤헤헤. 언젠가 다시 찾아오마. 마족 새끼들아."

탐의 권능이 공간 자체를 집어삼켰다.

[탐의 화신 사태후가 공간 포식술을 시전했습니다. 집어삼킨 능력들을 전부 포기합니다. 생명력을 한계까지 소모해 저장해 둔 위치로 전이합니다.]

최후의 최후까지 남기고 있던 이동 기술인 것일까. 아예 신체의 대부분을 권능에게 내준 사태후는 기괴한 눈동자와 함께 홀연히 사라져 버렸다.

"이런! 놓치면 안 돼. 얼른 추적 기술을 시전하거라!"

"……틀렸습니다. 아예 공간까지 집어삼켜 이동한 탓에 대상이 정확히 잡히지가 않습니다."

"끄으으응. 정신 추적자의 기술까지 안 먹힌다면 소용이 없겠구나. 우선 이 상황부터 수습해야겠어."

슬슬 펠드릭도 체력이 한계에 도달한 것인지 이글이글 타오르던 신형이 정상으로 되돌아가고 있었다. 세 명의 원로는 빠르게 그를 부축하며 가문에 통신을 걸고 있었고, 용찬은 마력을 전부 잃은 아리샤를 등에 업은 채로 초토화된 대지를 둘러봤다.

"광활하던 은둔자의 숲은 이젠 보이지도 않는군."

"두 초인 간의 대결이 초래한 결과지. 으음. 그나저나 이를 어찌하면 좋을꼬. 괴물 같던 그 자식은 놓쳐 버리고 다크 엘프들의 거주지는 이 모양이니 원."

"……."

심지어 마녀의 거처까지 날아가 버린 셈이니 앞날이 막막할 만도 했다. 다만, 안타깝게도 그것은 아리샤의 사정일 뿐이었다.

'그것보단 사태후가 문제야. S급까지 도달한 놈이 몸을 회복하고 다시 활개치고 다닌다고 생각하면…….'

펠드릭도 간신히 동일한 등급으로 각성하며 전세 역전을 노렸지 않던가. 이제야 용찬 기준으로 3년 차에 접어든 가운데 놈을 막을 플레이어는 거의 없다고 봐도 무방했다.

[화염 속성력이 상승했습니다.]

백염의 영향인 것일까. 치열한 접전이 끝난 후에서야 녹색 메시지들이 눈앞에 깜빡거리며 나타나기 시작했다.

"일단 저는 내버려 두고 마계 위원회에 이 소식부터 전하십시오. 저놈이 마계에 남아 있다면 금방 새로운 피해자들이 속출할 것입니다."

"에잉. 이미 해두었으니까 치료술사들이 올 때까지 얌전히 기다리게."

"으음. 그리고 지고의 존재시여. 정녕 제가 이런 마력을 받아도 되는 것인지 모르겠군요."

금세 시선이 아리샤에게로 쏠리자 그녀가 피식 웃으며 손사래를 쳤다.

"이젠 지고의 존재란 호칭도 내게 걸맞지 않아. 게다가 펠드릭. 네가 각성하지 않았더라면 여기 있는 자들은 모두 전멸했을 게다. 그러니 좋게 생각하거라."

"……이 은혜는 언제고 반드시 갚겠습니다. 그리고 은둔자의 숲이 이렇게 됐으니 일단 저희 가문에서 머무르시죠. 다크엘프들도 책임지고 맡도록 하겠습니다."

"아니, 아니야. 오히려 저택보다 더 편한 곳이 있지 않느냐."

"더 편하신 곳이라면……?"

가주와 원로들의 눈빛이 의문으로 묻는다.

툭툭!

앙증맞은 두 손으로 머리를 두들기는 붉은 마녀, 아니, 이젠 마녀란 호칭도 걸맞지 않은 아리샤가 용찬의 머리를 두들기며 미소를 띄웠다.

"바쿤?!"

"허어. 마왕성이라니."

"으음."

굴쉬, 포비온, 나이언이 가지각색의 반응을 보이는 가운데 마왕성의 주인이 인상을 구겼다.

'미치겠군.'

서서히 다양한 존재들로 가득해져 가는 바쿤이었다.

사태후와의 격돌 이후 프로이스 가문이 행한 일은 총 세 가지였다. 하나는 탐의 화신에 대한 사실을 마계 위원회에 알리는 것이었고, 통신이 이루어진 지 얼마 되지 않아 사실을 확인하기 위한 조사가 이어졌다.

"도저히 믿겨지지 않지만 나이언 님께서 보여주시는 기억이 거짓일 리는 없겠죠."

"우리는 손도 못 쓰고 당했으니 다른 마족들도 다르지는 않을 거다."

"한데 이런 놈을 어떻게 격퇴한 것입니까?"

"격퇴한 게 아니야. 그저 놈이 먼저 자리를 떴을 뿐이지."

진실 속에 숨겨진 거짓. 정신 추적자 나이언은 '단기 기억 회상' 마법을 통해 저택으로 파견된 위원에게 사건 당시 장면을 일부만 보여주었고, S급에 대한 사실은 감쪽같이 숨긴 채 사태후에 대한 사실을 마계에 공표했다.

그 다음으로 두 번째 가문이 행한 일은 다름 아닌 사태후의 행방 추적이었는데, 이번만큼은 펠드릭도 쉽게 넘어갈 생각이 없던 것인지 먼저 마계 위원회에게 협력을 청하며 마계의 경계도를 최상으로 끌어올린 상태였다.

물론.

"A급을 뛰어넘는 플레이어가 마계를 습격했었다고? 어이가 없군. 그렇게 시간을 끌어봤자 소용없다. 펠드릭. 결국 자유국가 미첼은 내 발아래 떨어질 거다."

"크으으윽. 내 아들을 이 모양 이 꼴로 만든 것으로 모자라 이젠 거짓 사실까지 만들어 마계 위원회와 연결점을 만드는 거냐?!"

"한계를 뛰어넘는 초인이라. 정말 꿈만 같은 일이로군요. 프로이스 가문은 헛된 환상이라도 보고 온 것일까요?"

일부 가문 및 마족들은 부정적으로 보는 분위기였지만 대중의 시선들은 대부분 프로이스 가문으로 향해 있었다.

그렇게 본격적인 추적이 시작되자 남은 것은 은둔자의 숲이었는데…….

"훼손된 자연을 되돌리는 것은 불가능합니다. 미리 마녀님께 소식을 들었으니 우선 프로이스 가문의 명을 따르도록 하겠습니다."

다행히 다크 엘프 일족의 장로인 데머스가 협조적인 태도를 취하며 그들은 아리샤와 함께 바쿤으로 넘어오게 됐다.

하지만 가장 큰 문제는 다름 아닌 종족의 특성이었는데, 초기에 바쿤으로 온 루시엔과 달리 그들은 자연 속의 생활에 너무도 익숙해져 있었다.

"숲도 아닌 곳에서 살아가야 된다니. 맙소사."

"루시엔 언니. 우리도 여기서 사는 거야?"

"부디 우리 일족을 보살펴 주시길."

익숙치 않는 환경에 적응하기란 쉽지 않은 법. 그렇게 일족들이 안절부절못하는 반응을 보이자 덩달아 루시엔까지 불안해하는 나날이 반복됐는데, 얼마 되지 않아 전혀 의외의 인물이 그 문제를 단숨에 해결해 주었다.

"루시엔. 걱정 마. 내가 나무들을 심어줄…… 어어? 너무 빨리 자라나는데?!"

"대, 대단해!"

바하무트에서도 큰 활약을 펼쳤던 정원사 아이리스가 아예 바쿤의 영역을 대수림으로 만들어놓은 것이다. 덕분에 다크 엘프들은 나무들 사이에서 편하게 적응을 하기 시작했고, 인간을 극도로 증오하던 루시엔과 아이리스의 관계도 어느 정도 가까워졌다.

"끄어어어! 바쿤의 영역이 숲이 되다니!"

물론 그레고리는 게거품을 물며 좌절했지만 언제나 투자엔 희생이 있게 마련이었다.

그렇게 바쿤의 영역이 대수림으로 뒤바뀌는 사이 다크 엘프들과 함께 넘어왔던 아리샤는 빈방을 하나 건네받아 생활하기 시작했는데, 마침 마법진과 아티팩트 방면으로 뛰어난 지식을 가지고 있던 한성이 눈에 밟혔던 것인지 그와 함께 마법 공방을 준비하는 추세였다.

"냐하하하. 유한성. 그리고 셀로스라고 했느냐. 앞으로 내 지식을 전수해 줄 테니 잘 배우도록 하거라."

"아니, 내가 왜 이런 꼬맹이한……. 컥!"

"……멍청한 인간 놈."

비록 조율자란 자리와 함께 마력을 전부 잃긴 했지만 둘에게 있어선 최고의 스승이나 다름없었다. 그렇게 작센 가공소에 이어 마법 공방까지 갖추기 시작한 바쿤. 전혀 예상치 못한 사건으로 인해 또 한 번 발전하게 된 마왕성이었지만 용찬의 시선은 오직 원정대에게로 향해 있었다.

-김선일이 아델리아를 협박해 얼음 호수의 마법진을 해제했어. 그래

도 우리의 잘못으로 스승을 잃은 NPC인데 이래도 되는 걸까. 이제 쓸모가 없어져서 버린 거란 얘기도 있던데…….

-어떻게든 선욱의 지시를 통해 산맥을 오르고 있긴 한데 분위기가 심상치 않아. 어제도 산맥의 주민으로 보이는 NPC가 다짜고짜 무기를 들이밀기도 했고. 무언가 일이 벌어질 것 같…… 헉! 놈들이야. 놈들이 돌진해 와!

-오늘도 바바리안들의 습격이 있었어. 그래도 이제 곧 정상에 도착할 거 같아.

리우칭이란 정보통은 지시대로 원정대의 동태를 하나도 빠짐없이 보고해 주는 상황. 전생의 기억대로 중턱을 넘어 고대 바바리안들까지 격퇴한 끝에 원정대는 이제 고지를 눈앞에 두고 있었다.

'산맥 원정에서 가장 고비가 되었던 마지막 시련.'

산맥 정상부에 위치한 던전. 가장 큰 숫자의 희생자가 나오기도 했던 그 던전에 목표로 하던 '그것'이 있었다. 때문에 용찬은 대충 바쿤이 정리될 즈음 저장해 둔 좌표를 이용해 다시 아리엇 산맥 중턱으로 넘어갔다.

"……이건 그때 탑의 주인이잖아?"

가장 먼저 보이는 것은 새하얀 눈에 움푹 쌓여 있는 대마법사의 시체. 얼마 전까지만 해도 겨울탑의 주인이던 델마누스가 이젠 싸늘한 시체가 되어 새하얀 눈에 뒤덮여 있었다.

곁에 있던 진협은 사색이 되어 온몸을 부르르 떨고 있었지만, 이미 예상했던 결과였기 때문에 용찬은 가볍게 무시하며 원정대의 뒤를 추적해 갔다.

그리고 얼마 되지 않아 발견된 또 하나의 시신. 자결을 택한 것인지 소녀의 목엔 대거가 꽂혀 있었다.

'이것만큼은 전생과 똑같이 흘러가는군.'

고개를 들어 올리자 점점 눈발이 거세지는 구름 낀 하늘이 보였다. 겨울탑의 대마법사와 그의 하나뿐인 제자. 둘은 끝도 없이 이어질 겨울 속에서 봄을 맞이하지 못한 채 눈을 감고 말았다.

◀ 72장 ▶

광군주의 무덤

"그러니까 이 던전만 지나면 원정은 거의 성공이다?"

설산을 방불케 하는 짙은 눈발 속에서 선일이 정체불명의 사원을 올려다봤다. 의미를 알 수 없는 문장으로 도배된 수십 개의 기둥과 유리처럼 투명한 천장. 그 밑으로 보이는 수많은 계단까지. 완전히 지하로 이어지게 설계된 사원은 초입부터 음산한 기운이 풀풀 흘러나오고 있었다.

"아리엇 산맥의 바바리안들을 사로잡아 기억을 뒤진 결과, 놈들은 예로부터 이 던전을 지켜야 된다는 사명을 가지고 있더군요. 일명 광군주의 무덤. A급 던전이기도 한 이곳은 산맥 너머로 이어지는 통로 역할도 하고 있는 것 같습니다."

파이칸 고대 유적지 때를 기준으로 전력의 절반을 상실했던 펄션 길드. 어쩌면 그 사건이 계기가 되어 이렇게 산맥 원정에 동참했을지도 모른다. 선일은 새로이 대표 간부 자리에 앉은 이규찬의 보고에 턱을 만지작거렸다. 그러던 차, 문득 규찬의 뒤로 보이는 한 청년의 모습에 의문이 깃들었다.

"후발대가 이제 도착했다는 소식을 듣긴 했는데. 그놈은 누구지?"

"아, 파이칸 고대 유적지에서 홀로 생존했던 레버튼이란 플레이어입니다. 혹시 기억이 안 나시는 것입니까?"

"……잠깐 잊고 있었군. 그래. 그런 놈이 있었지."

대표 간부이던 박혁과 C, B급 랭커들이 전부 전멸한 와중에 홀로 생존해 길드에 소식을 전했었던 방패병이 눈에 들어왔다. 혹여 무언가 술수를 부린 게 아닌가 싶어 기억을 뒤져봤지만 전혀 수상한 낌새가 드러나지 않았던 유일한 생존자.

일찍이 그를 데리고 다니면서 교육을 하고 있던 것인지 규찬이 등을 떠밀었다.

"이, 인사드립니다. 후발대의 방패병을 맡고 있는 레버튼이라고 합니다."

"후발대에 속해 있었군. 앞으로도 잘 부탁하마."

"예!"

간단히 인사를 마치자 레버튼이 마른침을 삼켰다. 권좌 중 한 명이기도 한 길드 마스터를 이렇게 가까이서 보게 될 줄은 몰랐던 것일까. 겉으로만 봐도 긴장한 기색이 역력해 보였다. 그런 모습에 선일은 피식 웃음을 흘리며 다시 규찬에게로 시선을 던졌다.

"그래서 차소희는 무엇을 하고 있지?"

"광군주의 무덤을 놓고 간부들과 함께 회의 중인 것 같습니다."

"안선욱도 거기 있겠군. 좋아. 우리도 거기로 간다."

"그렇다면?"

펄럭거리는 망토 사이로 살벌한 두 눈동자가 시퍼렇게 빛났다.

"던전 공략을 준비해야겠어."

결코 공략을 장담할 수 없는 난이도 A급의 던전. 파이칸 고대 유적지의 뼈아픈 기억을 가지고 있기도 한 선일의 선언에 규찬과 레버튼은 동시에 인상을 굳혔다.

[던전 명:광군주의 무덤]

[등급:A]

[클리어 횟수: 0]

'드디어 여기에 다시 오게 되는군.'

원정대를 추적하는 것은 그리 어렵지 않았다. 예정대로 놈들은 델마누스에게서 얻은 지도를 이용해 최단 경로를 찾아냈고, 고대 바바리안들의 습격까지 막아내며 최정상의 던전을 발견한 상태였다. 바쿤 일행은 단지 그들이 오간 길을 따라 이동한 것일 뿐. 물론 예상외의 변수가 있긴 했지만 그것도 펄션 길드에서 추가로 지원에 나선 후발대 정도였다.

이제 남은 것은 멀리 보이는 최정상 부근의 던전뿐.

전생의 기억이 아직 남아 있는 사원의 모습에 용찬은 만감이 교차했지만 금방 목표를 생각하며 정신을 차렸다.

"A급 던전이면 파이칸 고대 유적지와 동일한 난이도잖아. 저런 곳을 정말 공략할 순 있는 거야?"

"많은 희생이 따르겠지. 그것은 원정대뿐만 아니라 우리도 동일할 거고."

"……미리 말해두지만 던전 내부에선 내 판단력이 흐려질 수도 있어. 특히나 A급 던전이면 더더욱 그럴 거고 말야."

어떤 던전이든 내부 규칙 및 패널티가 존재한다. 앞을 내다볼 수 없는 다양한 구조들, 필드의 몬스터들보다 더욱 흉폭한 던전의 몬스터들. 그리고 오직 던전 내에서만 존재하는 최종 보스까지. 아무리 관찰력이 뛰어난 진협이라고 해도 A급 던전이면 그 능력에 한계가 있을 수밖에 없었다.

'그것은 선욱도 마찬가지였으니까. 진협이라고 해서 다를 것은 없지.'

광군주의 무덤. 길잡이는커녕 랭커들의 온갖 능력들마저 거의 통하지 않는 미지의 던전이다. 때문에 전생에서도 원정대는 대를 희생해 소를 살리는 방법으로 던전을 공략했었고, 결국 용찬은 동료들을 모두 잃은 채 원정대를 떠나야만 했다.

"그 정도는 알고 있으니 걱정 마라. 우선 여기서 원정대가 던전에 진입하기 전까지 대기한다."

"으음. 알겠어. 아, 그리고 약간 이상한 것을 발견했는데……."

"이상한 것이라고?"

"응. 우리가 오간 길들을 다시 살펴보다가 우연히 발자국을 발견해서 말야. 처음엔 우리 병사들 혹은 몬스터의 것인 줄 알았는데 자세히 보니까 사람의 발자국 같더라고."

"플레이트 아머를 착용하는 직업군인가. 원정대의 것일 가능성은?"

"없어. 우리가 여기서 대기하는 동안 길을 다시 내려간 플레이어는 거의 없었어. 은신이나 이동 마법을 사용한 흔적도 찾아볼 수 없었고. 게다가 이 날씨를 좀 봐."

사람의 발자국 따윈 금방 눈으로 뒤덮일 정도의 폭설. 그렇다는 것은 즉, 바쿤 일행이 대기하는 사이 정체 모를 누군가가 길을 지나갔다는 의미였다. 가까운 시간 내에 말이다.

[고성능 레이더가 발동되고 있습니다.]

[추적의 부적이 발동되고 있습니다.]

'B급까지 감지해 내는 아이템의 효과를 피해낼 정도라면 최소한 A급 이상의 존재라는 건데. 설마 권좌 외에 다른 존재가 주변에 있는 건가?'

두 명의 권좌는 아직까지 정보통의 시야에서 벗어난 적이 없었다. 게다가 원정대의 디텍터들도 바쁘게 주변 일대를 경계하고 있지 않은가.

미리 개척해놓은 길을 따라 정상 부근으로 향했다면 금방 원정대에게 정체가 탄로 나야 정상이었다.

"일단 좀 더 두고 봐야겠군."

"응. 지금 섣불리 움직였다간 괜히 우리들만 놈들에게 들키고 말 거야."

"그나저나 유한성. 저놈은 무엇을 저리 힘겹게 들고 오는 거지?"

중턱에서부터 무언가를 품에 안은 채 끙끙거리며 들고 오던 한성. 자세히 들여다보니 산맥으로 돌아오자마자 발견했던 델마누스의 시체였다.

"나중에 자기가 A급이 되면 대마법사의 시체도 조종할 수 있을 것 같다고 그러더라고."

"그래서 미리 시신을 챙겨두는 건가?"

"인벤토리에도 들어가지 않는 것 같아."

과연 흑마법사라는 것일까. 무식하게 시체를 들고 오는 것은 미련해 보였지만 발상 자체는 제법 괜찮았다. 할 수 없이 용찬은 한숨을 푹 내쉬며 한성을 역소환시켰다. 던전을 공략하는 내내 시신을 들고 다니는 것보단 아예 바쿤에 시신을 보관하는 게 가장 안정적일 터. 그렇게 귀찮은 일거리를 하나 처리하자 사태후가 남기고 간 구슬들이 떠올랐다.

'대마법사의 시체도 저렇게 이용하려 드는데 이건 무언가 이용할 방법이 없을까?'

탐랑의 효과로 집어 삼켰던 존재들의 기술들이다. 손에 쥔 구슬만 봐도 하나같이 사태후가 시전하던 스킬 및 특성명이 적혀져 있지 않은가. 다만, 안타깝게도 이 구슬로 당장 할 수 있는 것은 없었다.

[탐랑-백태산, 탐랑-진 회축, 탐랑-인피니티 스트라이크.]

'구슬 중에선 무투가가 사용하는 기술들도 제법 되는데…….
일단 나중에 아리샤에게 한번 물어봐야겠군.'

이제 완전히 바쿤의 일원이 된 그녀였기 때문에 마법적인 측면에선 확실하게 도움을 받을 수 있을 것이다. 그렇게 판단한 용찬은 반짝거리는 메신저 창을 틈틈이 확인하며 날을 지새웠다.

[리우청: 던전 공략이 결정났어. 아마 오늘 중으로 진입할 것 같아.]

2일 차에 접어들던 날, 마침내 원정대가 움직이기 시작했다. 목표는 광군주의 무덤을 클리어한 후 산맥을 넘어가는 것. 얼마나 심사숙고한 끝에 결정을 내린 것인지 무리 지어 이동하는 간부들의 얼굴엔 비장함이 잔뜩 서려 있었다.

"역시 인원을 나누는 방법을 선택했군."

"선발대를 보내서 던전의 구조를 미리 파악한다……. 약간 좀 꺼림칙하지만 그래도 최선의 방법이긴 해."

소를 희생해 큰 희생을 대비한다. 특히나 입장 제한이 없는 A급 던전이었기 때문에 이런 방법은 탁월한 효과를 발휘했다. 진협 역시 썩 그렇게 마음에 들어 하는 눈치는 아니었지만 최소한 그들의 판단을 부정하진 않고 있었다.

'아마 선욱이 내린 판단이겠지. 전생에서도 그의 의견을 수렴했었고 말이지.'

결국 나중에 가선 대를 희생해 소를 구해냈지만 이번 생에선 다를지도 몰랐다.

"첫 번째 파티는 용병으로 이루어진 무리야."

진협의 말이 끝나기가 무섭게 플레이어 및 NPC로 구성된 용병들이 떼거지로 던전에 입장했다. 그리고 대략 1시간 즘이

지났을까. 통신을 건네받은 간부가 다음 선발대로 일반 길드원들을 끌어모았다.

"두 번째 파티는 일반 길드원들로 이루어진 무리군."

"세 번째 파티야. 이번에는 도중에 합류했던 후발대 플레이어들인 것 같아."

"이제 네 번째. 슬슬 간부들도 함께 들어가는 것 같군."

순차적으로 입장하는 플레이어들 속에서 보이는 일정한 규칙. 이젠 바쁘게 선별 인원을 정하는 간부들의 손짓이 마치 제물을 정하는 것처럼 보일 지경이었다.

"잠깐. 무언가 이상해."

막 네 번째 무리가 던전에 진입한 순간 진혁이 눈살을 찌푸렸다. 무언가 수상한 낌새라도 눈치챈 것일까. 가만히 원정대를 들여다보고 있던 용찬은 이유를 알지 못해 고개를 갸웃거렸다.

"뭐가 이상하다는 거지?"

"직업이 너무 극단적으로 나눠져 있어."

"직업?"

"저기 봐봐. 다섯 번째로 준비하는 무리엔 거의 방패병들로만 이루어져 있잖아. 어느 정도 던전 구조를 파악하려면 디텍터와 함께 전투 계열 플레이어들도 좀 보내야 할 텐데. 오히려 정반대가 되어 있어. 마치 탐사가 아닌 통로를 봉쇄하기 위한 것처럼……."

뛰어난 관찰력 끝에 내린 결론에 두 눈이 휘둥그레진다. 산맥 너머로 넘어가는 게 목표인 원정대의 입장에서 던전은 장애물이나 다름없을 터. 헌데, 그런 곳의 공략을 뒤로 미룬 채 갑자기 통로를 봉쇄할 포지션을 갖춘다?

'설마?!'

메신저 창을 들여다보던 용찬의 두 눈빛이 살벌하게 물들었다. 그리고 뒤늦게 진협이 중얼거리는 한마디에 상황이 대충 파악되어 가고 있었다.

"……저놈들 던전 내부에서 누군가를 기다리고 있는 거야. 그 증거로 마지막 여섯 번째 무리에도 방패병들이 잔뜩 포함되어 있어. 그것도 권좌들과 함께 말야."

"리우청인 건가?"

"아마 그럴 거야. 그렇지 않고서야 이런 포지션을 잡을 리 없지."

마지막 던전을 앞두고 배신을 택한 정보통. 계약서의 내용상 자신들의 정체를 언급할 순 없겠지만 추적자가 어떤 행동을 취할지는 대충 놈들에게 알려줄 수 있었다. 물론 그에 따른 위험도 감수해야 할 테지만 이렇게 적극적으로 리우청의 의견을 따르는 것으로 보아 무언가 비밀스러운 거래가 오간 듯했다.

'그놈의 성격상 아무런 득도 없이 이렇게 배신할 리는 없을 텐데. 무언가 계기가 있지 않고서……. 설마 김민아가 죽은 것 때문인가? 아니, 아니지. 만약 그렇다고 해도 목숨까지 버려가

면서 내통을 알릴 리는 없어.'

좀 더 그에 앞서 리우청에게 자극을 주었을 만한 계기가 있었을 것이다.

한참 그렇게 고민에 빠져 있었을까. 잠시 후방을 정찰하고 돌아온 헥토르가 이전에 발견했던 발자국을 언급하며 보고를 해왔다.

"마왕님. 오늘도 발자국들이 있었어요. 이번에는 좀 많던데요?"

"음. 마력 추적은?"

"록시 님이 했었는데 아무것도 안 느껴지신다고."

마력의 흔적도 느껴지지 않는 수많은 발자국. 마치 귀신처럼 감지 및 추적계에도 걸리지 않는 의문의 흔적들은 복잡해진 머릿속을 더욱 혼란케 만들었다.

"헨드릭. 어떻게 할 거야? 벌써 권좌가 속한 마지막 파티가 준비를 하고 있어."

"잠깐. 잠깐만 기다려."

"뭐?"

"이제 알았다."

마침내 원정대의 모든 인원이 광군주의 무덤 속으로 사라졌다. 하지만 잔뜩 올라간 용찬의 입꼬리는 내려올 생각을 하지 않았다.

며칠 전부터 생겨나던 의문의 발자국들. 그리고 정보통의

뜻밖에 배신까지. 서서히 여러 변수 속에서 하나의 길이 이어지기 시작했다.

"어어, 저놈들은 또 뭐야?!"

"마, 마왕님. 저 플레이어들은!"

소스라치게 놀라는 진협과 헥토르. 그런 두 명의 눈길에 사로잡힌 예상외의 플레이어들까지. 불현듯 광군주의 무덤 앞으로 나타난 무리 사이로 보이는 익숙한 안면에 용찬은 광기 들린 미소를 자아냈다.

"그래. 서머너의 기술이라면 이런 상황도 충분히 납득이 되지."

감지계, 추적계, 방해계가 통하지 않는 하멜의 유일한 소환술. 한때 거울성에서 B급 랭커들을 몰래 끌어들이기도 했던 서머너 레이 안의 모습이 보이는 가운데 뒤늦게 한 청년이 던전을 가리켰다.

'저놈의 얼굴이 이렇게 반가울 수가.'

최대의 적수 유태현! 마침내 그가 리오스 진영 랭커들을 이끌고 산맥으로 찾아온 것이다.

그것도…….

'환영한다. 유태현.'

미끼가 필요한 아주 적절한 순간에 말이다.

처음엔 수많은 의견이 오갔었다. A급 던전 공략을 앞두고 있었으니 얼마나 길드 간부들이 신중해졌는지는 안 봐도 뻔했다. 때문에 일부 측근들은 던전 구조를 먼저 파악해야 한다고 목소리를 높였지만, 그에 앞서 리우청이 한 가지 사실을 실토했다.

'여태껏 저희를 추적한 자들은 제가 잘 알고 있습니다.'

내통. 그동안 원정대를 위험에 빠트리고 수많은 사상자를 안겨주었던 모든 습격 사건들이 정체불명의 추적자들과 연루되어 있던 것이다. 이 사실이 밝혀지자 간부들은 당연히 분개했고, 본인 스스로를 내통자란 밝힌 리우청을 처형하려 들었다. 확실히 그들의 의견은 옳다. 정상 부근까지 오면서 얼마나 큰 희생자가 속출했는지 그 수를 헤아려만 봐도 누구든 인정하게 되는 부분이었다. 하지만 선욱은 조금 더 다른 시선으로 그 사실에 접근했다.

'분명 리우청의 죄는 막중하지만 지금은 이 기회를 이용해야만 합니다.'

밝혀진 사실에 의하면 리우청은 목숨의 위협을 받아 강제로 계약을 했다고 한다. 그것도 일찍이 디어스 길드에 가입했을 때부터 말이다. 당연히 그 사실이 밝혀지자마자 디어스 간부들은 회의장 내에서 따끔한 눈초리를 받게 됐고, 리우청을 직접 길드로 받아들이고 길잡이로 택하기까지 했던 소희는 그 책임을 물어야 했다.

'할 수 없이 이번 던전만큼은 통솔권을 양도하도록 하지.'

자연스레 디어스 길드의 영향력은 줄어들고 펄션 길드의 입지는 커졌다. 그리고 선일은 유능한 길잡이인 선욱의 의견을 따라서 추적자를 제거하기로 결심했다.

그래서 결성된 것이 바로 이 포지션이었다.

"첫 선발대에게 보고 받은 대로 던전 초입부는 통로 형태를 띠고 있습니다. 그리고 진입 당시 소환되는 지점은 바로 이곳이죠. 저희는 이제 앞뒤로 방패병들을 포진시켜 추적자들을 둘러쌀 것입니다."

"이동 기술과 은신 기술에 대한 대처는?"

"미리 디텍터들에게 은신 감지 기술들을 지시해 놓은 상태입니다. 뭐, 이동 기술 같은 경우엔 미흡할지도 모르지만 권좌가 두 분씩이나 있으니까 믿을 수 있을 것 같군요."

"쓸데없는 헛소리를…… 그래서 저놈은 어떻게 할 생각이지?"

실속 없는 아부에 피식 웃던 선일이 리우청을 노려봤다. 직접 자신이 내통자라는 것을 밝히긴 했지만 이미 죽어나간 플레이어들 숫자가 5천을 넘어갔다. 계획대로 추적자들을 전부 제거한다고 해도 그가 처벌을 피하긴 어려울 터. 그 사실을 누구보다 잘 알고 있는 선욱이었지만 약간은 의문이 들기도 했다.

"추적자들을 전부 제거하는 대로 다수결에 따라서 처벌할 생각이긴 한데…… 이유가 궁금하지 않습니까?"

"이유?"

"갑자기 자신이 내통자란 것을 밝힌 이유 말입니다. 무언가 계기가 있지 않고서야 자기까지 위험해질 일을 벌이진 않을 것 아닙니까."

"그딴 거 관심도 없다. 굳이 추측해 본다면 김민아의 사망 소식 정도겠지."

"흐음."

글쎄, 과연 그 정도로 사람의 본성을 억누를 수 있을까?

어느덧 초조한 기색으로 주변을 살피는 리우청의 태도에 궁금증은 더욱 증폭되어 갔지만, 오색빛깔로 퍼져 나가는 빛무리에 잠시 의문은 접어두기로 했다.

"자, 손님이 왔군. 이제 놈들을 열렬히 환영해 주도록 하자고."

일명 개미지옥.

마침 던전 내부로 입장한 침입자들에겐 가장 안성맞춤인 포지션이었다. 앞뒤로 포지한 굳건한 방패병들, 벌써부터 마법을 준비하고 있는 비장한 표정의 마법사들. 그리고 오직 소환 지점만을 노려보며 시위를 당기고 있는 궁수들까지. 수백 명의 성직자들과 최강자인 권좌 둘까지 포함한다면 거의 최상의 진형이나 다름없었다.

"그러면 천천히 정체를 밝혀보도록 할……."

"이거 환영 인사가 제법 거치군요?"

통로 안을 장악하던 분위기가 사그라진다. 원정대에게서 여유란 것을 앗아간 목소리는 좌중을 압도했고, 벽에 걸려 있던 횃불들마저 불현듯 불어온 변화의 바람에 위태롭게 흔들리고 있었다. 뱀처럼 날카롭고도 꺼림칙한 두 눈길.

"유, 유태현이잖아?"

누군가가 나직이 중얼거린 한마디가 메아리치듯 울려 퍼지자 어두운 통로 속에서 뒤늦게 청년이 얼굴을 드러냈다.

"저희가 온다는 것을 어떻게 알고 계셨던 거죠?"

여우처럼 가늘어진 두 눈가가 슬며시 떠진다.

"……."

물론 그 누구도 물음엔 답하진 않고 있었다.

'설마 추적자가 타이탄 길드였던거야?'

'조금만 생각해 볼까. 분명 레이 안의 소환술은 완벽히 발동되었어. 근데 우리가 오는 것을 알고 있었다고?'

적어도 이 자리에서 두 명만큼은 무척이나 침착했다. 선욱은 괜스레 리우칭에게 눈짓을 하며 의문의 답을 알려달라 청하고 있었지만, 계약 조건 때문인지 입을 꾹 다물고만 있었다. 반대로 태현은 두 명의 권좌가 있는 것을 파악하며 나름대로 머리를 굴려봤지만 답은 나오지 않고 있었다. 그저 서로 시선을 주고받으며 기나긴 정적에 몸을 맡기고 있을 뿐.

하지만 그것도 그리 오래 가진 않을 듯했다.

'일단…….'

'우선…….'

"여기서 처리한다."

"정면으로 돌파한다."

서로가 동시에 방아쇠를 잡아당기자 두 진영 간의 충돌이 벌어졌다. 좌우로 산개하며 경로를 틀어막는 수준급의 방패병들과 그런 진형의 이점을 깨부수기 위해 날을 뽑아 드는 최상위 전사들. 아무리 개미 지옥급의 진형을 갖추고 있다지만 타이탄 길드도 쪽수로 치면 거의 5천여 명의 전력이었다. 게다가 두 명의 권좌를 전담 마크할 또 다른 강자들까지 눈에 보이고 있지 않은가.

"철혈의 군단장! 네놈은 진영 간의 경쟁에 별로 관심이 없었을 텐데?"

"어이, 김선일. 오는 게 있으면 가는 것도 있게 마련이야. 정 궁금하면 저놈에게 물어봐."

"젠장. 아놀드까지 올 줄이야."

통곡의 벽 다음은 은밀한 칼이란 것일까. 그레엄에 이어 권좌에 속한 아놀드까지 공세에 합류하자 일방적이던 구도는 단숨에 역전되어 있었다.

쿠구구구궁!

대규모 인원의 격돌에 좁디좁은 통로는 지진이라도 일어난 듯 요동치기 시작했고, 마침 소희가 발동한 금호장격에 천장까지 쩌저적 균열이 일고 있었다.

불리하다. 아니, 불리한 것을 떠나 패배가 확실시되는 전투였다.

'철혈의 군단장 그레엄, 권좌 아놀드, 검객 유이치, 서머너 레이 안, 마도 학살자 송동현. 거기다가 A급을 앞두고 있다는 소문의 유태현까지. 상위 랭커면에선 놈들이 압도적이야!'

개미지옥? 웃기지도 않는다. 저런 전력을 가진 무리라면 이 정도 진형은 금방 뚫고도 남았다. 게다가 아까 전부터 보이는 태현의 몸놀림은 대체 무엇이란 말인가. 현 권좌들과 비교해도 거의 손색이 없는 실력에 선욱은 낭패한 얼굴로 고민했다.

'귀환은 불가능해. 그렇다고 탈출구가 보이는 것도 아니고. 여기서 놈들에게 전멸당할 바엔 차라리…….'

어떤 지휘관이라고 해도 패착이 짙은 전투엔 미련을 가지지 않는 법이다.

'후퇴해야 합니다!'

-지금 저놈들 앞에서 등을 보이라고?

'이미 역전된 전세가 보이지 않으시는 것입니까. 이러다간 전부 전멸당합니다!'

-좋아! 네놈 말대로 후퇴한다 쳐도 과연 저놈들이 그것을 가만히 두고 보기만 할까?!

'그럴 겁니다.'

확신 어린 어조에 말문이 막힌 것일까. 잠시 동안 선일의 목소리가 들려오지 않자 도리어 통신 수정구를 쥐고 있던 선욱이 역성을 내기 시작했다.

'저놈들은 반드시 저희를 놔줄 겁니다! 이유는 나중에 설명할 테니 우선…….'

-빌어먹을 리오스 새끼들!

진영 간의 격해진 감정은 잠시 뒤로 미뤄둬야 할 때다. 할 수 없이 선일은 일부 길드원들을 희생시키며 가장 중요한 정예 인원들을 뒤로 물렸다. 그리고 소희와 함께 광역 기술을 시전하며 원정대가 후퇴할 틈을 만들어주었다.

'역시 후퇴하는 건가. 어떤 길잡이인지는 몰라도 판단이 빠른데?'

진심 어린 칭찬이었다. 그만큼 전세는 리오스 쪽으로 기울어져 있었고, 전멸을 면하기 위해선 빠른 후퇴밖에 답이 없었으니까. 때문에 태현은 흡족히 웃을 수 있었다.

"추격대를 보내겠습니다."

"아뇨. 괜찮습니다."

"예?"

서서히 멀어져가는 원정대 무리에 동현은 조급함이 깃들었다. 최소한 던전 공략을 방해하는 자들은 여기서 제거하는 게 가장 이상적이었기 때문이다. 하지만 태현은 절대 서두르지 않았다.

"그냥 내버려 두는 게 저희에게도 좋을 겁니다. 아니, 저희로선 오히려 더 잘된 일이죠."

"무슨 뜻이십니까."

"희생이 필요하던 차에 저들이 희생을 자초하고 있지 않습니까. 저희는 그저 돌파한 길을 따라가면 될 뿐입니다."

애당초 가벼운 마음으로 찾아온 던전이 아니었다. 무려 A급 난이도인 광군주의 무덤 아니던가. 총 세 가지 난관으로 이루어진 구조인 만큼 적당한 미끼를 이용해 길을 돌파하는 것도 그리 나쁜 방법은 아니었다.

게다가 마지막 난관이라고 알려진 광군주의 시험. 던전에 입장한 모든 플레이어가 한자리에 모여야 시작되는 최악의 미션이었기 때문에 여유로운 태도를 보일 수 있는 것이었다.

'줄곧 플레이어 행세를 해온 네놈이라면 이번에도 그 무리에 숨어들어 있겠지. 광군주의 반지와 광기의 인장. 전생에선 두 가지 전부 다 네 것이었겠지만 이번 생만큼은 아니야.'

물론 그 외에도 중요한 아이템이 한 가지 더 있긴 했지만 우선적인 목표는 그 두 개였다.

"자, 그럼 슬슬 움직여 보도록 할까요?"

"건방진 새끼야. 명령질하지 마."

"방금 그건 부탁이었습니다만. 혹시 더욱 정중한 부탁을 원하시는 것입니까?"

가볍게 눈웃음을 짓자 그레엄이 인상을 와락 구기며 등을 돌렸다. 일시적으로 쏜즈 길드와 타이탄 길드가 동맹을 맺었다곤 하나 인간관계까지 원만해진 것은 아니었다.

그렇게 철혈의 군단장이 본전도 못 찾고 먼저 발걸음을 옮기자 아놀드가 혀를 차며 슬며시 태현에게 눈짓을 보냈다.

'정말 이 던전에 유니크급 이상의 장비가 있는 거냐?'

'여태껏 제가 발견한 장비와 아이템들만 봐도 어느 정도 답이 나오실 텐데요?'

'……A급 난이도의 던전이라. 희생이 꽤 크긴 하겠지만 공략

만 성공한다면 실보다 득이 많겠어.'

무엇보다 리미트리스 진영의 성장과 원정을 막을 수 있단 점이 가장 큰 메리트로 작용하고 있었다. 유니크급 이상 장비들과 더불어 상대 진영의 개척을 방해한다면 리오스 진영은 더욱 높이 비상할 수 있을 터. 특히나 뛰어난 정보력으로 수많은 히든 피스를 건져냈던 태현이었기 때문에 의심보다 탐욕이 먼저 앞서고 있었다.

다만 한 가지 불안한 점이 있다면 그가 언젠가부터 누군가를 극도로 경계하기 시작했단 것이었는데, 몰래 길드원들을 풀어 조사를 해봐도 그 대상이 누구인지는 쉽사리 파악되지 않고 있었다.

'쏜즈 길드와 적월 길드를 어떻게 끌어들인 것인지조차 내게 알리지 않았었지. 무언가 서로 동일한 목표를 두고 있는 것 같긴 한데…….'

등 뒤의 칼날을 가장 조심하라고 했던가. 어느새 A급까지 목전에 두고 있는 태현이었기 때문에 아놀드는 한 시도 경계를 늦출 수 없었다.

"무슨 생각을 그리 하시는 것입니까."

"아니, 아무것도 아니다."

"자, 천천히 놈들을 따라가도록 하죠."

"그러지."

한바탕 아수라장이 됐던 초입부는 금방 잠잠해졌다. 아직도 곳곳엔 치열한 전투의 흔적들이 남아 있긴 했지만 인기척은 삽시간에 사라진 상태였고, 얼마 되지 않아 깜깜하던 통로의 횃불들이 되살아나기 시작했다.

샤아아앙!

혹여 던전 입장이 늦어진 일행이라도 있던 것일까. 길게 늘어진 어둠을 훤히 밝히는 빛무리들이 사방으로 퍼져 나가자 곧이어 아홉 개의 실루엣이 샘솟았다.

[ㅇㅅㅇ]

네온사인처럼 깜빡거리는 이모티콘.

"꼬리 좀 그만 만져. 이 새끼야!"

"왜요. 이렇게 푹신푹신한데!"

"페페펭. 여긴 어떤 보물들이 숨겨져 있을까!"

"키에엑. 금화!"

"키엑. 아이템!"

시작부터 요란스럽기 그지없는 이종족들.

"에휴. 쟤들은 언제 철이 들런지."

"너나 잘하지 그래?"

"……두 분 다 진정하세요."

철저히 신경전을 벌이는 다크 엘프와 마족. 그리고 그런 둘을 말리는 미청년의 마족까지.

'미끼의 미끼가 되는 것은 예상 못 했을 거다.'

뒤늦게 통로 내부로 뇌전이 일렁거리자 흑발의 청년이 광기 들린 미소를 드러냈다.

절망의 대지 최남단을 지배하는 바쿤의 마왕.

'유태현.'

마침내 용찬이 광군주의 무덤에 들어섰다.

태현이 타이탄 길드를 이끌고 광군주의 무덤으로 온 이유야 뻔했다. 목적은 마지막 방에 보관되어 있는 광군주의 반지와 광기의 인장을 탈취하는 것. 전생에서 용찬을 광악으로 만들어주었던 가장 큰 요인이었기 때문에 그가 방해하는 것도 어찌 보면 당연했다.

'최대한 신중히 움직여야겠어. 지금쯤이면 놈도 암살왕 세트를 거의 다 모았을 거야.'

현재 던전엔 원정대, 타이탄 길드가 함께 입장해 있었다. 그리고 한 차례 교전 이후 후퇴한 원정대를 타이탄 길드가 이용하려 드는 구도였고, 그 뒤를 바쿤 일행이 잇고 있었다.

즉, 놈들은 미끼의 미끼가 되었단 것.

물론 태현은 용찬이 원정대에 속해 있다고 판단 내리며 그들을 이용해 방들을 편하게 돌파하려 하고 있었지만, 사실 두 무리 전부 용찬에게 이용당하고 있는 것이나 다름없었다.

-타이탄 길드가 저리 강할 줄이야. 선욱의 뛰어난 판단력을 아예 힘으로 꺾어버렸어. 우리도 앞으로 조심해야 될 것 같아.

길잡이 역할을 위르겐에게 넘겨주고 바쿤에 남았던 진협이 통신을 걸어왔다. 아마 이번 던전 공략 동안 외부 통신을 이용해 서포터 역할을 맡게 될 것이다.

"그래야겠지. 우리도 출발한다."

"다른 놈들 뒤 밟는 것은 산맥에서 한 것으로 충분했는데. 여기에서까지 이 짓을 하게 될 줄이야."

-불복종, 명령! 임무. 방패병. 수행한다. 역할!

선봉을 담당하는 방패병은 둘. 쿨단의 구박에 딩크가 머리를 긁적거리자 그 뒤를 칸과 켄이 따랐고, 무투가인 용찬을 중심으로 루시엔 록시가 좌우를 맡았다. 그리고 헥토르, 위르겐, 로드멜이 후방을 사수하며 바쿤의 진형은 마무리가 됐다.

[첫 번째 방에 도착했습니다.]

[광군주의 신하들을 처리하십시오.]

[불가! 이미 목표가 달성된 방입니다.]

'이토록 편하게 던전을 공략하게 될 줄이야. 이대로 쭉 길만 따라가면 되겠어.'

광군주의 무덤은 총 9개의 방으로 이루어져 있었다. 그중 세 번째 방까진 첫 번째 난관에 속해 있었는데, 대부분 무덤을 사수하는 광군주의 신하들을 처리하는 목표였기에 아직까진 두 세력 모두 막힘없이 방을 뚫어나가고 있었다. 덕분에 바쿤 일행은 세 번째 방까지 수월하게 진입할 수 있었고, 얼마 되지 않아 네 번째 방으로 입장하는 타이탄 길드원들을 목격하게 됐다.

-어떻게 할 거야? 놈들의 클리어 속도로 봐선 이제 막 네 번째 방에 입장한 것 같은데.

'그렇다면 지금쯤 안에서 두 번째 교전을 벌이고 있겠군.'

-……설마 들어갈 작정은 아니지?

'언제나 설마가 사람 잡는 법이지.'

대답은 들려오지 않았다. 통신 너머로 진협이 무슨 생각을 하는 지는 안 봐도 뻔할 터. 거의 자살 행위나 다름없는 짓이었지만 용찬은 망설이지 않고 두 번째 난관에 도전했다.

[네 번째 방에 입장했습니다.]

[광군주의 정예 기사 겔라우스가 포효합니다.]

[광군주의 정예 기사 벨라우스가 포효합니다.]

오래전, 대륙의 일부를 지배했던 광군주는 총 네 명의 정예 기사를 거느리고 있었다고 한다. 수백 년이 지난 지금은 전부 수명을 이겨내지 못해 싸늘한 시체가 되어 있었지만, 무덤을 장악한 광기는 그런 기사들까지 부활시킬 정도로 뿌리 깊었다.

"저 새끼들. 우리한테 어그로가 끌렸다고 뒤에서 구경만 하는 것 좀 봐!"

"지랄 말고 이놈들한테 집중해! 까딱 잘못하면 전부 다 전멸이라고!"

"이 자식. 왜 이렇게 안 쓰러지는 거야!"

마치 거대한 석상처럼 몇 배의 덩치를 자랑하던 두 명의 정예 기사가 폭풍 같은 기세로 주변을 휩쓴다.

가장 먼저 방 안에 입장한 원정대는 A급에 달하는 겔라우스와 벨라우스를 상대로 고전을 면치 못 하고 있었고, 그런 무리를 타이탄 길드가 멀리서 방관하고 있었다.

-3층 구조의 방이라…… 우선 제일 높은 층수로 올라가야 될 것 같아!

'어차피 그럴 참이었다.'

예상대로 플레이어들은 정예 기사에 시선이 집중되어 바쿤 일행을 눈치채지 못 하고 있었다. 마침 네 번째 방의 구조도 1, 2, 3층으로 나누어져 있는 상황. 재빨리 진협의 말대로 3층으로 올라가자 치열한 전투를 벌이고 있는 원정대가 훤히 내려다보였다.

대충 여기까진 머릿속에 그려놓고 있던 전개.

용찬은 방 입구 부근에서 여유롭게 구경하고 있는 태현을 보며 입가를 말아 올렸다.

'그렇게 편하게 있으면 쓰나.'

좀 더 난전이 되어야 했다. 그래야 바쿤 일행이 유리한 구도를 차지하니까. 원정대와 타이탄 길드를 나란히 공멸시키게 할 수 있는 단 한 가지 방법.

-맞아. 쿨단의 도발 기술이라면 충분히 정예 기사의 어그로를 끌고 올 수 있어!

[?ㅅ?]

"그래. 바로 그거지."

굳이 원정대를 이용할 필요도 없었다. 정예 기사에게 발이 묶여 몬스터를 끌고 갈 수 없다면 자신들이 대신 어그로를 끌어주면 되는 일이었다.

"쿨단. 도끼를 들고 있는 거인 놈에게 도발을 시전해라. 직접 목소리는 내지 말고."

[+ㅅ+!]

번쩍이는 붉은 안광.

한참 방패병들의 몸을 두 동강 내고 있던 광전사 벨라우스가 불만 가득한 얼굴로 급히 고개를 들어 올렸다.

[수호자 쿨단이 도발을 시전했습니다.]

[성공! 정예 기사 벨라우스가 분노합니다.]

험악하던 두 눈동자가 3층을 향한다. 도저히 참지 못할 모욕이라도 당했다는 듯 벨라우스는 계단이 놓여진 입구 부근으로 달려갔고, 당황해하는 타이탄 길드원들을 앞에 둔 채로 계단을 박살 내려 했다. 그 순간, 표적이 되어 있던 쿨단의 신형이 감쪽같이 사라졌다.

[수호자 쿨단이 역소환됐습니다.]

도발을 시전한 장본인이 방 안에서 사라진 것이다!

갑자기 감지되는 않는 존재감에 벨라우스는 당황할 수밖에 없었고, 이리저리 굴러가던 두 눈동자는 이내 새로운 표적을 찾아 기울기 시작했다.

"……설마 우리를 본 거 아니지?"

-쿠어어어어!

"하아, 젠장."

유이치가 이마를 짚은 채 한숨을 푹 내쉬었다. 하나둘씩 무장하기 시작하는 타이탄 길드원들. 그런 광경에 용찬과 진협은 동시에 쾌재를 불렀다.

-좋아! 이대로 난전 돌입이야!

"자, 마음껏 싸워라."

난전 시작이었다.

[플레이어 유태현이 살신무를 시전 했습니다. 일정 시간 동안 이동 속도 및 치명타 확률이 대폭 증가합니다.]

그동안 정령의 힘을 깨우치며 B급 히어로 수준까지 성장한 게 우스울 정도로 태현은 강했다. 아니, 그저 강한 수준이라고 하기엔 다소 설명에 부족한 감이 없지 않아 있었다.

파각!

군더더기가 없는 깔끔한 동작, 방 안을 누비고 다닐 정도로 재빠른 몸놀림, 오직 급소만을 노리고 드는 칼날까지.

'그래. 마계에서 힘을 기르는 동안 놈도 가만히 있던 것은 아니었겠지.'

육체 능력치를 받쳐주는 유니크 장비들까지 장착한 가운데 주력 특성인 그림자까지 발동되자 벨라우스는 맥도 못 추리고 치명상을 내주고 있었다. 그렇게 태현의 일방적인 기술들이 연달아 시전되고 있었을까.

"흐읍!"

잠시 잊고 있던 유이치가 바닥을 깊이 베어내며 벨라우스의 균형을 무너트렸다. 그러자 마치 기다렸다는 듯 갈라진 바닥을 뜨겁게 달구는 동현. 천장 위로 수십 마리의 불사조들이 펄럭거리며 날아오르자 뒤늦게 불기둥이 곳곳에서 솟아나기 시작했다.

[서머너 레이 안이 지정 소환술을 시전했습니다. 지정된 위치로 파티원을 소환시킵니다.]

공중으로 붕 뜬 거대한 신형 위로 올라서는 한 사내. 지정 소환술의 효과로 이동된 아놀드는 거대한 대검을 한 손으로 가뿐히 들어 올리며 칼끝으로 기력을 집중시켰다. 그와 동시에 바닥에서부터 형성되는 뾰족한 수십 개의 방패.

미리 아래에서 대기 중이던 그레엄이 준비를 마치자 아놀드가 재깍 검을 내려쳤다.

콰지지지직!

유성우처럼 추락하던 벨라우스의 몸을 대검과 방패가 위아래로 덮친다. 마치 분쇄기에 온몸이 갈리듯 단단하던 갑주는 순식간에 파손되기 시작했고, 사방으로 튀어 오르는 불똥 속에서 태현이 긴 시미터를 뽑아 들었다.

'저건?!'

톱날처럼 생긴 시미터에 두 눈이 휘둥그레진다. 기억 속 장비가 맞다면 저것은 마그나 카르타와 견줄 정도로 뛰어난 효과를 가지고 있던 유니크 장비일 터. 한때 서열 2위 마왕의 목을 베어내기도 했던 무기의 등장에 용찬은 이내 인상을 구겼다.

[쿠란의 시미터 효과가 발동됩니다. 지정된 대상의 생명력을 30% 소진시킵니다. 사용 횟수 0/1.]

'하필 쿠란의 시미터를 얻은 채로 여기에 올 줄이야. 지금 내 수준이면 어느 정도 승산은 있을 거라 생각했는데…… 저게 있다면 7대 3 정도로 내 필패겠어.'

어떤 방해계의 효과도 통하지 않는 사기적인 시미터 기술이었다. 만약 생명령이 30% 미만인 상태로 저 기술에 직격당한다면 회복 기술이 적용되기도 전에 목숨을 잃을 것이다.

쿠웅!

미처 예상 못 한 변수에 계획은 단숨에 틀어져 버렸다. 보통 정예 기사의 패턴은 총 세 가지였는데 첫 번째가 무작위로 침입자를 죽이는 현 상태였고, 두 번째가 광기에 물들어 폭주하기 시작하는 패턴이었다. 그리고 마지막으로 네 가지 버프를 받은 채 침입자와 싸우는 세 번째 패턴이 있었지만 지금 벨라우스의 생명력으로 세 번째 패턴은 어림도 없었다.

결국 바닥에 쓰러진 놈은 타이탄 길드의 집중적인 화력에 금방 목숨을 잃게 됐다.

[정예 기사 겔라우스가 폭주하기 시작합니다.]

뒤늦게 남아 있던 겔라우스가 두 번째 패턴에 접어 들었지만 놈은 순전히 원정대의 몫이었다.

-마, 말도 안 돼. 대체 저 유태현이란 놈은 뭐하는 놈인 거야. 저 정도면 거의 권좌 수준이잖아?!

'……'

-절대 무리야. 이 정도 전력을 가지고 저런 놈들을 상대하는 것은 절대 무리라고. 헨드릭!

던전의 보상을 차지하기 위해선 결국 마주해야 할 타이탄 길드였다. 물론 두 명의 권좌가 속한 원정대도 쉽게 여길 수 없긴 했지만 현 전력으로 파악해 봤을 때 최후의 승자는 타이탄 길드가 될 가능성이 매우 컸다. 아무리 미끼의 미끼로 이용한다

한들 저런 공세를 뚫고 보상을 차지하는 것은 무리가 있을 터.

그렇게 진협이 용찬을 말리는 사이 원정대가 마침내 겔라우스를 처치한 것인지 다섯 번째 방으로 향하는 통로가 열렸다.

"푸하하하. 저 자식들 또 꽁무니 빠지게 도망치는구만."

"쫓을 필요도 없겠죠. 계속 놈들을 이용하도록 합시다."

"끄응. 몸이 좀 근질거리긴 한데, 별수 없지."

당연히 선욱은 좀 더 깊은 곳으로 도망치는 것을 택했고, 그런 원정대를 하염없이 바라보던 태현이 뒤늦게 고개를 들어올렸다. 마치 누군가를 찾아다니는 것처럼 빠르게 돌아가는 두 눈. 무언가 이상하다는 것을 눈치챈 것인지 구석구석을 샅샅이 뒤지고 있었지만 이미 바쿤의 병사들은 전원 역소환되어 있었다.

그리고 용찬 또한 강화된 투명화로 몸을 숨긴 상황.

"뭐야. 왜 그래?"

"흐음. 아무것도 아닙니다. 가도록 하죠."

간발의 차로 발견되지 않은 용찬은 통로 너머로 사라지는 타이탄 길드를 보며 식은땀을 닦아냈다.

스르륵!

지속 시간이 끝나자마자 풀리는 투명화. 만약 조금 더 시간이 끌렸다면 그대로 네 번째 방에서 정체를 들키고 말았을 것이다.

"……그래. 이 전력으로는 약간 부족하지."

적어도 마지막 방에서 타이탄 길드를 막아낼 전력은 있어야 했다. 잠시 머릿속으로 레이 안의 소환술을 떠올리던 용찬은 이내 품속에 있던 또 다른 통신 수정구를 꺼내 들었다.

대상은 다름 아닌…….

"그레고리. 가문에 통신을 넣어라."

-예. 알겠습니다. 마왕님.

현재 광군주의 무덤에 정해진 제한 패널티는 귀환 불능밖에 없었다. 그 외에 통신 및 소환 효과는 제대로 적용되고 있었고, 그 증거로 레이 안의 소환술 역시 던전 내에서 계속 발현되고 있는 상태였다.

'그렇다는 것은 즉, 후발대까지 전부 포함된 원정대와 달리 타이탄 길드는 다른 추가 증원까지 부를 수 있단 뜻이겠지. 그것은 나도 다르지 않고 말야.'

지금만 해도 거의 최상의 전력인데 여기서 더 추가된다고 생각하니 끔찍했다. 때문에 바쿤 또한 그에 대항할 세력이 필요한 것이다.

-마왕님. 가문에서 답변이 왔습니다.

"어떤 답변이었지?"

-요청을 승낙하신다고 합니다.

자연스레 입꼬리가 올라간다. 이로써 마지막 방을 위한 최후의 수단은 마련된 셈이다. 그렇게 그레고리에게 통신으로 바쿤에 대한 소식 몇 가지를 추가로 전해 듣고 있었을까.

[다섯 번째 방이 클리어됐습니다. 세이브 존이 오픈 됩니다. 던전 전용 상인이 지정된 위치로 돌아다닙니다.]

마침 두 번째 난관에 속한 다섯 번째 방까지 클리어 된 것인지 통로가 황금빛으로 물들었다.

중간에 위치한 방이 클리어될 즈음 생성된다는 세이브 존. 전투가 불가능한 중립 지역인 것은 물론 편하게 휴식을 취할 수 있는 이 공간은 플레이어들에게 있어 거의 마지막 안식처나 다름없었다.

"아, 거기 플레이어 양반! 아직 세이브존에 들어가지 않은 모양이구려. 혹시 나와 거래할 의향이 있는가?"

언제 나타난 것인지 정면으로 털이 수북한 사내가 총총 걸어왔다.

[던전 전용 상인 보바]

오직 던전 내에서만 출현한다는 전용 상인이었다. 아마 던전 내에서 얻은 아이템을 사들이거나 혹은 자신의 물건을 팔기 위해 용찬에게 다가온 것일 터. 지금쯤 세이브 존 내에서도 몇 명의 전용 상인이 나타나 플레이어들에게 거래를 제의하고 있을 것이다.

'요, 용찬아. 이것 좀 봐봐. 던전 전용 귀환 주문서야. 이것만 있으면 돌아갈 수 있다고!'

'근데 구매 수량이 왜 이래. 전부 다 못 돌아가잖아?!'

'쉿. 조용히 좀 해. 이러다가 간부 새끼들이 듣겠어.'

보바의 판매 리스트를 훑어보던 눈길이 파르르 떨린다. 제일 아래에 있는 익숙한 주문서 한 장. 유일하게 귀환 불능인 광군주의 무덤에서 탈출할 수 있는 던전 전용 귀환 주문서였다.

"아, 이것을 구매하시겠습니까? 하지만 저한테는 주문서가 단 한 장뿐이라서……."

"구매하도록 하지. 그리고 이것들도……."

"아이고, 감사합니다!"

보통 귀환 주문서에 비해 월등히 높은 가격 20만 골드. 물론 현재 던전에 입장한 플레이어들에게 있어 이 정도는 그리 비싼 가격이 아니었지만 문제는 상인마다 정해져 있던 수량이었다.

'에이, X발! 됐어. 나한테는 필요 없어. 그냥 너 가져.'

'뭐?'

'다른 놈들도 그렇게 생각하지? 이건 용찬한테 주는 거다!'

동료의 한 마디에 고개를 끄덕이던 자들이 떠올랐다. 자신들이 희생될 것을 알면서도 끝까지 양보를 해주었던 멍청한 놈들이었다. 잠시 질끈 눈을 감고 있던 용찬은 이내 고개를 저으며 주문서를 집어넣었다.

[104명의 플레이어들이 던전에서 탈출했습니다. 펜실렌의 정원길 입구가 활성화됐습니다.]

다시 앞으로 발길을 내밀 시간이었다.

'이럴 계획이 아니었어. 절대 이런 상황을 바란 게 아니었다고!'

오늘처럼 최악의 날이 또 없을 것이다.

안개섬? 아니, 이번 광군주의 무덤은 그보다 더했다.

리우청은 빛무리 속에서 사라져 가는 몇 명의 플레이어들을 보며 그렇게 생각했다. 듣기론 진영 내 다른 대형 길드에게 지원을 요청하러 간다는 듯했지만, 자신의 눈에는 운 좋게 얻어걸린 자들로밖에 보이지 않았다.

'너에게도 귀환 주문서를 달라고? 웃기지 마. 네가 직접 추적자를 알려주긴 했지만 내통한 것은 절대 지울 수 없는 사실이야. 최소한 양심이 있으면 입 닥치고 가만히 있어.'

마치 벌레라도 본 것처럼 역겹단 표정을 짓던 길드의 간부들. 차라리 내통을 밝히지 않았더라면 애초에 이런 일도 벌어지지 않았을 것이다.

'내가 왜 그따위 짓을 벌여서. 그냥 죽치고 가만히 있기라도 할걸!'

아델리아와 김민아의 충격적인 사망 소식에 잠시 머리가 어찌 됐던 것은 아닐까. 뒤늦게 후회가 밀려왔지만 이젠 되돌릴 수도 없었다.

"이건 완전히 이용당하고 있는 거야. 우리를 앞장세워 편하게 길을 뚫고 있는 거라고!"

"나도 알아. 근데 이제 와서 무엇을 어쩔 거야. 여기서 나가지도 못하잖아."

"젠장. 아까 상인이 나타났을 때 주문서를 하나 빼돌려 놓을 것을 그랬어."

편하게 휴식을 취할 수 있는 세이브 존이었지만 그 누구도 마음 놓고 쉬질 못했다. 이유는 아마 맞은편에서 캠핑을 하고 있는 타이탄 길드 때문에 그럴 것이다. 만약 전투가 불가능한 중립 지역이 아니었더라면 여긴 금방 불바다가 되었을 터. 그렇게 얼마나 절망으로 가득 찬 얼굴로 고개를 떨구고 있었을까.

"잠깐. 나 좀 보지 그래?"

원정대의 대표 길잡이였던 선욱이 심각한 눈빛으로 말을 걸어왔다.

"또 무슨 일이야. 추적자에 대해선 출발 직전에 전부 털어놨었잖아."

"그게 문제가 아니야. 정말 추적자가 타이탄 길드가 맞긴 한 거야?"

"……."

설마 그럴 리가 있겠는가. 오히려 타이탄 길드가 입장했을 때 가장 놀란 것은 자신이었다. 하지만 리우청은 끝까지 머릿속에 담겨 있던 진실을 입 밖으로 꺼내지 못했다.

'입 한 번 잘못 뻥끗 거렸다간 내 몸이 소멸될 테니까.'

결국 집요한 눈길을 피해 고개를 슬며시 돌릴 뿐이었다.

"하아, 역시 추궁은 안 된다 이건가."

"나도 아주 답답해 죽겠다고."

"혹시 마나의 계약을 어길 생각은 없어?"

"자, 잠깐. 나보고 죽으란 소리야?"

"뭐, 네 사정이야 내 알 바 아니잖아. 네 목숨 하나로 그 머더러 놈이 속한 세력의 정체를 밝혀낼 수 있다면야. 위협도 꽤나 나쁜 방법은 아니겠어."

스윽!

시퍼런 빛을 띠는 뾰족한 칼날.

"자, 말해. 안개섬. 그리고 원정대를 습격했던 그 머더러와 동료 놈들의 정체가 뭐야?"

섬뜩하기 그지없는 협박에 온몸이 파르르 떨려왔다. 왜 자신은 그렇게 안도하고 있었을까. 선욱은 안개섬에서도 한 차례 용찬을 대면했지 않던가. 민아가 죽은 지금 가장 용찬을 의심하는 자는 당연히 놈일 수밖에 없었다.

[안내자가 소환됩니다.]

생사가 오가는 시간이 흐르고 있었을까. 불현듯 다섯 번째 방 안으로 토끼 귀를 한 정체불명의 NPC들이 모습을 드러냈다.

"시간이 되었습니다. 이제 여러분들은 세이브존을 떠나 펜실렌의 정원길로 향해야 합니다."

"저, 정원길이라고?"

"네. 광군주의 무덤에 속한 여섯 번째 방이기도 한 장소입니다. 그리고 저희는 여러분들을 안내할 제나, 레나, 미나이고 말이죠. 한동안 잘 부탁드립니다."

혼란스러워하는 분위기 속에서 가장 먼저 반응한 것은 타이탄 길드였다. 그들은 마치 이런 상황을 예상이라고 했다는 듯 자리에서 일어나기 시작했고, 중앙에 있던 레나의 안내를 따라서 정면 통로로 걸어갔다. 그런 광경에 대거를 쥐고 있던 선욱은 인상을 구기며 남아 있던 안내자들에게 물었다.

"만약 안 따라가면 어떻게 되는 거……."

"죽습니다."

"선택권도 없다 이거군. 좋아. 넌 나중에 보도록 하고. 우선 출발 준비부터!"

어째서 정체도 알지 못하는 안내자의 위협을 믿는 것인지는 알지 못했다. 그저 리우청은 살았다는 안도감에 크게 숨을 내쉴 뿐이었다.

그렇게 선욱의 판단을 토대로 원정대는 급히 출발 준비를 마쳤고, 가장 왼쪽에 있던 미나를 따라서 정면 통로로 향하기 시작했다.

'잠깐. 그런데 왜 안내자가 세 명인 거지?'

마지막에 남은 제나는 누구를 기다리는 것일까. 문득 의심이 치솟았지만 애초에 던전 내로 안내자가 소환된다는 것 자체가 금시초문이었다. 게다가 수많은 플레이어들을 인식해 대비 인원으로 세 명이 소환되었을 가능성도 있지 않은가.

'내가 너무 깊게 생각한 것일지도.'

선욱은 괜히 복잡해진 머릿속을 정리하며 고개를 돌렸다.

"……."

홀로 방 안에 남겨진 제나의 눈길이 돌아가는 것도 모른 채.

[안내자 제나]

[등급: ?]

[상태: 호기심.]

후드 위로 삐져나온 앙증맞은 두 귀가 움찔거린다. 전생에서도 마찬가지로 플레이어들을 여섯 번째 방으로 안내해 주었던 안내자 NPC. 이번 생에서도 다를 것은 없는지 수인족인 제나가 똘망똘망한 두 눈으로 용찬을 쳐다봤다.

"당신은 인간이 아니시군요."

"그래도 플레이어로 인식되고 있을 테지. 틀린가?"

"정확합니다. 제 소개를 드리자면……."

"제나란 것은 알고 있어. 그 분홍색 머릿결을 보면 알 수 있지. 우선 안내를 받기 전에 가볍게 준비부터 해볼까."

정체를 간파당해서 그런 것일까. 제나가 로브 속으로 드러난 자신의 머릿결을 매만지며 당황해했다. 하지만 용찬은 개의치 않고 인벤토리에 담겨 있던 몇 가지 아이템을 꺼내기 시작했고, 얼마 되지 않아 바쿤의 병사 중 한 명을 다섯 번째 방으로 소환시켰다.

"헨드릭!"

"이전에 받았던 장비는 가져왔겠지?"

"응. 이것 봐봐. 전부 가져왔어!"

소환된 자의 정체는 정원사 아이리스였다. 그녀는 용찬의 품에 안긴 채로 착용하고 있던 장비들을 가리켰고, 그런 광경에 뒤늦게 정신을 차린 것인지 제나가 정면 통로를 가리키며 재촉했다.

"시간이 너무 지체됐습니다. 이제 출발해야 합니다."

"싫다면?"

"그렇다면 규칙상 당신을 제거할 수밖에 없습니다."

"흐음."

순식간에 붉어지는 두 눈동자는 매우 위협적이었다. 오직 던전 내에서만 존재하는 NPC였기 때문에 무덤 내에선 나름대로 월등한 전투 능력을 가지고 있을 것이다.

하지만.

"이걸 받아라."

"헛?!"

그런 안내자도 싱싱하게 무르익은 당근 앞에선 평범한 수인족에 불과했다.

덥석!

두 눈이 휘둥그레진 제나는 급히 당근을 낚아채 갉아먹기 시작했고, 순식간에 당근 하나를 먹어치운 그녀는 만족스러운 표정으로 해맑게 미소를 지었다.

'보바에게서 미리 당근을 사두길 잘했어. 아마 지금쯤 유태현도 데려간 안내자에게 당근을 건네주고 있겠지. 유일하게 안내자와 호감도를 쌓을 수 있는 아이템이니까.'

오직 광군주의 무덤에서만 통용되는 히든 조건. 전생에선 우연히 당근을 구매한 플레이어 덕분에 알아낸 조건이기도 했다. 이제 제나는 정원길을 안내하는 동안 가끔씩 당근을 준 것에 대한 호의를 표시할 터. 정원사인 아이리스까지 함께 동행하고 있으니 큰 불안은 덜었다고 볼 수 있었다.

"후우. 제게 이런 당근을 선사해 주시다니. 이 은혜 잊지 않겠습니다."

"만족했다니 다행이군. 그러면 이만 출발하도록 하지."

"네. 알겠습니다."

다시 무뚝뚝한 말투로 돌아오긴 했지만 나름 경계심은 지워진 듯했다. 그렇게 제나를 따라서 정면 통로를 쭉 걸었을까. 통로 끝으로 쇠사슬에 칭칭 감겨 있는 커다란 철문이 하나 보였다.

"헨드릭. 딩크는 같이 안 가는 거야?"

"음. 탱커도 한 명 있으면 좋긴 하겠군. 잠시 기다려라."

바하무트에 다녀온 이후로 더욱 친해진 것인지 아이리스가 뒤늦게 소환된 딩크에게 와락 안겨들었다.

"딩크. 털 복실복실해!"

"이 자식아. 그만 좀 만져라. 아주 닳겠다. 닳겠어."

"딩크. 앞장서라."

"에휴. 알겠습니다."

마치 보모가 된 것처럼 등에 아이리스를 업은 채 철퇴를 꺼내 든다. 그사이, 제나는 큼지막한 사슬을 한 손으로 잘라내고 있던 것인지 이리저리 팔을 휘두르며 문의 봉인구를 제거했다. 그리고 믿겨지지 않는 괴력을 발휘하며 커다란 철문을 열기 시작했다.

"입장하겠습니다."

발길을 내미는 순간 달라지는 풍경. 온갖 식물들로 무성한 다리 위의 정원길이 눈앞으로 드러나자 가장 먼저 아이리스가 입을 떡 벌렸다.

[펜실렌의 정원길에 입장 했습니다. 의미 모를 기운이 당신을 죄여옵니다. 펜실렌이 만들어낸 허상들이 모습을 드러냅니다.]

서서히 퍼져가는 음산한 기운들 속에서 일곱 개의 인영이 모습을 드러낸다. 결코 잊을 수 없는 익숙한 안면들에 인상이 굳어지고, 그들 중 한 명이 천천히 손을 뻗어왔다.

-고용찬. 왜 우리를 배신한 거야?

두 눈가로 흐르는 붉은 선혈. 전생의 기억대로 동일한 차림새를 갖추고 있던 그가 원망어린 눈길로 자신을 노려보자 입이 꾹 다물어졌다.

안선욱. 그렇다. 그는 하멜에서 거의 자신과 2년 동안 함께 다녔던 동료 선욱이었다.

-쓰레기 같은 자식. 우리들은 널 믿었는데 그 보답이 겨우 이거야? 이젠 우리를 죽이겠다고?!

"입 다물어."

-너 혼자 살아서 돌아가겠다 이거지. 그래. 네놈은 애초에 우리를 동료로 생각하지 않고 있던…….

"꺼져라. 환영."

주변 일대로 방출된 마력이 퍼져 나가자 순식간에 동료들. 아니, 거짓 모습을 갖추고 있던 환영들이 사라졌다. 그제야 홀린 듯 멍하니 정면을 바라보고 있던 아이리스와 딩크도 정신을 차렸고, 가만히 허상들의 정신 공격을 방관하고 있던 제나가 뒤늦게 물어왔다.

"출발하시겠습니까?"

"그러……."

"헨드릭."

대답이 미처 끝나기도 전에 들려오는 목소리. 무언가 불안한 듯 온몸을 떨고 있던 아이리스가 심상치 않은 두 눈빛으로 나직히 물어왔다.

"페레스가 누구야?"

전혀 예상치 못한 질문에 발길이 멈추었다.

펜실렌은 침입자가 가장 고통스러워할 기억들의 인물들을 허상으로 만들어낸다. 정신적으로 큰 충격을 주어 정원길을 온전히 지나지 못하게 만드는 게 목적일 터. 하지만 아이리스는 퀘스트의 영향으로 인해 대부분의 기억이 소실되어 있었다.

'페레스의 허상이 소환된 건가?'

과연 그의 허상은 무슨 저주 들린 말을 건넨 것일까. 문득 궁금증이 치솟았지만 여기서 더 이상 시간을 지체할 순 없었다.

"단순한 허상이다. 그냥 무시해라."

"하지만 그 허상이 무슨 이상한 이야기도 하던……."

"가끔씩은 없는 이야기까지 지어내는 게 펜실렌의 허상이다. 괜히 깊게 생각할 필요는 없어."

애써 거짓은 섞지 않았다. 실제로 허상들은 상대방의 정신을 자극하기 위해 과거 기억을 조작하기도 했으니까. 그렇게 간단히 설명을 마치고 뒤돌아서자 아이리스가 입을 우물쭈물 하더니 이내 고개를 끄덕였다.

"헨드릭이 그렇다면야…… 알겠어."

"자, 이제 출발하도록 하지."

마침 딩크도 복잡한 머릿속을 정리한 것인지 철퇴를 꺼내 들며 선두를 맡았다. 가끔씩 걱정스러운 눈길로 아이리스를 쳐다보는 것으로 보아 무언가 석연치 않은 모양. 하지만 뒤늦게 용찬과 두 눈을 마주치자 금세 꼬리를 내리며 고개를 돌리고 있었다.

"그러면 안내를 시작하기 전에 미리 설명을 해드리도록 하겠습니다. 우선 펜실렌의 정원길을 탐사하는 동안 전 여러분들께 어떠한 도움도 드릴 수 없습니다. 단순히 길을 동행하는 정도의 역할일 뿐. 그 외 다른 부분으로는 제가 손 쓸 수 있는 게 없단 것을 명심해 주시길 바랍니다."

"흐음."

"다만……."

긴 설명 도중 붉어지는 양 볼. 괜히 헛기침을 하던 제나가 고개를 슥 돌리며 마력을 끌어 올렸다.

"저희 수인족들은 은혜를 반드시 갚는 성격이기 때문에 한 번쯤은 일행분들을 도와드리도록 하겠습니다."

아름답게 빛나던 보라색깔 마력들이 세 명의 신형을 감싼다. 오직 펜실렌의 정원길에서만 받을 수 있는 안내자의 가호였다.

'일시적으로 무적 효과를 발휘하는 보호 마법이었던가. 이걸로 한 번 정도는 몸을 보호할 수 있겠어.'

당근의 보답으로는 무척 큰 편이었다.

그렇게 준비가 끝나자 부끄러운 기색을 감추지 못하던 제나가 애써 발길을 재촉하며 앞으로 나아갔고, 그 뒤를 바쿤의 일행들이 따르며 본격적인 정원길 탐사가 시작되었다.

예전 광군주가 하멜을 정벌하던 시절, 환영의 마법사 펜실렌은 자신의 충성심을 증명하기 위해 그를 위한 정원길을 만들었다고 한다. 하지만 광군주의 위용을 표현하기엔 정원길은 너무도 보잘 것이 없었고, 진정한 아름다움을 추구하던 그는 부족함을 느끼고 자신을 희생시켰다. 그리고 탄생한 것이 영원히 빠져나올 수 없는 펜실렌의 정원길.

[당신의 운명을 시험합니다. 두 갈림길이 나타났습니다. 어떻게 하시겠습니까?]

눈앞의 갈림길처럼 침입자의 운을 시험하는 것부터 시작해 몬스터, 함정, 방어 수단 등등 이곳은 거의 미궁 같은 구조로 이루어져 있었다.

"왼쪽 길, 오른쪽 길. 어떤 길을 선택하시겠습니까?"

"마왕님. 귀찮으니까 대충 오른쪽 길로 가시죠."

"아냐. 내 직감은 왼쪽 길이야. 확실하다고!"

제나의 손짓에 금방 의견 충돌이 벌어진다. 사실상 어떤 길을 택하든 몬스터 혹은 함정이 기다리는 것은 동일했지만 그것을 모르던 딩크와 아이리스는 치열한 신경전을 벌이며 서로 다른 길을 가리키고 있었다.

-사람의 운을 시험하는 것이라면 여기선 선욱이 꽤 유리하겠는데?

'네 생각은 어떻지?'

-으음. 이런 쪽은 영 소질이 없지만 우선 오른쪽 길을 선택해 보는 게 좋을 것 같아. 미로의 법칙이 통할지는 모르겠지만.

'시도해 보는 게 나쁜 것은 아니지.'

결국 통신을 주고받던 진협의 의견이 채택됐다. 끝내 왼쪽 길에 미련이 남아 있던 것인지 아이리스가 볼을 부풀리며 실증을 냈지만 이미 결정한 선택을 되돌릴 순 없었다.

[중급 엔트가 소환됐습니다.]

[하급 펜릴이 소환됐습니다.]

[천연 괴목이 소환됐습니다.]

오른쪽 길로 접어든 지 얼마나 됐을까. 길을 잘못 택한 것인지 가로막힌 벽 앞으로 수많은 몬스터들이 소환되며 전투를 알려왔다. 펜실렌의 정원에서 소환되는 몬스터들의 등급은 대부분 B급 네임드 이상의 수준.

"캬아아악!"

가장 먼저 손톱이 길게 자라난 펜릴이 날렵한 몸놀림으로 습격을 해오자 자연스레 딩크가 정면으로 뛰쳐나갔다.

[하운드의 효과가 발동됩니다.]

[철퇴의 무게가 세 배로 증가합니다.]

콰아앙!

마치 포성처럼 쩌렁쩌렁 울리는 소리와 함께 땅바닥이 부서진다. 그런 매서운 공격에 당황한 것인지 펜릴은 잽싸게 몸을 빼며 다시 경계 자세를 취했고, 뿌리 채로 걸어 다니던 엔트와 괴목들이 지원에 나서는 것인지 사방을 둘러싸기 시작했다.

"위험합니다. 우선 후퇴를 추천드립니다."

"아니, 그럴 필요 없어. 아이리스."

"응!"

펜실렌의 정원길은 식물형 몬스터들이 주로 출현하는 필드였다. 즉, 정원사인 아이리스에게 있어 이곳은 그녀가 독보적으로 활약할 수 있는 무대나 다름없는 것이다.

그런 사실을 모르던 제나는 용찬의 의도를 파악하지 못해 고개를 갸웃거리고만 있었지만, 식물형 몬스터이던 엔트와 괴목들이 방향을 틀자 금방 이유를 깨달을 수 있었다.

"캬아아악?!"

"쿠어어!"

대지를 강타하는 길쭉한 넝쿨들. 일행을 노려보며 경계 태세를 갖추고 있던 펜릴은 예상치 못한 급습에 온몸이 뭉개졌고, 아까 전까지만 해도 붉은 안광을 내뿜고 있던 식물들은 돌연 푸른 빛 안광을 내비치며 나머지 펜릴들을 습격하고 있었다.

[정원사 아이리스가 교감을 발동하고 있습니다.]

[정원사 아이리스가 식물 조종을 발동하고 있습니다.]

적을 아군으로 만든다. 이 얼마나 간편한 방법이란 말인가. 약간의 위험을 감수해야 하는 단점도 존재하긴 했지만 정원길에서 아이리스는 자신의 능력을 십분 발휘할 수 있었다.

“식물들이?”

“정원사가 함께 있는 이상 식물형 몬스터들은 거의 아군이라고 볼 수 있지. 일단 이 길은 가로막힌 것 같으니 다른 길을 찾아봐야겠어.”

무덤의 안내자마저 당황케 만든 정원사의 기술은 그 이후로도 계속해서 발휘가 됐다.

나중에 가선 거의 수백 마리의 식물형 몬스터들을 이끌게 된 일행은 편하게 미로 같은 정원길들을 헤쳐 나가며 올바른 길을 찾아냈고, 네 갈래길로 나눠진 통로에 도착했을 무렵 마침내 다른 일행을 마주하게 됐다.

“잠깐. 저 자식들은 누구야?!”

“타이탄 길드원들 아냐?”

“아니, 저것 좀 봐. 다섯 번째 방에서 봤던 안내자 중 한 명이잖아. 타이탄 길드는 다른 안내자를 데려갔었다고!”

백여 명의 플레이어들이 경계 어린 눈빛으로 전투태세를 취한다. 일부는 원정대를 습격하던 당시 봤던 펄션 길드의 간부들이었다.

-원정대가 인원을 나눠서 길을 찾기 시작한 것 같아.

‘그러면 나누어진 무리 중 하나를 우리가 발견한 것이군.’

-어찌 보면 저놈들이 우리를 발견한 것이기도 해.

슬슬 미로를 빠져나가기 위해 방법을 강구한단 뜻일 터. 진협의 말대로 놈들은 원정대 내에서 인원을 나눈 것인지 급히 다른 위치의 파티에게로 통신을 보내려 했다.

하지만 그것도 잠시.

"잠깐만. 너는?!"

무리들 속에서 방패병 한 명이 용찬을 가리키며 허겁지겁 달려 나왔다.

"한상훈 너 언제 원정대에 참여해 있던 거야?!"

"……젠장."

레버튼. 한동안 잊고 있었던 정보통 하나가 해맑은 미소를 지으며 가까이 걸어오고 있었다.

"아아, 용병으로 참여했었구나. 그러니 후발대인 내가 모를 수밖에. 그나저나 전투 도중 뒤쳐진 거면 간부들에게 빠르게 통신을 하지. 갑자기 다른 안내자와 함께 나타나서 엄청 놀랬잖아!"

"통신 수정구가 박살 나서 말야."

"뭐, 그런 거면 어쩔 수 없지만. 아무튼 이제부턴 우리와 합류해서 함께 길을 찾자고."

레버튼은 예전이나 지금이나 말이 많았다. 그 덕분에 새로운 오해가 생기며 원정대의 무리 중 하나와 별탈 없이 합류하게 되긴 했지만, 지금 현 상황은 매우 위험하기 그지없었다.

"용병으로 참여했었다고? 너 저 플레이어 기억하고 있어?"

"아니, 난 처음 보는 것 같은데. 솔직히 좀 의심스럽지 않아? 세 번째 안내자와 함께 나타난 것도 그렇고. 전투 도중 뒤처졌다는 것도 말이 안 되는데."

"일단 레버튼이랑은 친해 보이는 것 같은데. 다른 간부들에게 통신 정도는 해두자."

벌써부터 의심이 모여들고 있지 않은가. 생전 기억에도 없던 플레이어가 자연스럽게 무리와 합류하게 됐으니 그럴 수밖에 없을 터. 그런 것을 아는지 모르는지 레버튼은 싱글벙글거리며 자신의 이야기를 쭉 늘어놓기 시작했다.

"나 그래도 펄션 길드에서 어느 정도 인정받기 시작한 것 같아. 물론 간부 자리엔 오르지 못했지만 이젠 길드원들 사이에서 꽤나 유명하다고."

"잘 됐군."

"그 반응 하난 여전하구나. 그래서 저 둘은 누구야?"

"용병 NPC들이다. 한 명은 소환사이고 나머지 한 명은 방패병이지."

아이리스와 딩크의 정체를 숨기는 것은 간단했다. 원정대를 습격하던 당시에도 인상착의를 가리고 있었기 때문에 둘 만큼은 큰 의심을 사지 않고 있었고, 뒤따라오던 식물형 몬스터들도 일찌감치 전부 돌려보낸 상태였다.

'문제는 나에 대해 알고 있는 플레이어들이 원정대에 있다는 건데.'

후드로 얼굴을 가리고 있긴 했지만 일부 랭커들에겐 이미 노출된 차림새였다. 여기서 당장 속성력이 담긴 무투가의 기술들만 사용해도 금방 정체가 탄로날 터. 용찬은 최대한 살기를 억제하며 현 상황에 대해 고민했지만 쉽게 답은 나오지 않았다.

-어차피 이놈들을 정리한다 해도 우리 위치가 발각되는 것은 금방일 거야. 이미 다른 파티에게도 통신을 보내둔 것 같은데 차라리 임시 동행을 하면서 분위기를 살피는 게 어때?

'그러는 게 좋겠군.'

그렇게 진협의 의견에 수긍하고 있었을까. 네 갈래로 나누어진 길들을 놓고 고민하던 간부 한 명이 인원을 잘게 쪼개어 네 개의 길을 동시에 확인하자며 의견을 내놓았다.

"좋아. 그러면 난 상훈이랑 함께 갔다 올게."

"야, 잠시만. 네가 빠지면 우리는 어쩌라는 건데?"

"그쪽엔 방어 마법에 특화된 진아도 있잖아. 간만에 만난 친구니까 부탁 좀 할게."

미리 통신 수정구를 각각 네 파티에게 나누어준 간부가 어쩔 수 없다는 듯 고개를 끄덕였다. 그제야 레버튼이 그늘진 인상을 활짝 피며 앞장을 서기 시작했고, 바쿤 일행도 그를 따라 좌측 상단 길로 들어섰다.

"……."

일행을 감도는 어색한 침묵. 레버튼을 처리하고 몰래 빠져나가려면 지금이 가장 적기일 것이다. 그런 생각에 용찬은 손을 쥐었다 폈다 하며 기회를 엿보고 있었지만, 그전에 앞서 레버튼이 진지한 얼굴로 물어왔다.

"뒤에 있는 NPC. 그때 거울성에 있던 여자애지?"

"알고 있었나?"

"모를 리가 없지. 로브로 모습을 숨겨봤자 어린 애인 것은 뻔히 보이는데. 그래서 여긴 어쩐 일이야. 용찬?"

"……."

"그래도 파이칸 고대 유적지에서 날 구해준 놈을 내칠 수는 없어서 일단 대충 설명을 해두긴 했지만 다른 간부들 눈에 띄면 금방 들킬 거라고."

아직도 용찬을 생명의 은인이라 여기고 있던 것일까. 아까 전 일들이 전부 은혜를 갚기 위해 행한 것이라고 생각이 들자 약간은 우스워졌다. 하지만 그런 의도라면 오히려 잘된 일일 것이다.

'그렇다면 놈은 아직도 날 믿고 있단 소리겠군.'

아직 이용해 먹을 가치는 충분하다. 그 사실 하나만으로 용찬은 빠르게 판단을 내릴 수 있었다.

"이유가 듣고 싶다면 나를 도와라."

"뭐?"

"네가 선택한 이 길."

끼이이익!

말이 채 끝나기도 전에 제나가 앞을 가로막고 있던 철문을 열었다. 우연히 네 갈래길에서 마주친 레버튼. 그리고 그가 우연히 선택한 좌측 상단 길까지. 이젠 그와의 재회를 단순히 우연이라고 치부하긴 어려웠다.

[펜실렌의 처소에 입장했습니다. 환영의 마법사 펜실렌이 출현했습니다.]

마치 사신 같은 로브를 입은 채 지팡이를 들고 있는 새파란 환영. 서서히 주변 풍경이 창백히 물드는 가운데 일행을 중심으로 강대한 마력이 몰려왔다.

"여기가 진정한 여섯 번째 방이니까."

어느새 용찬의 입가가 잔뜩 올라가 있었다.

"여섯 번째 방의 수호자 펜실렌입니다. 환영의 마법사라고 불리기도 하죠. 지금부터 그가 침입자들을 시험하기 시작할 것입니다. 준비해 주십시오."

등급은 물음표. 다른 상태창과 진명도 공개되지 않은 가운데 사신처럼 생긴 펜실렌이 분신을 만들어내기 시작했다. 안내자인 제나의 설명에 당황해하던 레버튼은 얼마 되지 않아 발밑으로 생기는 네 장의 카드에 두 눈을 파르르 떨었다.

[첫 번째 카드, 두 번째 카드, 세 번째 카드, 네 번째 카드. 당신의 행운을 시험해 보시길 바랍니다.]

"자, 잠깐. 카드를 선택하면 뭐가 어떻게 되는 건데?"

제대로 룰도 설명하지도 않은 채 무작정 행운을 시험하라니? 설령 카드를 선택한다고 해도 어떤 결과를 가져오는지도 모르는 상황이었기 때문에 가장 먼저 불안함이 엄습하는 것은 당연했다. 하지만 용찬은 여유롭게 팔짱을 끼며 넌지시 카드를 가리킬 뿐이었다.

"기왕 이렇게 된 거 네가 카드를 선택해 봐."

"내가?"

"이 길을 선택한 것도 너니까 한번 해보는 것도 나쁘진 않겠지."

모든 일행의 시선이 한데 모인다. 심지어 수십 개체로 늘어난 펜실렌의 분신들까지 전부 레버튼을 바라보고 있었다.

갈수록 증폭되어 가는 부담감. 전혀 예상치 못한 역할을 맡게 되자 머릿 속이 새하얗게 물드는 것 같았지만 고민은 그리

길지 않았다.

"에이, 몰라. 그렇다면 왼쪽에서 두 번째 카드!"

"오호?"

"……오픈하겠습니다."

마치 진행자처럼 제나가 왼쪽에서 두 번째 카드를 가리키자 펜실렌의 환영들도 동시에 고개를 끄덕였다. 아무래도 던전 내 안내자와 수호자들끼린 모종의 관계가 성립되고 있는 듯했다.

[거짓을 밝히는 진실의 거울을 선택했습니다. 펜실렌의 분신들이 전부 소멸됩니다. 전투가 시작됩니다.]

빛을 발하는 거울이 그려진 행운의 카드. 그 효과가 발현되기 시작하자 사방을 둘러싸고 있던 사신들이 순식간에 먼지처럼 소멸되어 갔고, 용찬이 휘둥그레진 두 눈으로 레버튼을 쳐다봤다.

'설마 이 자식 행운 능력치에 관련된 기술이라도 가지고 있는 건가?'

혹은 행운 능력치 자체가 보통 플레이어들에 비해 높은 것일 수도 있었다. 대체 그동안 못 본 사이에 무슨 일들이 있던 것일까. 뒤늦게 의문이 깊어졌지만 그에 앞서 펜실렌이 낫을 치켜들며 본격적인 전투를 알려왔다.

"뭐야. 뭐야. 좋은 카드 아니었어?!"

"그래도 보스와의 전투는 피할 수 없지."

"아니, 이 전력으로 어떻게 저런 놈을 상대하라는 건데?!"

"자, 다시 구를 시간이다. 레버튼."

"……네?"

뻥소리가 나도록 등을 걷어차인 레버튼이 볼썽사납게 바닥을 굴렀다. 고개를 들어올리자 보이는 것은 붉은 안광을 내뿜고 있는 펜실렌. 그제야 레버튼은 깨달을 수 있었다.

"나 또 몸빵이야?!"

자신이 현 파티의 메인 탱커란 것을.

[펜실렌의 시험이 시작됐습니다. 현 파티의 인원수에 맞게 펜실렌의 등급이 조정됩니다. 등급: A.]

회귀 이전, 원정대는 수천 명의 플레이어들을 이끌고 펜실렌에게 도전한 적이 있었다. 비록 다섯 번째 방에서 원정대를 이탈해 자세한 사실은 전해 듣지 못했지만, 그때만 해도 펜실렌의 등급은 측정 불능 수준이었다고 한다.

'그것도 델마누스보다 강한 축에 속했었지. 패턴도 꽤나 까

다로워서 수천 명의 희생이 있었다고 하던데. 그런 것에 비해 A급이면 약과라고 볼 수 있겠지.'

패턴을 까다롭게 만들던 분신들도 사라진 상태였다.

"딩크. 레버튼을 보조하며 선두를 맡아라."

"알겠습니다. 크르릉!"

"아이리스. 나중에 소환될 식물형 몬스터들을 전부 조종하도록 해."

"응. 알았어!"

역할 분담은 완벽히 끝나 있었다. 가장 먼저 펜실렌의 낫이 반월 모양으로 휘둘러지자 일직선으로 검기가 날아들었고, 위험하다는 것을 인식한 레버튼을 다시금 바닥을 구르며 그에게로 어그로가 끌렸다.

'확실히 저 자식은 탱커로서 재능이 있어. 직접 스킬을 쓰지 않아도 자연스레 보스의 어그로를 끌 수 있다니. 정말 신기한 놈이야.'

낫을 휘두를 때마다 매우 아슬아슬하게 공격을 피해내는 광경이 속출했지만 아직까지 별다른 피해는 없었다.

[놀 전사 딩크가 야성의 본능을 발동했습니다.]

[놀 전사 딩크가 광전사의 혈기를 발동했습니다.]

이번 전투에서만큼은 딩크는 탱커가 아닌 딜러였다. 때문에 직접 선두로 나서지 않고 오히려 좌측으로 파고들며 치명타를 노렸고, 레버튼에게 한 눈이 팔려 있던 펜실렌의 동작에 틈이 생기자 망설일 것도 없이 허리춤을 하운드로 강타했다.

콰직!

눈에 띌 정도로 격하게 휘어지는 허리. 미리 무게를 세 배로 증가시켜 둔 덕분에 파괴력은 어마어마했고, 그제야 레버튼도 한숨을 돌리며 탱커로서 버프 스킬들을 발동하기 시작했다.

[플레이어 레버튼이 레송의 가호를 발동했습니다.]

[플레이어 레버튼이 레송의 인도를 발동했습니다.]

[플레이어 레버튼의 특성 '리사이클'이 발동되고 있습니다.]

방패병들이 보호 버프를 선사받기 위해 주로 섬긴다는 방패의 신 레송. 각 진영의 도시에 배치되어 있는 레송의 신전에서 비싼 값에 구매할 수 있는 가호와 인도 스킬이 발동되자 레버튼의 방어력이 급격히 상승했다.

'잠깐. 저 이펙트는?!'

앞 뒷면이 서로 다른 검날이 시전자 주위를 빙빙 돌아다닌다. 오직 행운 능력치가 높은 플레이어만 배울 수 있다는 히든 특성 리사이클. 전생에서도 거의 배운 자가 없던 특성이 레버튼에게서 발현되자 용찬의 두 눈이 격하게 떨려왔다.

슈웅!

피한다.

슈우웅!

피해낸다.

[리사이클의 효과로 주사위를 굴립니다. 1, 2, 4, 6의 숫자가 나올 시 상대방의 기술을 자동으로 회피합니다.]

일정 확률을 부여하고 그 확률에 해당될 시 거의 대부분의 기술을 피해낼 수 있는 행운 관련 특성. 과연 히든 기술이란 것인지 레버튼은 높은 확률을 믿고 과감히 탱킹을 선보이기 시작했다.

'어째서 리사이클이 저 자식에게 가 있는거지. 저 특성북이 숨겨진 곳은 거의 5년 차에 밝혀진 정보였는데.'

흡수력을 배운 전생과는 확연히 다른 전개다. 하지만 그리 나쁜 것도 아닌 듯했다. 가장 선두에서 모든 어그로를 담당하는 동시에 동료가 공격할 틈까지 만들어주니 광전사인 딩크가 편하게 피해를 누적시킬 수 있었다.

물론.

"꿰에에엑!"

가끔씩 주사위의 눈이 좋지 않게 나와 엇어맞을 때도 있긴 했지만 이 정도만 해도 대단한 일이었다.

'그러면 슬슬 나도 움직여 볼까.'

어둠화로 변형된 갈퀴 같은 손이 꿈틀거린다. 슬슬 펜실렌이 두 번째 패턴에 접어들 시기였다.

[환영의 마법사 펜실렌이 분노합니다.]

[광역 마법 '세인지 하울링'이 발동됩니다.]

마침 낫을 들고 있던 놈이 손으로 바닥을 짚으며 마력을 방출했다. 일시적인 기절 효과가 담긴 가드 불능의 광역 마법. 가드 및 저항도 불가능한 절대적인 사령의 기운이 필드를 장악하자 일행들은 순식간에 무방비해졌다.

"레버튼. 내 뒤로 빠져라."

"이미 그쪽으로 달려가고 있어!"

제법 눈치도 빨라진 것일까. 무식하게 바닥을 구르기만 하던 레버튼이 허겁지겁 용찬에게로 달려왔다.

그리고 폭발하는 사령의 기운들. 전생에서도 몇 백명의 플레이어들을 단숨에 소멸시켰던 마법이 다시금 처소에 들이닥쳤다.

[안내자의 가호가 발동됩니다. 제나의 가호를 받은 침입자 주

위로 절대 방어막이 생성됩니다.]

유리처럼 투명한 둥근 보호막이 바쿤 일행을 감싼다. 오직 이 광역 마법을 버티기 위해 미리 제나에게 당근을 건네주며 얻어낸 안내자의 가호였다. 미리 일행 곁으로 도망쳐 온 레버튼은 영문을 몰라 고개를 갸웃 거리고만 있었지만, 세인지 하울링을 알고 있던 용찬은 서서히 걷어지는 연기들을 보며 입가를 말아 올렸다.

'이제 마지막 패턴만 남았군.'

무작위로 침입자를 정해 그 존재의 트라우마를 실현하는 마지막 패턴. 자칫 잘못하면 펜실렌이 최악의 인물로 변신 할 수도 있는 상황이었지만 등급은 변함이 없었기 때문에 용찬은 천천히 나설 준비를 하고 있었다.

"어어? 저건?!"

마침내 펜실렌이 누군가의 트라우마로 변신을 한 것일까. 레버튼이 경악어린 표정으로 정면을 가리키자 용찬이 쏜살같이 앞으로 튀어나갔다.

"……이건?"

흉측하기 그지없는 대형 거미가 수십 개의 눈동자를 굴리는 것이 보였다.

"펜실렌이 플레이어 레버튼의 트라우마로 변신했습니다."

“……설마 그 트라우마가?”

“예. 평범한 거미입니다.”

“…….”

제나의 설명에 어이없단 얼굴로 고개를 돌리자 바닥에 주저앉은 채 벌벌 떨고 있는 레버튼이 눈에 들어왔다.

“으아아아아! 제, 제발 저 괴물 같은 놈을 내 눈 앞에서…… 미친! 악마의 항문이야. 저기서 거미줄을 쏠 거라고! 살려줘!”

온몸에 힘이 쫙 풀리는 순간이었다.

“헉. 허억! 하필 거미라니. 젠장. 너무하잖아!”

“하아. 어이가 없군.”

고전을 면치 못할 것이라 예상했던 마지막 패턴은 의외로 무척 허무하게 끝이 나버렸다.

레버튼의 트라우마이던 대형 거미는 말그대로 현대에서 볼 법한 거미의 외형이었고, 별다른 기술도 가지고 있지 않아 공략에 큰 어려움은 없었다.

[정원사 아이리스가 식물 조종을 발동하고 있습니다.]

거기서 부하로 소환된 식물형 몬스터들까지 아군으로 끌어들이자 펜실렌을 쓰러트리는 것은 순식간이었다.

"정말 무서웠어."

"헨드릭. 이 사람 너무 겁쟁이 같아."

"나로선 정말 무서웠다고! 그나저나 헨드릭이면 용찬의 또 다른 가명이야?"

굳이 대답할 필요도 없는 질문이었다. 고개를 절레절레 거리던 용찬은 펜실렌의 시체에서 떨어진 아이템들을 확인했다.

랜덤 능력치 큐브, A급 강화석, 아이렌의 은빛 갑주, 바렌의 클레이모어.

'유니크 장비 두 개에 유니크 아이템 두 개인가. 일단 이것들은 나중에 확인해 봐야겠어.'

A급 보스 몬스터답게 드랍 아이템 또한 등급이 높았다. 다행히 트라우마의 공포에 빠져 있던 레버튼은 드랍 아이템에 욕심을 내지 않는 분위기였고, 얼마 되지 않아 안내자인 제나가 박수를 치며 마저 설명을 하기 시작했다.

"축하드립니다. 펜실렌을 가장 먼저 격퇴하셨습니다. 보스 몬스터를 격퇴하신 여러분들껜 추가 보상이 주어집니다."

"무슨 보상이지?"

"첫 번째로 마지막 방에 먼저 입장하실 수 있는 권한, 두 번째로 현재 정원길에 입장한 무리들 중 하나를 지정해 패널티를 부여할 수 있는 권한. 그리고 마지막으로 일곱 번째 방을 건너뛴 채 휴식을 취할 수 있는 권한입니다."

어차피 다른 무리들도 금방 탈출구를 찾아 일곱 번째 방으로 진입할 것이다. 게다가 가장 먼저 마지막 방에 입장한다고 해봤자 다른 인원이 전부 모이지 않으면 시험이 시작되지 않기 때문에 별 소용이 없었다.

'즉, 첫 번째 보상은 쓸모가 없단 거지. 그렇다면 남은 두 가지 중 하나를 택해야 한다는 건데…….'

두 번째 보상에 제법 눈길이 쏠리기 시작했다.

"두 번째 보상은 어떤 패널티지?"

"현재 통용되고 있는 기술의 계열을 지정해 봉인시킬 수 있습니다."

잠시 서머너의 존재를 떠올리고 있던 용찬의 입가가 올라갔다. 타이탄 길드에게 어떤 지원군이 있는지는 몰랐지만 소환계열 기술만 봉인 시킨다면 마지막 방에서 바쿤이 우위를 점할 수 있었다.

"좋아. 두 번째 보상으로 하도록 하지. 계열은 소환계열."

"알겠습니다. 대상은 누구입니까?"

"안내자인 레나를 따라서 입장한 무리다."

"확인되었습니다."

이로써 태현의 지원군은 차단된 셈이다. 이제 남은 것은 일곱 번째 방과 여덟 번째 방을 거쳐 마지막 방으로 진입하는 것뿐. 뒤늦게 제나가 일곱 번째 방으로 입장하는 포탈을 열자 레버튼이 급히 다른 동료들을 언급했다.

"자, 잠깐. 아직 우리 길드원들이……."

"아마 다른 길로 들어간 놈들은 전부 죽었을 거다."

"뭐?!"

"그리고 넌 이제부터 나와 움직여 줘야겠어."

펜실렌의 처소를 제외한 다른 길들은 전부 수십 개의 함정이 도사리고 있는 위험지역들뿐이었다. 아마 지금쯤 바쿤 일행을 목격한 자들은 하나도 빠짐없이 싸늘한 시체가 되어 있을 터. 때문에 용찬은 유일한 목격자인 레버튼에게 주저 없이 협박을 가하기 시작했다.

"날 믿는다면 원정대를 버리고 나를 따라."

"하지만 나에겐 펄션 길드가!"

"이미 펄션 길드에서 네놈이 할 일은 전부 끝났어. 내가 구해준 목숨. 끝까지 날 위해 쓰도록 해라."

리사이클이란 히든 특성을 가지고 있는 탱커. 쿨단 못지않게 방패병으로서 재능도 가지고 있는 데다가 로드멜을 뛰어넘는 행운 능력치까지 가지고 있었다. 여기서 조금 만 더 기술 및 능력치를 보완한다면 더욱 완벽한 탱커로 성장할 수 있을 것이다.

그렇게 갑작스러운 제안에 레버튼이 당황해하고 있었을까.

띠링!

마침 기다리고 있던 경쾌한 알람음이 울려 퍼졌다.

[영입 조건을 달성했습니다. 플레이어 레버튼을 겜블 워리어로 전직시키겠습니까?]

'……이게 무슨?'

하지만 그것은 용찬이 예상하던 것과 조금 다른 내용의 메시지였다.

펜실렌의 정원에 들어선 지 대략 1시간. 뒤늦게 출발한 원정대는 아직까지 보이지 않았고, 슬슬 출구로 향하는 통로가 하나 둘씩 발견되고 있었다.

"펜실렌이 소멸됐다는 말씀이신가요?'

"그렇습니다. 직접 당근까지 주시며 부탁을 해주셨지만 이미 클리어된 방을 알려 드릴 순 없는 처지입니다. 죄송하지만 다른 가호로 대체하겠습니다."

미리 던전 전용 상인에게서 당근을 사두었던 태현은 난감한 얼굴로 볼을 긁적거렸다. 안내자인 레나에게 당근으로 호감도를 사며 처소로 향하는 길을 알려달라고 한 게 겨우 1시간 전 일이었다.

'그렇다면 원정대가 처소를 클리어했단 건데. 과연 보상은 무엇일까.'

사실상 광군주의 무덤에 대해선 용찬보다 정보가 적었다.

물론 그도 다섯 번째 방에서 원정대를 이탈했었지만, 자신은 그때 당시 산맥이 아닌 악몽의 탑에 집중하고 있었다. 게다가 서로 진영조차 달랐기 때문에 주워들은 정보는 오히려 용찬이 더 많을 것이다.

"태현 님. 출구에 도착했습니다."

"아, 깜빡하고 있었군요. 그러면 원정대가 다음 방에 들어갈 때까지 잠시 정비하는 시간을 가져보도록 할까요?"

"알겠습니다."

고개를 끄덕인 동현이 서둘러 정비에 나서고 있었다. 일곱 번째 방부턴 거의 미지의 구역이나 다름없었지만 이 정도 전력이면 충분히 돌파하고도 남을 것이다.

'전생에서도 원정대는 결국 이 던전을 클리어했었으니까.'

그런 원정대가 미끼라면 두말할 것도 없었다. 그저 타이탄 길드가 경계해야 할 것은 변수로 작용할 고용찬과 놈의 일행뿐. 파이칸 고대 유적지에서 한 차례 마족이란 정체를 드러내기도 했던 용찬을 위해 이미 특별한 선물까지 준비되어 있는 상태였다.

'어떤 지원군을 가지고 있는지 몰라도 네놈이 마족인 이상 마지막 방에서 살아남긴 힘들 거야.'

은은한 빛을 품고 있던 돌멩이가 품속으로 사라진다.

지금쯤 용찬은 원정대에 숨어든 채 계속해서 정체를 숨기고 있을 것이다. 아마 그 정체가 드러나는 순간 던전 내 최후의 전투가 시작될 터.

"일곱 번째 방으로 한 무리가 입장했습니다."

마침 원정대가 출구로 들어간 것인지 레나가 커다란 철문의 봉인을 풀기 시작했다. 가볍게 대거를 한 손으로 빙빙 돌리고 있던 태현은 정비가 끝나가는 길드원들을 보며 지시를 내렸다.

"자, 그럼 가도록 하죠."

-일곱 번째 방이 클리어 된 지 얼마 안 된 것 같아. 일단 바로 다음 방으로 들어가지 말고 잠시 대기해.

펜실렌의 정원길이 클리어된 이후로도 원정대와 타이탄 길드는 계획대로 방을 클리어해 나가고 있었다. 가끔씩 두 무리 간에 교전이 벌어져 대기 시간이 늘어나기도 했지만 항상 손해를 보는 것은 원정대였기 때문에 금방 다음 방으로 입장하고 있었고, 바쿤 일행은 그런 경쟁 구도 속에서 편하게 뒤를 밟아가고 있었다.

[랜덤 능력치 큐브]

[등급: 유니크]

[설명: 미지의 광석으로 만들어진 큐브다. 사용 시 플레이어 및 NPC의 능력치를 최대 5까지 랜덤으로 부여한다.]

'다른 존재에게 쓸 수도 있는 건가. 보통 능력치의 돌과 다르게 행운 능력치와 관련된 것 같은데.'

클리어된 일곱 번째 방에서 드랍된 아이템을 살피고 있던 용찬의 시선이 자연스레 구석을 향했다. 마치 삶을 포기한 사람처럼 멍하니 구석에 박혀 있는 플레이어. 영입 조건이 달성되어 새로운 전직의 기회까지 주어지기도 했던 레버튼이 지금은 망연자실 쭈그려 앉아 바닥만 내려다보고 있었다.

"펄션 길드에 들어간 뒤로 얼마나 열심히 노력해 왔는데 그게 한순간에 물거품이……."

"아저씨. 괜찮아?"

"크흡. 나 아저씨 아니라고!"

어디서 나뭇가지를 주워온 것인지 그것으로 어깨를 톡톡 찌르고 있던 아이리스가 어깨를 으쓱거렸다. 그렇게 소속이 바뀐 것이 서러웠던 것일까. 이젠 울먹거리기까지 하는 레버튼을 보자 새삼 처량해 보였다.

"어이. 레버튼."

"크흐흡. 왜 불러."

"이걸 나한테 한번 사용해 봐라."

"훌쩍. 그건 또 뭔데."

"사용해 보면 알아."

겜블 워리어. 일명 도박 전사란 뜻을 가진 히든 직업으로 행운 능력치와 관련된 부류에 속했다. 전처럼 방패병인 것은 동일했지만 아마 새로이 전직을 마치면서 추가 스킬 및 특성이 주어졌을 것이다.

[겜블 워리어 레버튼이 랜덤 능력치 큐브를 사용했습니다. 대상자 고용찬, 행운의 시험이 발동됩니다.]

[성공! 50% 확률로 아이템에 행운이 깃들어 추가 능력치 보상이 주어집니다.]

가장 먼저 행운의 시험이란 특성은 아이템을 사용할 때마다 럭키 코인을 던져 앞, 뒷면을 가렸다. 그리고 결과에 따라 아이템의 효과가 갈리는데, 지금처럼 추가 보너스가 주어지는 것이 앞면이 나왔을 때의 경우였다.

[힘 능력치가 7 상승했습니다.]

'오호. 설명에 적혀진 제한 기준도 뛰어넘는다는 건가.'

랜덤으로 능력치를 5까지 상승시켜 준다던 큐브의 효과가 증폭됐다. 그렇다는 것은 즉, 다른 아이템들도 이렇게 앞면이 나올 시 제한 기준이 정해진 효과를 뛰어넘을 수 있단 뜻이었다.

용찬은 흡족한 미소를 지으며 물었다.

"그러면 뒷면이 나올 땐 어떻게 되는 거지?"

"……나도 잘은 모르겠지만 여기에 적혀진 걸로 봐선 아이템 효과가 두 배로 줄어드는 것 같아."

"그 특성도 네 행운 능력치와 관련이 있는 거냐?"

"으음. 그런 것 같아."

정확히 확인은 안 해봤지만 레버튼의 현재 행운 능력치는 대략 150이 넘어가는 상태였다. 본인 말로는 길드에서 지원해 주던 능력치의 돌이 행운의 돌밖에 남지 않아 할 수 없이 그것만 사용해 왔다고 했는데, 그게 오히려 좋은 결과로 이어져 있었다.

"크응. 그래서 바쿤이란 게 대체 어떤 곳이야. 네가 만든 다른 길드야?"

"궁금한가?"

"당연하잖아. 이렇게 강제로 소속이 변경됐는데. 내가 있는 곳은 알아야 될 것 아냐."

"억울하지 않나?"

"젠장. 억울하지 않다면 거짓말이겠지. 하지만 네가 내 생명을 구해준 것도 사실이니까 따라야지. 별수 있어?!"

그 짧은 시간 만에 결심을 내리기라도 한 것일까. 눈가가 퉁퉁 부어 있던 레버튼이 나름 각오를 다진 눈빛을 표하며 자리에서 일어났다.

"크르르르. 이 자식 마음에 드는데?"

"헉! 뭐, 뭐야. 용병으로 놀도 고용할 수 있는 거야?!"

딩크가 답답한 로브를 벗어 던지자 놀 특유의 인상이 드러났다. 씨익 올라간 입가 사이로 보이는 날카로운 어금니에 레버튼은 당황해했고, 뒤늦게 아이리스가 역소환되자 두 눈을 멍하니 깜빡거렸다.

[수호자 쿨단이 소환됐습니다.]

[진혈왕 헥토르가 소환됐습니다.]

[댄싱 기사 루시엔이 소환됐습니다.]

차례대로 소환되는 바쿤 병사들의 모습에 엉덩방아를 찍었다.

"내가 마왕이라고 해도 따를 수 있겠나?"

"어, 어?"

"마왕성 바쿤."

"설마?!"

"그게 네가 속한 곳의 정체다. 목표를 확인해 봐라."

강제로 바쿤에 영입되었던 유한성, 직접 자신의 길을 택한 이진협. 그 둘 전부 플레이어 목표가 마왕성 플레이어처럼 변해 있었다. 그리고 허둥지둥 목표를 확인해 보던 레버튼도 두 눈이 휘둥그레지기 시작했다.

"……고용찬. 너 마왕이었던 거야?"

"진명은 헨드릭 프로이스다. 플레이어들 사이에도 널리 알려져 있는 펠드릭 프로이스의 친 혈육이지."

"아아, 맙소사. 내가 마왕의 병사가 됐다니."

다리에 힘이 풀린 것인지 털썩 주저앉은 그의 어깨 위로 털이 수북한 팔이 올라온다.

"인간은 전부 마음에 안 들지만 네놈은 괜찮은 것 같구만. 앞으로 잘 부탁한다고."

"으아아아아! 망했어. 난 망했다고!"

"캬하하하. 망하긴 뭘 망해. 이 자식아."

딩크가 천연덕스럽게 웃기 시작하자 절망은 배로 늘어났다. 그런 광경에 다른 병사들은 따로 설명을 요구하는 듯한 표정이었지만 굳이 그럴 필요까진 없었다. 게다가 슬슬 안내자인 제나가 다음 방으로 향하는 통로로 발걸음을 옮기고 있지 않은가.

"여덟 번째 방이 클리어됐습니다. 입장하시겠습니까?"

이로써 남은 것은 최후의 시험이 도사리고 있는 마지막 방. 용찬은 고민할 것도 없이 고개를 끄덕이며 병사들과 함께 그녀를 따라가고 있었다.

[마지막 방에 도착했습니다. 최후의 난관이 준비되어 있습니다.]

[시작 불가! 던전에 입장한 모든 인원이 모이지 않았습니다.]

'모든 인원이 모이지 않았다니. 무슨 개소리야. 아까 뒤처진 일행이 합류했단 얘기를 듣긴 들었는데 설마 그놈들인가.'

금방이라도 베일 것 같은 칼날 같은 기세 속에서 식은땀이 흘러내린다.

가장 중앙에 위치한 거대한 석상부터 시작해서 누군가의 시체가 보관된 것으로 보이는 금장식의 관, 일렬로 나열되어 있는 창을 든 기사들의 석상까지. 방 내부 구조부터 심상치 않은 곳에서 타이탄 길드까지 대치하고 있자니 극한의 긴장감이 속에서부터 끓어오르는 듯했다.

"대체 남은 인원이 누구인 거야?!"

"규칙상 알려 드릴 수 없습니다."

"하아. 그놈의 규칙. 안내자란 NPC가 길 안내도 안 해주면서 이런 것도 안 알려주냐?"

"……."

안내자인 미나에게 따져봤자 나오는 것은 없었다. 설마 자신이 모르는 제3의 세력이 존재하는 것은 아닐까. 불현듯 세 명의 안내자가 떠오른 선욱은 인상을 구기며 통신 수정구를 움켜쥐었다.

'간신히 지원 요청에 성공하긴 했지만 타이탄 길드의 전력이 너무도 강해. 최대한 던전의 구조를 이용해서 기회를 노려야 할 텐데.'

그마저도 남은 인원이 도착하지 않아 불가능한 상태였다.

"그쪽 일행분들 중 아직 합류하지 못한 플레이어들이 있나 보죠?"

"오히려 네놈들 쪽이 아니었나?"

"아뇨. 저희는 전부 모인 상태입니다."

"우리도 마찬가지다."

"……이상하군요."

서로 인원이 모두 모인 상태라면 대체 남은 인원은 누구란 말인가. 갈수록 깊어지는 의문 속에서 태현이 묘한 눈빛을 띄우자 원정대의 두 권좌가 움찔거렸다.

-안선욱. 어쩔 수 없다. 지금 당장 지원군을 소환해라.

'크웅. 어쩔 수 없군요.'

최후의 난관이 시작되기도 전에 한바탕 붙을 분위기였다. 그런 것을 모를 리가 없던 선일과 소희였기 때문에 급히 선욱에게 지시를 내렸고, 얼마 되지 않아 방 안으로 소환진이 그려졌다. 그 속에서 튀어나오는 플레이어들의 정체는 다름 아닌 또 다른 대형 길드 '푸샨'. 던전 전용 귀환서로 미리 길드원들을 보내둔 덕분에 적절한 순간에 도착할 수 있었다.

"기어코 승부수를 건다 이거군요. 알겠습니다. 그러면……."

쿠구구구구!

태현이 손을 번쩍 들어올린 순간 굳게 닫혀 있던 마지막 방의 문이 열리기 시작했다. 당황해하는 플레이어들의 시선 속에서 천천히 걸어 나오는 정체불명의 일행. 전부 하나같이 로브 및 가면으로 인상착의를 가린 가운데 가장 먼저 태현과 그의 동료들이 반응을 보였다.

"유태현. 저 자식들은 그때 파이칸 고대 유적지에서 만났던!"

"이런, 이런. 주인공은 제일 늦게 나타난다더니만."

"……."

타이탄 길드의 주요 창기사인 아둔을 살해하기도 했던 숙적. 그런 놈들이 당당히 세 번째 안내자와 함께 걸어 들어오자 레이 안, 유이치, 태현이 굳은 얼굴로 입구를 쳐다봤다.

하지만 그것도 잠시.

[모든 인원이 모였습니다.]

[최후의 난관이 시작됩니다.]

천장을 지탱하던 중앙의 석상이 움직이기 시작하자 마치 기다렸다는 듯 원정대가 타이탄 길드에게로 달려들었다.

"……레이 안 님. 소환을 부탁드립니다."

"이미 준비해 두고 있었어!"

이런 상황을 단숨에 뒤집어놓을 비장의 한 수. 오직 마지막 방만을 기다리며 준비해 왔던 지원군이 마침내 레이 안의 손에서 소환되려 하고 있었다. 과연 지금쯤 놈은 어떤 생각을 하고 있을까. 태현은 잔뜩 입꼬리를 말아 올린 채 로브 속으로 드러난 용찬의 두 눈빛을 마주했다.

'웃고 있어?'

전혀 이해가 되지 않았다. 지원군이라고 해봤자 마계의 병사들인 것은 뻔할 뻔 자. 전에도 신법석에 당한 기억이 있던 용찬이 계속해서 여유를 부리고 있자 인상이 찌푸려졌다.

"뭐, 뭐야? 왜 소환이 안 돼?!"

"그게 무슨……."

"나도 몰라! 그냥 소환이 안 된다고!"

정적이 흐르는 공간 속에서 멈춰 드는 시간. 싸늘히 굳어버린 공기 중으로 교차하는 두 명의 시선.

"소환이 잘 안 되나 보지?"

혼란의 도가니가 되어버린 방 안에서 마침내 최대의 숙적이 로브를 벗어던졌다. 뒤늦게 신경질을 내고 있던 레이 안에게 고개를 돌려봤지만 달라지는 것은 없었고, 태현은 지원군이 소환되지 않는다는 사실에 급히 대거를 뽑아 들었다.

하지만.

"그렇다면 내 차례로군."

그전에 앞서 정체를 드러낸 용찬이 승자의 미소를 보였다.

'이런, 안……!'

슬로우 모션처럼 흘러가는 시간들 속에서 휘황찬란한 빛이 사방으로 퍼져 나갔다.

쿠쿠쿠쿠쿵!

처처처척!

대군. 가히 타이탄 길드의 전력을 압도할 정도로 엄청난 숫자의 대군이 눈앞으로 소환된다. 프로이스 가문의 위대한 영광을 알리기 위해 도착한 군세.

"흑창대 집결했습니다!"

"불의 추적대 집결했습니다!"

"마병대 집결했습니다!"

"귀병대 집결했습니다!"

"불의 기사단 집결했습니다!"

일렬로 집결한 병사들이 일제히 무릎을 꿇자 그들의 주인이 천천히 손을 들어 올렸다.

"척살."

단순하고도 간결한 마왕의 지시에 전율이 감돌았다.

◀ 73장 ▶

폭주

전부터 플레이어들과 접촉한다는 사실은 알고 있었다. 마족들이 늘 무시해 오던 놈들의 아이템과 장비들로 반전의 마왕이란 호칭을 얻어냈던 후계자였기에 그들과 잦은 충돌을 벌인다는 것쯤은 어느 정도 예상하고 있던 바였다. 때문에 헨드릭이 가문에 지원을 해왔을 때도 인간들과의 전투를 직감하고 있었다.

'충은 행동으로 보이는 것.'

보통 가문의 전력을 개인적인 이유로 불러들이는 것은 결코 타당하지 못했지만 그 누구도 거절하지 않았다. 아니, 오히려 기쁜 마음으로 소환에 응한 상태였다.

보라! 이 얼마나 자랑스러운 주군이란 말인가. 한 치의 망설임도 없이 지시를 내리는 마왕의 모습은 마치 예전 펠드릭을 연상케 만들고 있었다.

"프로이스 가에 영광을!"

"프로이스 가에 영광을!"

"프로이스 가에 영광을!"

이제 그들에게 보여줄 시간이었다. 프로이스 가문의 후계자에게 날을 들이밀면 어떤 최후를 맞이하는지.

그리고 그 시작을 마창대의 대장인 기슈가 먼저 끊었다.

[마창대장 기슈가 마창 소환을 시전했습니다.]

[파멸의 창 베이들린이 소환됩니다.]

심연의 끝자락에서 탄생했다던 파멸의 창이 전장 한가운데로 작렬한다.

콰콰콰콰쾅!

압도적인 파멸의 기운은 굳건하던 방패들을 꿰뚫고 일직선에 있는 것들을 모조리 박살 내버렸다.

"이, 이게 대체?!"

"어디서 한눈을 파는 거냐."

두려움을 버티지 못해 등을 보인 자들의 최후는 절명. 단말마의 비명도 지르지 못한 채 머리와 상체가 분리된 자들은 마지막 순간까지도 레밍에게서 눈을 떼지 못했다. 그런 정교한 암살술에 플레이어들의 눈길은 단숨에 돌아갔지만 그 누구도 감히 대항하지 못했다.

콰아아앙!

마창대의 파괴적인 돌진력.

서걱!

귀병대의 정교한 암살술.

구우우웅!

뒤따라 신사 같은 양복 차림의 마족이 지팡이를 들어 올리자 그들만의 전장이 펼쳐졌다.

[구월의 창시자 다가즈가 마력 봉쇄를 시전했습니다.]

[일정 범위 내로 모든 마법사의 마력을 차단합니다.]

사방에서 작열하는 악몽의 불꽃. 오로지 화염의 속성력만을 발현하는 불의 기사단이었기 때문에 마력 봉쇄는 프로이스 가문에 전혀 해가 되는 게 없었고, 거미줄처럼 방 곳곳으로 와이어를 연결시킨 렐슨이 공중으로 날아오르자 추적대가 동시에 비수를 던지며 마력이 사라진 마법사들을 단숨에 무력화시키고 있었다.

"젠장. 왜 이런 곳에 마족들이!"

"알 필요 없다."

"꺼, 꺼어억!"

도망칠 길 따윈 없었다. 이미 마지막 방은 프로이스 가문의 영역. 무의미한 희망을 품는 자들에게 안식을 선사하는 것이 그들의 유일한 목표였다.

하지만 그렇게 방심할 수도 없던 것일까.

까앙!

모든 것을 파괴시키던 파멸의 창을 누군가가 가로막았다.

"정말이지. 이런 상황은 무척 곤란하단 말이죠."

"네놈이 나를 막겠다고?"

"그럴 수밖에 없을 것 같군요. 우선 이것부터 맛보시도록 하시죠."

유독 가느다란 실눈이 돋보이던 청년이 품속에서 돌멩이 하나를 꺼내 든다. 휘향찬란한 빛깔로 어두운 방을 비추던 그 돌멩이는 얼마 되지 않아 더욱 눈부신 빛을 내뿜으며 주변 일대를 신성력으로 물들였다.

[플레이어 유태현이 강화된 신법석을 사용했습니다.]

[지정된 범위로 강렬한 신성력이 작렬합니다.]

섬뜩하기 짝에 없는 황금색 빛무리. 살갗을 통째로 태우는 듯한 엄청난 고통에 학살의 장을 벌이던 마족들은 그대로 머리를 움켜쥐며 바닥으로 쓰러져 갔다.

'이건 성국의 신법석?!'

불현듯 예전 기억이 떠오른 기슈가 인상을 구기며 청년을 노려봤다.

"네놈. 설마 성국의?"

"그럴 리가 없죠. 잠시 빌려 온 겁니다."

"……그러면 우리가 온다는 것을 짐작하고 있었단 소리겠군."

"뭐, 생각은 자유입니다만. 제가 수다 떨 시간이 없어서 말이죠. 이만 죽어주시죠."

선봉대장의 목을 계기로 삼아 전세를 역전 시키려던 것일까. 일체의 자비도 없는 뾰족한 날이 허공을 가르며 목가로 쇄도해 왔다. 아마 처음부터 신법석을 이용해 마족들을 처리할 속셈이었을 터.

하지만 놈이 모르는 사실이 한 가지 있었다.

콰앙!

그것은 마창대장인 자신을 너무도 얕잡아 봤다는 것.

"설마 신법석으로 나를 붙잡아두려 했던 거냐?"

"어떻게?!"

"어리석구나."

파멸의 창에 관통된 신법석이 가루가 되어 바닥으로 흩어진다. 샤들리와의 가문전 이후로 더욱 수련에 매진했던 기슈는 이미 예전에 알던 마창대장이 아니었다.

광오한 얼굴 속으로 비치는 섬뜩한 안광. 이런 상황은 전혀 예상치 못했는지 대거를 들고 있던 청년이 반격도 하지 못하고 그대로 창날에 관통당했다.

"소멸되어서도 잊지 마라. 우리 프로이스 가문의 저력을."

"쿨럭!"

전생의 절대자가 무릎 꿇는 순간이었다.

'강화된 신법석까지 빌려올 줄이야. 설마 준비하고 있던 지원군이 성국과 관련된 놈들이었던 건가.'

만약 지원군이 성국의 이단 심판관들이었다면 꽤나 골치가 아파졌을 것이다. 이로써 태현이 성국과 접촉했단 사실은 명확해진 상황. 갑작스레 강화된 신법석까지 꺼내 들며 전황을 반전 시키려 했지만, 그 강렬하던 신성력도 기슈의 기세를 막아내진 못했다.

[마창대장 기슈]

[등급: A(네임드)]

[상태: 광오, 흥분, 충성.]

샤들리와의 가문전이 자극을 주었던 것일까. 그날 이후로 쉬지 않고 수련에 매진한 성과가 보이고 있었다.

"마왕님. 이건 저희가 할 일이 없을 것 같은데요?"

"너무 압도적이잖아. 대체 어떻게 되먹은 자식들이야."

"역시 프로이스 가문이군."

되려 바쿤의 병사들이 무안해질 정도로 압도적인 전투였다. 하지만 끝까지 방심할 순 없었다. 아직 하이 랭커에 속한 플레이어들은 한 명도 살해되지 않았고, 파멸의 창에 관통당한 태현의 숨도 아직 붙어 있었다.

'진협. 이대로 전투가 이어지면 승산은 어떻게 되지?'

-다, 당연히 프로이스 가문의 승리야!

'좋아. 그렇다면 맡겨둘 수 있겠군.'

예상 외로 턱 없이 밀리고 있는 태현이 수상했지만 한동안은 프로이스 가문의 우세가 쭉 이어질 것으로 보였다. 때문에 용찬은 타이탄 길드를 그들에게 맡겨둔 채 다른 목표로 고개를 돌렸다.

"다, 다들 뭐 하는 거야. 얼른 날 지키라고!"

"죄송합니다!"

"도움도 안 되는 자식들. 저리 비켜!"

펜실렌을 가장 먼저 처치한 보상으로 얻어냈던 소환 계열 패널티. 미리 타이탄 길드에게 적용시킨 덕분에 지원군을 끊을 수 있었지만 효과의 지속 시간이 얼마나 갈지는 모르는 일이었다. 미연의 상황을 방지하기 위해선 서머너를 처치하는 게 가장 우선적인 목표일 터.

"헥토르. 룬 화살을 준비해라."

"예이!"

[진혈왕 헥토르가 룬 화살을 시전했습니다.]

[명중! 속박 효과가 담긴 덩굴이 대상의 발목을 묶습니다.]

차크람을 든 채 포위망을 뚫고 나가려 하던 레이 안의 발길이 멈춘다. 미처 원거리 화살엔 대비하지 못하고 있던 것일까. 불현듯 발목을 감싸며 파고드는 덩굴에 두 눈이 휘둥그레졌다.

"뭐야. 뭐냐고. 이 덩굴은!"

"뭐긴 뭐야. 내 화살이지!"

"너, 너는?!"

익숙한 목소리에 굳어지는 얼굴. 뒤늦게 커다란 장궁이 안면을 강타하자 시뻘게진 두 눈이 뒤집어졌다.

털썩!

애당초 소환 계열 마법사였기에 생명력은 그리 높지 않았을 것이다. 그 증거로 헥토르의 공격에 바로 혼절해 버리지 않았는가. 용찬은 쓰러진 레이 안을 모래 통로로 던진 후 접전을 벌이고 있는 하이 랭커들의 상황을 살폈다.

가장 먼저 보이는 것은 커다란 석상과 대치하고 있는 선일과 소희. 최후의 난관이 시작되면서 자연스레 광군주의 수호자를 상대하게 된 것인지 서로 진땀을 빼며 교전을 벌이고 있었다.

'아직까진 괜찮은 것 같군. 최대한 시간이 되기 전에 타이탄 길드를 전멸시켜야 할 텐데.'

그나마 희소식이라면 길드에 속한 랭커들은 대부분 사망했단 사실이었다. 이제 남은 전력이라고 해봤자 아놀드, 유이치, 그레엄 정도였고, 그마저도 프로이스가의 부대장들에게 끝없이 압박을 받고 있었다.

"어쩔 수 없지. 쿨단, 루시엔, 헥토르 너희 셋은 다가즈와 합류해 유이치를 처리해라."

"딩크, 칸, 켄, 록시 너희들은 렐슨과 합류해 그레엄을 맡도록 해라."

"로드멜, 위르겐 너희 둘은 고우트를 따라서 마병대를 지원하도록 해."

간단히 병사들에게 목표를 전달해 주자 고개를 끄덕이며 순식간에 흩어졌다. 루시엔은 라이벌 격으로 생각하던 유이치와 다시 대면하게 되자 눈빛이 살벌하게 물들어 있었다. 비록 일대일은 아니지만 원하던 만큼 한을 풀 수 있을 터.

그렇게 지시를 마치자 홀로 남아 있던 용찬은 곧장 태현을 상대하고 있던 기슈에게로 합류했다.

"마왕님?"

"방심하지 마라. 놈은 아직까지 본 실력도 발휘하지 않고 있으니까."

전생의 살인귀였던 놈이 겨우 이 정도로 쓰러질 리 없었다. 그것을 누구보다 잘 알고 있던 용찬이었기에 기슈와의 합공을 택한 상태였다.

[플레이어 유태현이 살신무를 시전했습니다. 일정 시간 동안 이동 속도 및 치명타 확률이 대폭 증가합니다.]

마치 꼭두각시 인형처럼 흐느적거리던 신형이 멈춰간다. 따로 재생 효과가 담긴 장비를 착용하고 있던 것일까. 어느새 복부의 깊은 자상을 회복한 태현이 싸늘한 두 눈빛으로 정면을 노려봤다.

"그래. 여기서 끝을 보자 이거지? 프로이스 가문의 대군까지 끌어들일 줄은 예상도 못 했어. 하지만 말이지……."

결코 무시할 수 없는 강대한 살기. 아까 전까지만 해도 기슈에게 일방적으로 밀리고 있던 놈의 대거가 풍압을 일으키며 섬광처럼 내질러졌다.

까앙!

코앞까지 도달한 대거의 날이 흔들려 온다. 간신히 마창으로 기술을 막아낸 기슈가 인상을 와락 구기며 기력을 끌어모았다. 하지만 그 순간, 바닥에 널리 퍼져 있던 수십 개의 그림자들이 칼날처럼 후방을 급습해 왔다.

덥석!

"그림자는 내가 맡도록 하마. 기슈, 넌……."

백호신권으로 그림자를 낚아챈 용찬의 두 눈이 휘둥그레진다.

[플레이어 유태현이 그림자 이동술을 시전했습니다.]

[미리 지정해 둔 다른 존재의 그림자 속으로 이동합니다.]

설마 기슈와 교전을 벌이며 다른 그림자를 물색해 둔 것일까. 불현듯 눈앞에서 사라진 태현이 원정대 쪽에서 다시 나타나자 인상이 굳어졌다. 할 수 없이 다크 윙을 시전한 용찬은 급히 방향을 돌려 놈에게로 날아갔고, 궤적을 그으며 날아간 마창이 다시금 그의 복부에 틀어박혔다.

'역시 아직까지 유태현은 기슈에게 대적하지 못해. 여기서 거리를 벌린다 한들 아무런 소용도 없을 거야.'

그것은 절대 부정할 수 없는 사실이었다. 한데, 태현은 왜 굳이 원정대 쪽으로 이동해 거리를 벌린 것일까. 그것도 기슈가 투척한 마창에 다시 직격까지 당하면서 말이다.

"너무 일방적인 것은 좀 그래. 확실히 상황을 반전시킬 필요가 있어."

"……그건?"

"아, 이거? 아까 전에 안내자가 주더라고. 새로운 가호라면서 말이지."

만신창이가 된 몸에서 핏물이 후두둑 떨어진다. 입안에서 한 움큼 피를 뱉어낸 태현은 손에 쥐여진 플라스크 병을 흔들거리며 입꼬리를 말아 올렸다.

[플레이어 유태현이 망자의 가호를 사용했습니다. 일정 시간 동안 광군주의 수호자가 아군이 됩니다.]

보란 듯이 던전의 보스를 아군으로 만들어낸 놈이 쿠란의 시미터를 꺼내 들었다.

"자아. 진정한 주인공을 불러내 보자고."

거대한 석상에 박혀 드는 시미터. 두 권좌를 상대하며 대폭 줄어들어 있던 생명력이 단숨에 사라지자 방 전체가 흔들리기 시작했다.

[광군주가 부활합니다.]

굳게 닫혀 있던 금장식의 관이 서서히 열리고 있었다.

광군주. 수백 년 전, 하멜을 공포로 몰아넣었던 괴물로서 대륙의 절반을 차지해 패권을 다루기도 했던 군주였다. 그때만 해도 그가 가진 병사들의 숫자는 가히 일백만이 넘어갔지만, 대륙인들이 진정으로 공포에 떨었던 이유는 광군주가 지니고 있던 광기의 힘이었다.

"마, 마왕님. 물러나십시오. 무언가 꺼림칙한 기운이 몰려오고 있습니다!"

A급 네임드 수준이던 기슈마저 떨리게 만드는 광기. 금장식의 관에서 새어나오는 사악한 기운은 마족들 마저 두려움에 떨게 만들 정도로 짙고 독했다.

-누가 나를 깨운 것이냐?

묵직한 목소리가 울려 퍼지자 방 안의 모든 존재들은 실감했다. 정녕 깨우지 말아야 할 괴물을 세상에 풀어줬단 것을. 하지만 후회해도 이미 늦은 상황이었다.

드르르륵!

관 뚜껑 사이로 드러난 앙상한 팔. 붕대에 칭칭 감겨진 팔은 썩어 문드러져 마치 시체의 일부를 보는 듯했지만 놈은 죽음이 우습기라도 한 것인지 멀쩡히 살아서 바깥으로 걸어 나오고 있었다.

[광군주 레도스]

[등급: ?]

[상태: 광기, 여유.]

'지금 놈이 깨어날 줄이야. 이러면 계획을 전면 수정해야 돼.'

광군주는 펜실렌과 동일하게 총 세 가지의 패턴으로 나누어져 있었다. 원래는 타이탄 길드를 전멸 시키고 원정대를 미끼로 삼아 첫 번째 패턴에 놈을 처리하려 했지만 지금은 그럴 여건이 되지 않았다.

-침입자로군?

"……."

-무엇들 하는 것이냐. 얼른 일어나 나를 지키기 않고.

침묵이 감도는 전장 속으로 망령들이 돌아온다. 옛 시절 광군주를 모셨던 충성스러운 신하들이었다. 영혼에 불과했던 놈들이 다시 형체를 갖춰가자 지독한 광기가 뼛속까지 스며들기 시작했고, 얼마 되지 않아 이전 방에서 처리했던 정예 기사들까지 다시 살아나고 있었다.

[광군주 레도스가 망령 군대를 발동하고 있습니다. 충성스러운 신하들이 언데드로 변해 살아나기 시작합니다.]

광군주의 가장 첫 번째 패턴인 망령 군대. 지속적으로 자신의 수하들을 언데드로 부활시켜 침입자를 격퇴하는 상황으로서, 놈이 보이는 패턴 중 가장 무난한 난이도에 속하는 단계였다. 플레이어들과 마족들은 갑작스레 나타난 제삼의 세력에 당황하며 재각기 자신의 지휘관들에게 새로운 지시를 요구하기 시작했다.

"후후후후. 이제 좀 괜찮아졌네."

무엇이 그리 즐거운 것일까. 벌써 정신까지 놓아버린 것인지 태현이 광소를 지으며 곁에 있던 플레이어들의 목을 베어냈다.

"이러면 네놈도 목숨을 건사하기 힘들 텐데. 도대체 무슨 생각인거냐."

"보고도 모르는 거야? 발버둥 치는 거잖아. 네가 복수에 그리 집념을 불태우는 것처럼 나도 생명에 애착을 느끼거든. 어차피 죽을 거면 이렇게라도 시도를 해봐야지. 안 그래?"

"……아, 그랬지."

모두가 포기한 상황 속에서도 담담히 마왕의 목을 베어왔던 게 바로 놈이었다. 잠시 잊고 있던 사실이 떠오르자 용찬은 실소를 터트리며 기슈에게 고개를 돌렸다.

"기슈. 넌 지금부터 다른 부대와 함께 광군주의 군대를 상대해라. 도중 방해하는 플레이어들도 전부 처리하면서."

"마왕님을 홀로 놔두고 제가 어딜 간단 말입니까?"

"지시대로 행해라. 이건 명령이다."

"……알겠습니다."

싸늘히 식어버린 두 눈동자에 감정이란 더는 찾아볼 수가 없었다. 그 사실을 인지한 기슈는 어쩔 수 없이 다른 부대와 합류해 광군주의 신하들을 상대하기 시작했다.

"제, 젠장. 마족이고 뭐고 우리도 일단 저놈들부터 막아!"

"서로 싸울 때가 아닙니다. 리미트리스 진영 분들도 도움을 부탁드립니다!"

"위험해. 저 광군주란 놈은 위험하다고. 얼른 처치해야 돼!"

극한의 위협 속에서 인간들은 자연스레 협력 관계를 원하게 된다. 지금도 리미트리스 진영과 리오스 진영은 서로 적이란 것을 잠시 잊고 임시 동맹 관계를 맺어 진형을 꾸려가고 있었다. 그리고 실낱같은 희망을 품은 자들 위로 갱신되는 타이머.

[0: 43/10: 00]

마치 카운트다운을 뜻하는 듯한 아이콘에 긴박함이 깃들었다. 또한, 여러 플레이어들의 머릿속에서 의문이란 글자가 동시에 떠오르기도 했다. 하지만 그 누구도 의문의 답을 알지 못했다.

'아는 사람이라고 해봤자 우리 둘뿐이겠지.'

다시금 기억 속의 던전에서 마주한 두 명의 전생자. 그중 한 명은 이미 벼랑 끝까지 내몰린 상태였다. 이런 절호의 기회를 놓친다면 평생을 후회하며 살아가게 될 터. 아예 그란디올의 너클로 장비를 교체한 용찬은 두 마리의 정령을 양손에 인챈트하며 발길을 내밀었다.

"이제 끝을 맺을 시간이다. 유태현."

"그래. 이런 것도 나쁘진 않겠지."

요동치는 심장 박동, 적막이 흐르는 공간 속에서 마주치는 두 시선. 그리고 서로를 향하는 수십 가지 감정들까지. 두 명의 신형이 제자리에서 사라지자 마침내 숙명의 대결이 시작되고 있었다.

[플레이어 유태현이 그림자 속박을 시전했습니다.]

[페레스의 망토 효과가 발동됩니다.]

[속박 실패!]

시작은 단조로웠다. 마치 데자뷰처럼 발을 묶으려던 그림자가 튕겨져 나가고, 서로를 향해 수십 발의 마력탄이 쏘아졌다.

'이미 기슈에게 두 번씩이나 치명상을 허용당했어. 아무리 남다른 재생력을 가지고 있다고 해도 소모된 스테미너까지 전부 회복할 순 없을 거야.'

현 전투에서 우위에 서 있는 것은 용찬이었다. 그 증거로 시미터를 쥔 놈의 자세가 미세하게 불안정한 것이 보이고 있었다.

덥석!

어김없이 백호신권에 붙잡히는 그림자의 물결. 빠른 판단력으로 그림자를 포기하고 태현이 배후로 이동했지만 다시금 뇌안으로 거리를 좁히자 기술의 사정거리가 애매해졌다.

"네 기술들은 모조리 꿰뚫고 있어. 설마 너에게 복수를 하는데 내가 이런 것도 모를까?"

"쿨럭. 과연 그럴까?"

좌측 상단, 그 다음은 우회해서 사각지대로 파고드는 급습. 민첩 능력치만 따지면 놈의 이동 속도 및 공격 속도가 더욱 빨랐지만 용찬은 그런 것들을 커버할 속성력을 지니고 있었다.

파지지직!

먹물처럼 검게 물든 어둠의 기운 속에서 푸른 뇌전이 일렁거린다. 먹잇감이 찾아 사냥에 나선 어둠은 모든 것을 먹어치울 기세로 놈을 쫓기 시작했고, 가장 숙련도가 높던 뇌 속성력이 사방으로 퍼져 나가며 먹잇감의 발을 묶었다.

"크으읍!"

"네가 말했던 대로 더욱 발버둥 쳐봐. 그래야 내가 좀 더 재밌어질 것 아냐. 내가 이 순간을 얼마나 기다려왔는데."

집념의 끝에서 터져 나오는 총성. 칼날처럼 쏘아진 그림자들이 최대한 위력을 줄이기 위해 주먹을 가로막고 있었지만, 뒤따라 바닥으로 냉기가 몰아치자 방해하던 그림자들이 쩌저적 얼어붙기 시작했다.

서걱!

거미줄처럼 사방으로 그어진 수 십개의 붉은 선이 단단한 얼음을 조각 낸다.

죽음의 사선. 살의의 오오라. 바이컨 로렐로.

전부 파이칸 고대 유적지에서 충돌하며 겪었던 기술들이었다.

[플레이어 유태현이 재앙의 비수를 시전했습니다.]

'이건 못 피해.'

역시 예상대로 새로 배운 기술들이 숨겨져 있었다. 하지만 재앙의 비수는 전생에서도 그가 사용 했던 투척 기술이었고, 위기를 직감한 용찬은 위광을 내뿜는 태현의 신형에 급히 장비의 효과를 발동시켰다.

[플레이어 유태현이 암살왕 세트의 효과를 발동합니다. 발동한 기술의 위력은 세 배, 범위를 두 배 증폭시킵니다.]

소나기처럼 천장 아래로 우수수 떨어지는 수천 개의 비수.

하나같이 치명적인 독을 품고 있던 재앙의 비수가 암살왕 세트의 효과로 범위와 위력까지 증폭되어 마왕의 목숨을 위협해 왔다. 하지만 유니크급 장비가 있는 것은 그뿐만이 아니었다.

[다간의 정밀한 흉갑 효과가 발동됩니다.]

[스톤 스킨의 아머의 효과로 석화 상태가 됩니다.]

짙은 연기 속에서 드러나는 것은 돌처럼 굳어버린 용찬의 신형이었다.

'어이, 이제 대충 파악했나?'

-어, 응. 대충은 파악했어. 하지만 다른 기술들이 나오면 좀 애매해질 수도 있겠어.

'그건 내가 알아서 할 테니 지금부터 서포트를 시작해.'

-알겠어.

이로써 진협을 위한 탐색전도 끝이 났다. 해일처럼 몰려드는 그림자의 물결들 속에서 사라지는 암살자의 신형. 미리 흑룡포의 레이지 드라이브를 발동시켜 놓은 용찬은 땀처럼 흘러내리는 피를 대충 닦아내며 주위를 경계했다.

-우측 상단! 아예 환영 분신을 사용해!

피시싱!

기척도 없이 목가로 쇄도하는 칼날. 기의 파동조차 감지 하지 못할 정도로 섬광같은 기습이었지만 진협의 관찰력은 그런 속공마저 꿰뚫을 정도로 뛰어났다. 결국 태현의 시미터는 애꿎은 분신을 갈랐고, 그 빈틈을 놓치지 않은 용찬이 데스 그랩으로 허리춤을 낚아채며 역습을 가했다.

-챠밍 게이지를 터트려!

퍽!

-죽음의 사선이야. 상체를 숙여서 그라운드 형식으로 파고들어.

퍼억!

-지금이야. 일점타격!

타아아앙!

이 얼마나 일방적인 전투란 말인가. 아직까지 완벽히 치명상을 회복하지 못한 태현은 비참히 바닥을 나뒹굴며 내상이 깊어진 복부를 움켜 쥐어야만 했다.

[플레이어 유태현이 진 암살을 시전했습니다.]

[다크 윙을 시전했습니다.]

모든 공격과 기술들이 진협의 손바닥 안에 있었다. 비록 치열한 공방을 거치면서 용찬도 피해가 만만치 않았지만 상대는 아예 한계까지 내몰려 있었다.

서서히 떨려오는 쿠란의 시미터. 유도 효과가 담겨 있던 진 암살의 효과로 강제 기습에 성공한 태현이었지만 그 대가로 놈은 공중으로 날아오른 용찬을 따라서 함께 천장까지 솟아오른 상태였다.

"쿨럭, 쿨럭! 이런 기술들까지 가지고 있을 줄이야."

"너는 예전에 가지고 있던 히든 피스들만 고집하며 수집해 왔겠지만 나는 다른 방식으로도 능력을 얻어서 말이지."

"그게 마왕의 능력인 건가?"

"아, 그래. 바쿤의 마왕. 이번 생에서 내게 부여된 삶. 오직 복수만을 위해 달려오면서 새로운 것들을 터득할 수 있었지."

어깨에 박힌 시미터가 천천히 빠져나온다. 마침내 남겨져 있던 체력까지 전부 소실한 것일까. 넝마처럼 공중에서 늘어진 태현은 공허한 두 눈길로 용찬을 쳐다봤다.

쫘아아악!

"드디어 네놈에게 복수하게 되는군."

목을 움켜쥔 손길에 일절의 자비란 존재하지 않았다. 하지만 그것도 잠시. 한참 팔에 힘을 주고 있던 용찬은 아예 놈을 바닥으로 추락시켜 그를 전투불능 상태로 만들었다.

"자, 대답해. 처음부터 그럴 목적으로 수많은 플레이어들을 속여온 거냐?"

"……."

"대답하라고!"

"쿨럭. 어차피 대답은 정해진 거잖아."

삶의 희망까지 잃어버린 전생자가 씁쓸히 웃는다.

"누구라도 그랬을 거야."

"뭐?"

"너도 사실은 알고 있잖아. 오직 한 명만이 탈출할 수 있는 게이트. 누구라도 남을 속여서 현대로 귀환했을 거라고. 안 그래?"

절망만이 가득한 하멜에서 유일한 희망은 현대로 귀환하는 것이었다. 때문에 진영에 속한 플레이어들은 그런 실낱같은 희망이라도 붙잡고자 목표를 위해 노력해 온 것이다.

만약 자신이 게이트에 대한 진실을 알고 있었더라면 어떻게 됐을까. 아니, 이미 용찬은 그 해답을 알고 있었다. 그런데도 불구하고 복수를 위해 여기까지 달려온 상태였다.

"아아, 그렇지. 역시 그럴 줄 알았어."

"사실상 네가 원하던 복수도 결국은 네 개인적인 욕심에서 생겨난 거잖아. 쿨럭. 넌 나에게 복수라도 하지 않으면 버티지 못할 것 같아서 여기까지 온 거야. 그래야 살아갈 목적이 생기니까."

"……."

"그리도 내게 속았다는 사실이 분했던 거냐. 고용찬?"

처음으로 두 눈동자가 맹렬히 떨려왔다. 인정하지 않을 수가 없었다. 전생에서 유태현은 자신의 우상이자 유일하게 믿을 수 있었던 동료 중 하나였으니까. 그런 친구이자 동료에게 속았으니 당연 배신감은 배가 되었을 것이다.

"어리광 피우지 마. 고용찬. 이런 약육강식의 세계에서 남을 속이는 것은 당연한 일이야. 혼자서라도 탈출할 수 있다면 수단 방법을 안 가리는 게 정상적인 거라고."

"……맞아."

"하. 인정하는 것도 참 느리네. 그래서……."

"그래서 네놈을 죽이고 나 홀로 귀환할 거다."

개인적인 욕망에서 비롯된 복수, 최후에 최후까지 바라왔던 귀환. 더는 인정하지 않을 수가 없었다. 그래서 용찬은 결론을 내렸다. 이 길고 길었던 악연을 끝내고 마침내 원하던 것을 성취하기로.

"하지만."

덥석!

서서히 붉어지는 두 안광.

"네놈을 쉽게 죽일 순 없지. 이런 결말은 내가 원하지 않았거든. 넌 절대 쉽게 죽지 못할 거다. 유태현."

흉흉한 살기가 방 안을 뒤덮는 가운데 건틀렛 끝에서 튀어 나온 어둠의 쇠사슬이 태현을 속박했다. 그리고 인벤토리에 챙겨둔 족쇄를 꺼내 들려는 찰나.

"웃기지 마. 죽어도 내 방식대로 죽어."

푸슉!

움켜쥐고 있던 목이 떨어져 나갔다.

"……아아."

허무함이 온몸을 잠식하는 순간이었다.

누가 그랬던가. 복수의 끝은 허무하다고. 그토록 간절히 바라오던 것을 성취했음에도 기쁘지 않고 도리어 공허한 마음이 온몸을 지배하는 상황.

데구르르.

지금의 용찬이 그랬다. 전생부터 이어져 온 숙적 유태현. 마왕의 몸으로 환생하고서부터 그리 집념을 불태우던 복수였는데 전혀 기쁘지가 않았다.

'아냐, 내가 원하던 것은 이런 복수가 아니야.'

너무도 허무하게 죽어버리고 말았다. 그동안의 노력들이 모두 물거품이 된 것처럼. 자결을 택한 전생의 절대자는 싸늘한 시신이 됐고, 복수에 성공한 전생의 이인자는 끝없이 이어지는 허무함 끝에 분노를 느꼈다.

하찮은 버러지 놈들. 모조리 먼지로 만들어주마!

앙상하게 마른 손가락 사이로 휘황찬란 하게 빛나는 반지. 마침내 광군주가 두 번째 패턴에 돌입한 것인지 소환을 멈추고 직접 전장으로 발길을 내밀었다.

[0:12/15:00]

-헨드릭!

[0:14/15:00]

-고용찬, 거기서 뭐하고 있어. 얼른 일어나!

짹깍째깍 흘러가는 타이머의 시간 속에서 진협의 목소리가 귓가에 울려 퍼졌다.

파지지직!

굳이 생각할 필요는 없었다. 그저 본능에 충실하면 되는 일이었다. 때문에 용찬은 자리에서 일어났다. 그리고 플레이어들의 목을 베어내던 광군주의 앞으로 도약했다.

-네놈은 또 무엇이냐?

"죽어."

-하?

끊임없이 팽창되어 꿈틀거리는 힘줄. 한참 증식하던 어둠은 두려움의 상징이던 광기를 집어 삼키기 위해 큰 물결을 일으켰고, 그런 거친 흐름 속에서 교체한 파이오니악이 검면과 충돌했다.

[광군주 레도스의 특성 '광기의 잔혹함'이 발동되고 있습니다. 물리 방어력이 대폭 하락합니다. 마법 방어력이 대폭 하락합니다.]

-이젠 죽음을 자초하는 버러지까지 나오는군. 그리도 내 손에 죽고 싶은 것이냐!

역시 측정 불능의 보스란 것일까. 두 번째 패턴에 들어서면서 A급 히어로 수준으로 상승한 놈은 마왕의 앞에서도 한껏 여유를 부리며 변화무쌍한 검격을 선보였다.

"마왕님. 혼자서 상대하시는 것은 불가능합니다. 저희가 보조하겠습니다!"

"오른팔을 노려라."

"예?"

다급히 달려온 기슈가 멍한 표정으로 되물었다. 충실한 수하의 반응에 용찬은 생기 없는 두 눈동자로 반지를 쳐다봤다.

"내 것을 되찾을 것이다."

-유태현이 죽었다.

처음엔 믿기지 않았다. 여태껏 감히 넘보지 못할 실력을 보였던 자였기에 이번에도 위기를 기회를 바꾼 줄 알았다. 하지만 바닥에 낭자한 혈흔과 싸늘한 시신은 결코 거짓이 아니었다.

-이렇게 있다간 죽도 밥도 안 돼. 서둘러 귀환한다.

'남아 있는 길드원들은 어찌할 생각이십니까?'

-때론 소를 위해 대를 희생할 필요도 있는 법이지.

아놀드의 지시에 동현은 잠시 흔들렸다. 그래도 태현은 이런 난관을 헤쳐나가면서 정예 길드원들을 버린 적은 없었다. 때문에 깊은 고민이 머릿속을 복잡케 했지만 불현듯 쏘아진 푸른 광선에 정신이 차려졌다.

[록시가 청광을 시전했습니다.]

[마도 학살자 송동현이 불의 장벽을 시전했습니다.]

'그래. 이렇게 마족들에게 계속 발목이 붙잡혀서야 답이 안 나와. 우선 후퇴해야 돼.'

던전 전용 상인에게서 미리 구매해 둔 귀환 주문서가 떠올랐다.

'최대한 구매해 두도록 하죠. 혹시나 후퇴할 일이 생길 수도

있으니까.'

그때도 태현의 지시로 인해 구매했던 귀환 주문서였는데 이렇게 쓰일 줄은 예상도 못 한 동현이었다. 어찌보면 그가 자신의 목숨을 살린 것이라고 볼 수도 있을 터.

씁쓸한 웃음 끝에 결정을 내린 동현은 한창 칼부림을 부리던 유이치에게 통신을 걸었다.

'아놀드님께서 지시를 내렸습니다. 귀환 주문서를 써서…….'

-가려면 너 혼자 가던가 해.

'예?'

가볍게 다크 엘프의 검날을 흘려 넘긴 그가 입꼬리를 말아 올렸다.

"난 이 애송이를 끝까지 상대해 줘야 할 것 같아서."

"누가 애송이란 거야!"

마왕의 병사들에게 포위를 당했음에도 불구하고 유이치는 뒤를 보지 않았다. 아니, 정확히는 여기서 모든 것을 쏟아부을 작정이었다.

자신이 따라왔던 남자와 운명을 함께하겠단 것일까.

샤아아앙!

주요 하이 랭커들이 귀환 주문서를 사용하는 와중에도 그는 눈 하나 깜빡하지 않고 전투에 몰입했다.

'정말 끝까지 말썽을 피우는군.'

처음부터 마음에 들지 않던 놈이었다. 서로 성격도 달라 대화도 통하지 않았었는데, 끝까지 지시를 거부하는 태도까지 보이니 도저히 답이 없었다.

"나중에 책임을 묻도록 하죠."

"그렇게 말하는 주제에 넌 왜 안 가는 건데."

"저도 일단 책임은 있으니까."

"웃기고 있네."

동현의 대답에 피식 웃던 유이치가 칼끝을 세웠다. 다크 엘프 루시엔, 뱀파이어 헥토르, 스켈레톤 병사 쿨단. 이 중 최소한 한 놈은 자신의 길동무로 삼아야 했다.

"잘 봐둬라. 꼬맹아. 네가 어깨너머로 훔쳐 배우던 그 기술들이 전부 하나로 이어지는 길 중 하나였단 것을."

"뭐?"

"매화, 련, 섬무. 이것들이 합쳐지면 어떻게 되는지 똑똑히 봐둬."

푸르스름한 날이 번쩍이더니 이내 한 마리의 용을 만들어 낸다. 기력으로 형상화된 용의 수가 점점 늘어났고, 붉은 꽃들이 향기로운 내음을 선사하자 현란한 검무가 펼쳐졌다.

까앙!

점멸하는 신형 속에서 물결치는 아홉 마리의 용.

[플레이어 니시무라 유이치가 구룡섬을 시전했습니다. 지정된 대상들에게 수십 번의 검격을 선사합니다.]

가장 먼저 헥토르가 파마의 단창으로 검격을 막아냈지만 그 위력을 버티지 못하고 튕겨져 나갔다.

[〉ㅅ〈]

그 다음으로는 쿨단.

서억!

마지막으로 루시엔까지. 도저히 눈으로 좇지 못할 일격에 치명상을 입은 그녀는 와락 인상을 찌푸리면서도 눈을 감지 않았다.

"그만!"

"아하하하. 이런."

위압적인 마력에 온몸이 속박당한다. 태현의 조언을 통해 간신히 스킬북을 터득한 게 엊그제 같은데 벌써 적에게 기술을 간파당하고 말았다. 하지만 그리 신기한 일도 아니었다. 왜냐하면 속박을 건 놈은 수백 명의 마법사를 이끌던 마족들의 수장이었으니까.

[구월의 창시자 다가즈가 백련의 비전을 시전했습니다. 지정된 범위로 철의 기운이 담긴 비전 레이저를 쏘아 보냅니다.]

분홍빛으로 번쩍이는 빛무리 속에서 유이치는 웃었다.

"뭐, 이런 최후도 나쁘진 않네."

그게 자신의 최후란 것을 알면서도.

"하지만 이렇게 가긴 섭하지."

"뭣?!"

불굴의 의지가 마지막 발버둥으로 이어진다. 착용한 장비들 중 유일하게 속박 무효화 효과를 가지고 있던 은장식의 팔찌. 그것을 이용해 비전을 피해낸 유이치는 바닥에 주저앉은 루시엔에게로 섬무를 시전했다.

"적어도 한 명쯤은……."

"……."

"아, 이런."

무슨 착각을 하고 있던 것일까.

깡!

닿지 않는다. 수많은 플레이어들을 베어냈던 두 자루의 검날이 전혀 닿질 않고 있었다.

[댄싱 기사 루시엔이 '검사의 비호' 효과를 발동했습니다. 절반

의 기력을 소모해 물리 방어력을 세 배로 증가시킵니다.]

허무한 결말 속에서 어둠이 찾아온다. 실이 끊어진 인형처럼 축 늘어지는 신형. 서서히 깜깜해지는 시야 속에서 목을 꿰뚫린 동현의 모습이 보였다.

그리고.

서걱!

긴 밤이 찾아왔다.

[수호자 쿨단이 '흑요석의 방패' 효과를 발동했습니다. 지정된 위치로 마력이 담긴 트로이의 장벽을 소환합니다.]

타이탄 길드의 주축이 귀환한 이후로 본격적인 몰이사냥이 시작됐다. 주요 하이 랭커들을 놓친 것은 아쉬웠지만 아직 원정대가 남아 있었고, 마병대장 고우트와 쿨단이 함께 일선을 맡으며 놈들을 코너로 몰아붙였다. 그리고 네 명의 부대장 렐슨, 고우트, 다가즈, 레밍이 두 권좌를 집중적으로 담당하며 병사들에게 파고들 틈을 선사해 주고 있었다.

이로써 남은 것은 소환을 멈춘 광군주뿐.

콰직!

하지만 단신으로 전투에 임하는데도 불구하고 놈은 진보스답게 가공할 파괴력을 보여주고 있었다.

"이러다간 병사들만 죽어 나가겠군. 다들 다른 부대장들과 합류해 원정대를 맡아라. 지금부터 이놈은 나와 마왕님이 맡는다."

"기슈. 라그나로크를 시전해."

"예? 라그나로크를 어떻게? 아니, 그것보단 그 기술을 사용하면 마왕님까지……."

"상관없다."

마창의 최종 기술 라그나로크. 모든 기력을 소모해 대상에게 암뢰를 폭사하는 광역 기술로서, 전생의 수많은 하이 랭커들이 가장 두려움에 떨었던 파멸기 중 하나였다.

그런 기술을 용찬이 알고 있단 것에 기슈는 극심한 의문을 느꼈지만 그보단 무모한 지시가 문제였다.

"안 됩니다. 그랬다간 마왕님께서!"

-크하하하. 좀 더 발버둥 쳐보거라. 버러지 놈들아!

"이런, 빌어먹을!"

고민할 새도 없는 것일까. 다시금 시작된 광군주의 공세에 절로 입에서 욕이 나왔다.

"먼저 간다. 지시대로 행해라."

"아니, 마왕……."

파지지직!

이젠 충성을 맹세한 용찬까지 막무가내로 달려드는 상황. 더 이상 고민할 시간이 없단 것을 인지한 기슈는 할 수 없이 마창에 모든 기력을 집중시켰다.

[흑창대장 기슈가 라그나로크를 발동 하고 있습니다.]

[기력 충전 59%]

[암뢰가 모여듭니다.]

암뢰. 가장 드높은 천공에서 희박한 확률로 생성된다는 어둠의 낙뢰다. 어둠과 뇌전의 속성력을 깨우친 자라면 어느 정도 위력을 버텨낼 수 있지만 암뢰가 폭사한다면 얘기는 달랐다.

[일점격발을 시전합니다.]

[광군주 레도스가 광적 공타를 시전했습니다.]

콰앙!

첫 번째 충돌. 물론 위력 상으론 용찬이 밀렸다.

타아아앙!

두 번째 충돌. 이번에도 용찬이 밀리는 것은 당연했다.

쿵!

세 번째 충돌.

"쿨럭!"

어깨 보호구인 벡터도 충격을 흡수하는 게 한계였던 것인지 복부에 구멍이 뻥 뚫려 있었다. 극심한 고통에 용찬은 복부를 움켜쥔 채 주저앉았고, 바닥으로 새빨간 피웅덩이가 고여들었다.

-멍청한 놈. 죽어라.

시퍼런 날이 목을 향해 쇄도하는 절체절명의 순간.

[기력 충전 100%]

진땀을 흘리며 기력을 끌어모으던 기슈의 두 눈이 빛났다. 정면으로 휘몰아치는 강대한 어둠과 낙뢰의 기운. 뒤늦게 두 가지 기운이 합쳐져 폭발하기 시작하자 광군주의 신형이 멈췄다.

-이, 이 기운은?!

덥석!

암뢰에 뒷걸음질 치던 순간 거친 손길이 팔목을 붙잡는다.

"어딜 가려고?"

-네놈!

"이건 나의 것이다."

나뭇가지처럼 앙상한 팔이 기역자로 꺾어졌다. 격렬한 고통

속에서 광군주가 대면한 것은 진정한 악인의 눈동자. 아까 전까지만 해도 하찮은 피래미에 불과하던 마왕이 어느새 자신을 뛰어넘는 광기를 드러내며 팔을 통째로 아작 냈다.

두근두근!

바닥으로 떨어진 익숙한 문양의 반지.

-안 돼. 그것은 나의!

절박한 목소리가 귓가로 울려 퍼졌지만 이미 세상의 모든 소리가 단절되어 있었다. 들려오는 것이라곤 반지에 뒤덮인 사념들의 목소리들뿐. 마치 자신을 유혹하는 듯한 망령들의 목소리에 용찬은 그들의 요구대로 반지를 집어 들었다.

[광기의 반지를 착용했습니다.]

[폭주 모드를 발동하시겠습니까?]

내면을 잠식한 공허함이 사라져 간다. 이런 불쾌한 기분을 지울 수 있는 것은 오직 광기의 본능뿐. 만신창이인 몸을 이끌고 자리에서 일어난 용찬은 거짓된 존재를 멍하니 쳐다봤다.

세상을 혼돈에 빠트리게 했던 광군주? 아니.

[폭주 모드를 발동합니다.]

이제 진정한 광군주는 바로 자신이었다.

'저 새끼 뭐야. 대체 뭐냐고?!'

처음엔 플레이어가 마왕이란 사실에 놀랐다. 생전 소환된 인간이 다른 종족을 가진다는 것에 대해서 금시초문이었기 때문에 권좌를 포함한 모든 원정대 플레이어들이 당황했고, 두 번째로 집결한 프로이스 가문의 병사들에게 큰 공포를 느꼈다.

홍염의 패자 펠드릭 프로이스. 그리고 그런 마족을 따르는 가문의 충실한 다섯 개의 부대까지. 몇 년 전에 실제로 플레이어들과 악몽의 탑에서 충돌했던 적도 있었기에 모를 수가 없었다.

한데, 그런 놈들의 주인이라니? 대체 저 플레이어의 정체는 무엇이란 말인가. 선욱은 당최 현 상황을 이해하지 못해 머리를 싸매고 고민했다.

구구구궁!

'이, 이번에는 또 뭐…… 미친!'

어찌 이토록 살결이 떨려오는 기운이 있단 말인가. 순식간에 방 안을 잠식한 사악한 기운에 선욱을 포함한 모든 플레이어들은 전율할 수밖에 없었다.

푸쉬이이이이-

물이 끓기 시작한 주전자처럼 시꺼먼 증기가 뿜어져 나온다. 싸늘한 한기 속에서 번쩍이는 것은 괴물의 붉은 두 안광.

마치 오랫동안 이 순간을 기다려 왔단 것처럼 마왕은 입가를 말아 올리며 가볍게 앞으로 걸어 나갔다.

-어떻게 마족이 내 반지의 인정을 받을 수 있는 거지?!

"……."

-대체 네놈은 누구냐. 아니, 넌 무엇을 하는 놈이더냐!

긴박해 보이는 레도스의 목소리였지만 대답은 들려오지 않았다.

광군주의 반지. 한때 이것을 유적지에서 발견해 낸 그는 자신의 광기를 인정받아 반지의 착용자로 인정을 받았었다. 그 이후로 수많은 약탈자들이 반지의 인정을 받아보려 했지만 되려 광인으로 돌변했고, 결국 반지는 레도스의 곁으로 돌아오게 됐다.

'설마 반지가 저놈의 자질을 더욱 높이 사는 건가?'

아니, 그럴 리가 없다. 절대 그럴 리 없었다.

레도스는 소리 높여 부정해 보려 했지만 그에 앞서 광란의 장이 펼쳐졌다.

콰앙!

-커억!

폭주 모드에 돌입하면서 능력치들까지 전부 상승한 것일까. 일순 시야가 점멸하더니 어느새 온몸이 허공에 붕 떠 있었다. 이 정도의 위력이라면 적어도 A급이란 뜻일 터.

'반지를 착용하면서 등급이 상승했나 보군.'

더 이상 방심은 금물이었다. 동일한 A급이라도 감히 넘볼 수 없는 벽이 존재하긴 했지만 저놈은 무언가 특별했다.

[광군주 레도스가 창성의 격벌을 시전했습니다.]

[데스 그랩을 시전했습니다.]

천장 위에서 쏟아지는 갈고리 형태의 참격. 하나하나가 전부 가공할 위력이 담긴 기력과 마력의 혼합체였지만 마왕은 피하지 않았다. 오히려 맨몸으로 창성의 격벌을 견뎌내며 무작정 돌입해 왔다.

덥석!

'이, 이 무슨 무식한!'

적어도 예전의 자신은 이 정도까진 아니었다. 가히 죽을 기세로 달려들어 뜯겨져 나간 팔 부근을 다시 한번 내려찍는 마왕. 고통을 호소할 새도 없이 안면을 강타하는 주먹에 자존심이 무너져 내렸다. 아무리 고통을 느끼지 못한다지만 이게 정녕 가능한 행동일까. 게다가 갓 A급에 도달한 놈인데도 불구하고 마치 광기에 적응된 신체처럼 능수능란하게 공방을 치루고 있었다.

까앙!

'윽, 오른팔이!'

결정적으로 반지를 빼앗기던 순간 뜯겨져 나간 오른팔이 문제였다.

콰직!

내려친다.

퍼억!

휘두른다.

쿵!

던진다.

그저 단순한 동작들이었지만 하나같이 짙은 살기가 담겨져 있었다. 그렇게 한참을 몰아붙였을까. 그럼에도 놈은 분이 풀리지 않은 것인지 피투성이가 된 채로 천천히 걸어오고 있었다.

-저리 꺼져!

"……."

-저리 꺼지란 말이다!

이것이 진정 두려움이란 말인가. 한때 대륙의 절반을 차지한 광군주마저 몰락시키는 진정한 광기. 비틀비틀 걸어오던 마왕은 지금 이 상황이 즐겁기라도 한 것인지 음산한 웃음소리를 흘리며 움켜쥔 두 주먹을 높이 들어 올렸다.

그리고.

퍽! 퍼억! 퍽!

던전의 지배자이던 레도스를 마구 구타하기 시작했다.

뚝! 뚜욱-!

손끝을 타고 핏방울이 바닥으로 떨어져간다. 이게 누구의 피인지 이젠 분간조차 불가능했다.

[광기의 인장을 습득했습니다.]

[히든 스킬북을 습득했습니다.]

[광군주의 모래시계를 습득했습니다.]

승자에게 주어지는 것은 달콤한 보상. 하지만 용찬은 그것을 확인할 새도 없이 고개를 돌렸다. 침묵이 감도는 방 안 속에서 모여지는 시선들. 아직도 많은 먹잇감들이 병사들에게 둘러싸여 영면을 기다리고만 있었다.

털썩!

다만, 안타깝게도 체력이 한계에 도달한 것인지 다리에 힘이 빠졌다.

[폭주 모드가 취소됩니다.]

뒤늦게 엄습하는 것은 끝없는 고통. 폭주의 부작용으로 몰려온 그동안의 고통에 살결이 파들파들 떨려왔지만 이 정도는 버틸 만했다.

'아직 숙련도가 부족해. 스킬 레벨만 높았더라면 부작용도 오지 않았을 텐데.'

적어도 스킬 레벨을 올릴 때까지 패널티를 보완할 전생의 장비들이 필요했다.

"광군주 레도스를 죽였어. 그것도 단신으로!"

"어, 어떻게든 진영에 이 소식을 알려야 해. 저 자식은 괴물이라고."

"마족 종족을 가진 플레이어에다가 프로이스 가문까지. 도대체 뭐하는 놈인 거야."

몇 명의 디텍터들이 허둥지둥 통신 수정구를 꺼내 들기 시작한다. 전대미문의 플레이어 고용찬. 홀로 A급 던전의 진보스까지 처리했으니 그의 위험성은 이루 말할 수 없을 정도일 것이다. 하지만 그것을 가만히 놔둘 프로이스 가의 병사들이 아니었다.

[구월의 창시자 다가즈가 통신 교란을 시전했습니다.]

[지정된 범위의 모든 통신 효과를 차단합니다.]

[수호자 쿨단이 경로 차단을 시전했습니다.]

[지정된 위치로 경로를 차단하는 백색 벽이 생성됩니다.]

이로써 퇴로는 완벽히 차단된 셈. 미리 통신 효과까지 끊어 두었기 때문에 몰이사냥에 방해될 것은 전혀 없었다.

드르르륵!

마치 여명처럼 환한 빛줄기가 방 안을 꿰뚫었다.

[광군주의 무덤이 클리어됐습니다.]

[성과에 따라 보상이 지급됩니다.]

[새로운 길로 이어지는 통로가 열렸습니다.]

마침내 미개척 지역으로 이어지는 마지막 통로가 열렸다. 이대로 아리엇 산맥만 넘어가면 미지의 세계가 현실로 다가올 터. 이미 전생에서 가본 적이 있는 지역이긴 했지만 어째서인지 감회가 새로웠다.

"마왕님. 어떻게 처리하시겠습니까. 통신과 마법은 전부 차단해 두었습니다."

"귀환도 불가능하단 뜻이겠군."

"예."

더 이상 변수는 존재하지 않는다는 뜻이었다. 그런 기슈의 물음에 지쳐 있던 용찬은 살며시 원정대 쪽으로 고개를 돌렸다. 한계까지 내몰린 두 명의 권좌와 수십 명의 랭커들. 그리고 전생의 동료이던 선욱과 내통을 알렸던 배신자 리우청까지.

"……."

도중 선욱과 한 차례 미묘한 시선 충돌이 있긴 했지만 고민할 가치도 없었다.

"한 명도 빠짐없이 사살해라. 목격자가 생기지 않도록."

"명을 받듭니다."

아마 오늘이 지나면 리미트리스 진영은 큰 중심축을 잃어 위태롭게 흔들리기 시작할 것이다. 그렇게 무자비한 학살이 시작되자 바쿤의 병사들도 프로이스가의 부대를 따라서 플레이어에 대한 한을 마음껏 풀어갔고, 지옥도를 연상케 하는 광경 속에서 뒤늦게 태현의 시신이 눈에 들어왔다.

-어떻게 할까. 병사들에게 시켜서 저 시체도 챙겨놓을까?

"……."

-혹시 모르는 일이니까 유한성에게 맡겨두는 것도…….

콰자작!

가루로 아작 나는 통신 수정구. A급을 목전에 두고 있던 태현의 시체 정도면 충분히 한성이 조종할 수 있었지만 굳이 그러지 않았다. 오히려 용찬은 진협의 조언을 뒤로한 채 멍하니 바깥 통로로 향하기 시작했다.

[미개척 지역 렌슬릿을 발견했습니다.]

['새로운 지역' 업적을 달성했습니다.]

[업적 보상으로 룰렛이 회전합니다.]

렌슬릿. 3년 차에 접어들면서 플레이어들의 손에 의해 개척되어 간 지역명이었다. 새로운 국가, 미지의 몬스터, 수많은 보물이 잠든 던전까지. 미개척 지역인 렌슬릿은 진영에게 있어 새로운 돌파구나 다름없었다. 때문에 하이 랭커들이 그 지역을 미리 선점하기 위해 수많은 노력을 해왔지만 지금은 시기상조인 얘기였다.

'관심 없어.'

게다가 용찬의 목적도 그것이 아니었다.

펄럭!

검게 물든 깃털 속에서 활짝 펴지는 한 쌍의 날개. 다크 윙을 시전해 하늘 높이 날아오른 용찬은 빠르게 산맥을 지나 근처 숲을 넘어갔다. 그리고 표시된 길을 따라서 쭉 북쪽으로 향하자 얼마 되지 않아 마을이 눈앞에 드러났다.

팔람베르크.

허름한 울타리 안으로 익숙한 건물들이 보인다. 전혀 바뀐 게 없는 기억 속의 변두리 마을이었다. 그중에서도 가장 눈에 걸리는 것은 언덕 위에 위치한 커다란 성당. 한때 종호에게서 치명상을 입은 채 달아나던 도중 선택한 대피처이기도 했다.

'꺄아아악. 무, 무슨 부상이 이렇게 심해요. 도대체 무슨 일이 벌어지고 있는 거죠?!'

귓가에 맴도는 아련한 목소리. 마치 홀린 듯 성당 근처로 착지한 용찬은 멍하니 성당 내부로 걸어 들어갔다.

"누, 누구시죠? 마을에선 처음 뵙는 분인 것 같은데 혹시 외지인이신가요?"

은은한 빛깔이 담긴 백색 로브, 오밀조밀한 이목구비, 유독 기억에 남아 있던 긴 흑색 머릿결까지. 전혀 흠잡을 때 없는 인형 같은 외모에 정신이 흔들릴 법도 했지만 용찬은 그러지 않았다. 아니, 그러지 못했다.

"……저기요?"

낯선 자의 방문에 경계심이라도 갖춘 것일까. 불안한 듯 뒷걸음질 치는 그녀의 모습에 아련함이 텅 빈 마음속을 누볐다.

"치료."

"네, 넷?"

"치료를 부탁하지."

멍하니 두 눈을 깜빡거리는 것이 사뭇 토끼를 연상케 했다.

하지만 그것도 잠시. 만신창이가 된 용찬의 상태를 뒤늦게 확인한 것인지 그녀가 호들갑을 떨며 쪼르르 달려왔다.

"뭐, 뭐에요? 어쩌다가 이런 상처를 입은 거예요?!"

"……."

"그렇게 입 꾹 다물고 있지 말고 얼른 대답해 봐요. 이거 봐봐. 대체 출혈이 얼마나 심했길래 이렇게 옷이 전부 피로 물든 거예요?! 자, 잠깐만 기다려요. 제가 바로……."

"잠깐."

정신 사납게 지팡이를 꺼내 들던 그녀가 고개를 갸웃거린다. 남다른 신체 능력을 가진 마족이라고 하지만 A급에 달하는 성직자의 신성력을 그대로 마주한다면 주저할 새도 없이 육체가 소멸할 터.

"신성력은 안 돼."

"아이 참! 이럴 때 무엇을 따지는 거예요. 그냥 이리 와봐요!"

"아무튼 안 돼."

"……으으. 잠깐만 기다려 봐요. 그러면 안에서 치료 주문서라도 꺼내올 테니까요!"

기가 찬 듯 고개를 휙휙 젓던 그녀가 금방 안쪽으로 사라졌다. 아마 급한 대로 보관하고 있던 치료 주문서를 찾고 있을 것이다. 그렇게 홀로 남겨진 용찬은 익숙한 성당 내부를 천천히 훑어보다 이내 의자에 앉았다.

'여기서 무엇을 하고 있는 거냐. 고용찬.'

무의미해진 복수. 마치 갈 길을 잃고 방황하는 새처럼 목표가 보이지 않았다. 과연 자신은 이제 무엇을 향해 달려가야 할까. 그런 고민에 절로 인상이 구겨졌다.

'남은 것은 귀환이겠지. 아직 못 다 푼 의문점도 있고.'

문득 예언의 마녀 베로니카가 떠올랐다. 그녀에게 남은 지배자의 표식을 갖다주기만 하면 회귀에 대한 비밀도 자연스레 풀려 나갈 것이다.

꺄아아악-!

한참 상념에 빠져 있었을까. 안쪽에서부터 무언가 무너지는 듯한 소리가 들려왔다. 급하게 치료 주문서를 찾다가 방 안에서 엎어진 듯했다. 황당한 상황 속에서 피어나는 미소. 전생 때와 변한 것이 없는 그녀의 성격에 용찬은 피식 웃으며 자리에서 일어났다. 그리고 그녀를 구경하기 위해 안 방으로 발길을 내밀던 찰나.

위이이잉.

품속에서 무언가가 빛을 내뿜기 시작했다.

'이건?'

그것의 정체를 확인한 두 눈동자가 파르르 떨려왔다. 마치 누군가를 감지했다는 듯 빛을 내뿜으며 공명하는 푸른 보석의 반지.

'아, 미안하네. 미리 말해두지만 이것은 추궁이 아닐세. 그저 한 가지 부탁을 하고 싶어 묻는 것뿐이야.'

불현듯 누군가의 목소리가 귓가를 자극하자 격한 현기증이 몰려왔다. 서서히 흐릿해지는 시야 속에서 신형까지 흔들리자 도저히 균형을 잡을 수가 없었다.

'안타깝지만 이게 엔딩이야.'

왜 이럴 때 그 지독한 놈의 얼굴이 떠오르는 것일까. 이유는 알지 못한다. 그저 이런 자신이 우스울 뿐이었다. 때문에 용찬은 씁쓸히 웃으며 등을 돌렸다.

이제 돌아가야 할 시간이었다.

"아! 오래 기다렸죠. 어디에 놔둔 건지 치료 주문서가 안 보여서 한참 동안……. 어라? 어, 어디 가셨지?"

그날, 멈추었던 운명의 수레바퀴가 거꾸로 돌아가기 시작했다.

◀ 74장 ▶

숨겨진 진실

아리엇 산맥의 원정은 많은 변화를 가져다주었다.

완전히 개척된 아리엇 산맥의 길, 미개척 지역 렌슬릿, 새로운 무역로의 가능성까지. 비록 원정에 성공한 대가는 매우 컸지만 한창 렌슬릿에 눈독을 들이고 있던 세 개의 진영은 쾌재를 불렀다.

'리미트리스 진영의 기둥이던 디어스와 펄션이 무너졌어.'

'거기다가 최근 주가를 높이고 있던 타이탄 길드까지 괴멸 직전! 이건 기회야.'

'듣기론 마지막 던전을 앞두고 마족들이 개입했다고 하던데. 이 정도면 성국이 움직일 것 같지 않아?'

수많은 의견과 반론이 오갔지만 진실을 알고 있는 것은 극소수. 유일하게 광군주의 무덤에서 살아 돌아갔던 아놀드와 그 외 간부들도 철저히 정보를 차단하고 있었기에 모두의 관심사는 오직 렌슬릿으로 향해 있었다. 덕분에 진영 간의 경쟁은 일부 세력으로만 한정 되어 있었고, 탐욕에 물든 자들이 하이에나 떼처럼 산맥으로 모여드는 사이 아놀드는 성국의 대주교에게 만남을 청했다.

"유태현 님께서 신의 품으로 돌아가셨다는 것이로군요."

"그 외 타이탄 길드원들도 대부분 전멸했습니다. 던전에서 나타난 마족들의 정체는……."

"프로이스 가문."

놀라움을 감추지 않을 수가 없었다. 지원군으로 대기하고 있던 성국의 병력은 끝까지 소환되지 않았었고, 던전 내에서의 일들은 철저히 입막음 시켜 정보가 흘러나가지 않게 했지 않던가. 한데, 어떻게 대주교가 마족들의 정체를 알고 있는 것일까.

"맞습니까?"

"……맞습니다."

인자한 미소로 눈을 깜빡이는 대주교의 태도에 아놀드는 그만 할 말을 잃어버리고 말았다.

'이건 뭐, 속을 다 꿰뚫어 보는 수준이군.'

그 이후로도 경악은 멈추질 않았다. 마치 그 현장에 있던 사람처럼 대주교는 모든 상황을 다 알고 있었고, 심지어 프로이스 가문의 군대를 이끌었던 마왕의 정체까지 파악하고 있었다.

"헨드릭 프로이스. 현재 서열 20위권에 머물고 있는 바쿤의 마왕이지요."

"놈은 전에도 플레이어로 둔갑해 유적지에 침입한 적이 있습니다."

"알고 있습니다. 그리고 한 가지 지적을 해드리자면 그자는 단순히 둔갑한 게 아닙니다. 오히려 플레이어의 고유 시스템을 활용하고 있죠."

"……도대체."

"하지만 그리 걱정하실 필요는 없습니다. 저희 성국 자베스는 이미 마족들을 토벌하기 위한 준비를 오래전부터 쭉 해오고 있었습니다. 비록 태현 님께서 신의 품으로 돌아가시긴 했지만 이렇게 아놀드 님께서 저에게 찾아오시지 않았습니까."

인자한 미소 속에서 묘한 기류가 퍼져 나간다. 살며시 자리에서 일어난 대주교. 아니, 게언은 접대실의 문을 열며 방 안으로 들어선 정체불명의 여인에게 깊이 고개를 숙였다.

"자, 소개해 드리죠. 앞으로 저희들의 다리가 되어주실 분이십니다."

"다리?"

"반가워요. 당신과는 처음 뵙는 것 같네요. 저는 성국의 인도자이자 현재 성녀로 불리고 있는……."

우아한 백색 드레스를 입은 성녀가 예법대로 가볍게 인사를 건넨다. 낯선 자에게 경계를 품을 새도 없이 그녀의 아름다운 외모에 흠뻑 빠진 아놀드는 멍하니 그녀가 내민 손을 쳐다만 봤다.

"릴리스라고 해요."

뒤늦게 정신을 차리자 릴리스의 손을 잡고 있는 자신을 볼 수 있었다.

"흐음. 이거 심각하군요."

"그렇죠?"

"왜, 뭐가 어때서! 난 괜찮기만 하구만."

루시엔이 앙증맞게 볼을 부풀렸다. 가끔씩 다른 병사들과 서로 의견이 엇갈리는 경우는 많았지만 오늘처럼 심한 날도 또 없을 것이다.

"하아. 루시엔 님. 다크 엘프 분들에겐 잘된 일인지 모르겠지만 바쿤에 여러분들만 있는 게 아니잖습니까."

"윽."

"그래서 아이리스 님은 어디 계신 겁니까."

"……안쪽에."

손가락으로 가리킨 곳은 이미 나무와 수풀들로 무성해져

있었다. 처음 때만 해도 어느 정도 정원을 연상케 공간이었건만. 어쩌다 바쿤의 영역이 이렇게 바뀌어버린 것일까. 심히 머리가 아파 왔지만 되돌릴 수도 없는 상황이었다.

'이건 마치 대수림 같군.'

그레고리는 이마를 짚은 채 헥토르와 함께 안쪽으로 진입했다.

"아, 그레고리!"

한참 땅에 씨앗을 심고 있던 중이었을까. 손에 흙이 잔뜩 묻어 있던 아이리스가 싱글벙글거리며 찾아온 손님을 맞이했다. 물론 주위에 씨앗을 함께 심고 있던 루미엔과 그 외 어린 다크엘프들이 몇 명 보이긴 했지만 그레고리의 시선은 오직 문제를 일으킨 주범을 향해 있었다.

"아이리스 님. 대체 이게 어찌 된 일입니까. 전날까지만 해도 이 정도 수준까진 아니었잖습니까."

"나도 잘 모르겠어. 그냥 식물들이 얼른 자라고 싶다기에 물을 더 주니까 이렇게 됐어."

정원사가 가진 능력들은 하나같이 신비로웠다. 언제나 주위에 있는 자들에게 놀라움을 선사했고, 이렇게 가끔씩 경악스러울 정도로 큰 사고를 치기도 했다.

아직 그녀가 정원사로서의 능력에 미숙하단 증거일까. 식물들의 성장력 하나 제대로 제어하지 못 하는 마당에 다른 기술들까지 배우게 된다면 이 정도론 끝나지 않을 것이다.

"혹시 되돌릴 방법은……."

"없어."

어느 정도 예상은 했지만. 할 수 없이 그레고리는 방법 찾는 것을 포기한 채 로버트에게 통신했다.

"로버트. 아무래도 정원 문제는 되돌릴 수 없을 것 같네."

-어쩔 수 없지. 우선 마왕님께 보고를 올려서…….

"아, 잠시 기다려 보게."

얼핏 보이는 인영에 두 눈이 돌아간다. 언제부터 영역에 들어와 있던 것인지 바구니를 등에 멘 진협이 숲속을 유유히 돌아다니고 있었다.

"진협 님. 여기서 무엇을 하시는 것입니까. 레필스 약초밭으로 돌아가신 게 아니었습니까?"

"아, 새로운 약초들을 발견해서 잠시 둘러보고 있었어."

"새로운 약초 말입니까?"

"응. 이것 봐봐."

손에 쥐고 있던 가느다란 풀이 푸른빛을 띤다.

"이 풀만 해도 농도 짙은 마력을 품고 있어. 잘만 하면 마법 재료로도 충분히 쓸 수 있을 거야."

"호오. 그것은 희소식이로군요."

"이것뿐만이 아니야. 치료제에 도움이 되는 식물부터 시작해서 결빙 상태를 회복하는 효과, 화염 내성을 가지게 해주는 효과, 마력을 흐트리게 만드는 효과까지. 전에 봤던 저주 들린 식물들과는 딴판의 이로운 식물들이 가득해."

단점만 가득한 것은 아니었던 것일까. 의외의 희소식에 굳어져 있던 안색이 어느 정도 풀어졌다. 그리고 통신 수정구로 진협의 얘기를 듣고 있던 로버트마저 격하게 반응을 해왔다.

-오오, 그런 식물들이라면 시중에 내놓아도 큰 값어치를 하겠군요. 아니, 아니지. 이건 아예 가문과 마탑과 정식 계약을 해도!

"지, 진정하게. 로버트."

-이럴 때가 아닐세. 얼른 진협 님을 이리로 데려오게!

하필 이럴 때 상인의 직업 정신이 빛을 발했다. 그레고리는 로버트의 재촉에 한숨을 푹 내쉬었고, 곁에서 그 얘기를 듣고 있던 진협도 애써 미소를 띠우며 고개를 끄덕거렸다.

그렇게 서로 이해관계를 표하며 등을 돌렸을까.

"그레고리. 헨드릭은 지금 어디에 있는 거야?"

문득 아이리스가 질문을 건넸다. 미처 그녀에게 알려주는 것을 깜빡한 모양이다.

"아, 마왕님께선 지금……."

펠드릭은 고민이 가득했다. 헤르덴 상단 추적, 가문전 승리, 배신자 마델 처형, 서열 20위 진입 등 여태껏 쌓은 공적만 놓고 봐도 헨드릭의 성장력은 어마어마했다. 덕분에 가문은 더욱 부흥하고 명예롭게 마계에 이름을 떨칠 수 있었지만 이번 건은 좀 다른 문제였다.

"헨드릭. 전에도 말했지만 추궁하려고 부른 것은 아니다."

"알고 있습니다."

"가문의 병력을 사용한 것도 내가 직접 허락한 것이니 두말할 것도 없고. 사실상 플레이어들과 충돌하는 것도 서열전을 하면서 종종 벌어지는 일이니 이해…… 음."

약간 서론이 길었던 모양이다. 뒷짐을 쥔 채 서 있던 원로들이 가볍게 손짓을 해왔다.

"아무튼 이번 일은 위험했다. 자칫 잘못하면 목숨이 위험해질 수도 있었어."

"죄송합니다."

"그리고 혹시 내게 숨기고 있는 게 있는 거냐?"

"……."

"침묵이라. 긍정으로 받아들여도 되는 것이겠지?"

헨드릭, 아니, 용찬은 공기 중으로 전해지는 기세에 식은땀을 흘렸다. 광군주의 반지를 습득해 A급에 도달할 때만 해도 나름 그를 마주할 자신이 있었건만 S급에 도달하면서 완전히 괴물이 되어버린 홍염의 패자였다.

그야말로 절대적인 격차!

사뭇 냉랭해진 집무실의 분위기 속에서 마왕의 두 눈동자가 파르르 떨려왔다.

'플레이어들과의 관계야 이미 예전부터 알고 있었으니 괜찮다지만…… 역시 기슈의 마창 소환을 알고 있던 게 문제였나.'

마창뿐만 아니라 실질적인 마창대장의 주기술 라그나로크 또한 알고 있던 용찬이었다. 여기서 괜히 말을 잘못했다간 오히려 자신의 코가 꿰여 버리고 말 것이다.

"플레이어들의 능력."

"능력?"

"그 능력 중 하나가 바로 상대의 기술을 간파해 내는 효과입니다. 비록 등급 제한이 걸려 있긴 하지만 어느 정도 차이가 안 나는 상대면 대부분은 간파해 낼 수 있죠."

"잠깐. 그렇다는 것은……."

"예. A급에 도달했습니다."

전혀 예상치 못한 발언으로 의심을 뒤덮는다. 그리고 그 시도는 단숨에 먹혀들었다.

"허어. 정말이로군!"

간파를 통해 등급을 확인한 것인지 펠드릭의 입이 귀에 걸려 있었다. 전처럼 발화 현상이 일어나지 않는 것으로 보아 아리샤에게 전해 받은 마력으로 완전히 속성력을 통제할 수 있게 된 모양이었다. 그 이후로 몇 차례 진실을 증명하기 위해 원로들의 숨겨진 기술까지 언급하게 됐지만, 이미 방 안에 있던 마족들은 용찬이 A급에 도달했단 사실에 정신이 팔린 듯 보였다.

"이로써 10위권도 불가능은 아니겠어."

"앞으로 더욱 노력하겠습니다."

"암. 그래야지."

정식 후계자의 성장은 가문의 부흥을 뜻했다. 때문에 용찬은 크게 의심을 사지 않고 조용히 플레이어 때의 사건을 넘길 수 있었고, 뒤늦게 자신의 목표를 언급하며 그들에게 믿음을 주었다.

"우선 서열 1위. 그것을 목표로 삼겠습니다."

"도움이 필요하면 말하거라. 바이칼과의 대립 관계로 일이 복잡해지긴 했지만 가문의 지원은 항상 준비되어 있다."

가주의 맹목적인 믿음과 신뢰. 그런 일원들의 기대감을 뒤로하고 저택을 나선 용찬은 가장 먼저 하이델의 가주인 제이먼을 찾아갔다.

"그래. 일에 진척은 있던가?"

"있습니다."

"뭐, 뭣?! 진짜인가?!"

처음부터 크게 기대를 걸지 않고 있던 것인지 제이먼의 두 눈이 튀어나올 듯 휘둥그레졌다. 그토록 사랑했던 플레이어에 대한 미련이 컸던 것일까. 테이블 위로 반짝거리고 있던 반지를 내려놓자 금방 격한 반응을 보였다.

"어, 어디인가. 대체 어디에서!"

"그전에 한 가지 궁금한 게 있습니다."

"나중에 설명하겠네. 나중에 설명할 테니까 우선……."

"신아람. 그 플레이어를 어떻게 만나셨던 겁니까."

싸늘히 굳어지는 안색. 아까 전까지만 해도 잔뜩 흥분해 있던 제이먼이 단 한마디에 입을 꾹 다물었다. 그런 와중에 용찬까지 공허한 두 눈길로 그를 쳐다보자 단숨에 분위기가 무거워졌다. 그렇게 짧은 시간이 흘렀을까.

"……혹시 알고 있는 플레이어였나?"

"제가 먼저 질문했습니다."

"굳이…… 굳이 진실을 알아야겠다고?"

"록시를 제게 맡긴 것도 그렇고. 이번 의뢰 또한 제가 맡아 수행하고 있으니 적어도 제게 그럴 자격은 있다고 생각합니다."

"후. 좋아. 알겠네."

한 치도 물러섬이 없는 태도에 난색을 표하던 그가 이동 마법진을 발현하기 시작했다. 순식간에 뒤바뀌는 풍경. 그 속에서 보이는 것은 난생처음 보는 커다란 저택이었다.

"여긴 어디입니까?"

"리스엘 가문의 저택이네."

익숙한 가문명에 절로 누군가가 떠올랐다.

'에린, 에린 리스엘.'

마력석 동굴을 놓고 한 차례 충돌했던 마왕성 베르시안. 그 인연이 다시금 제이먼을 통해 이어지려 하고 있었다.

마력석 동굴을 놓고 경쟁했던 마왕성 베르시안. 당당히 경쟁에서 승리를 쟁취해 마력석 동굴은 바쿤의 수입원이 됐지만 마력 코어를 위해 마력석 일부를 조건으로 에린과 계약을 맺은 적이 있었다.

'그때 이후로 거의 통신도 안 했던 것 같은데. 이렇게 직접 저택에 찾아오게 될 줄이야.'

거래 및 계약은 대부분 로버트가 맡고 있었기에 직접적인 통신이 거의 없을 수밖에 없었다.

"내가 왜 이리로 온 것인지 궁금하겠지."

"리스엘 가주와도 관련이 있는 일인 것입니까?"

"그럴 수밖에 없지. 그는 초창기 플레이어들과의 전쟁에서 마계를 위해 모든 것을 내던졌던 마왕이었으니까. 아마 현재 있는 가주 중 예전 일을 누구보다 가장 잘 알고 있을 걸세."

제이먼의 설명에 내심 놀라움이 아렸다. 전대 마왕간의 서열전에서 에칸 리스엘의 최종 서열은 7위. 거의 최상위권에 자리 잡고 있던 마왕임에도 불구하고 지금 후계자인 에린의 서열은 최하위였다. 그렇다는 것은 즉, 그녀에게 불필요한 서열 경쟁을 요구하지 않았다는 것. 어쩌면 예전 초창기 플레이어들과의 전쟁에서 가장 많은 희생을 맡았던 것이 이유일지 몰랐다.

"경비대장 제이콥입니다. 신원을 확인하겠습니다. 어디서 찾아오셨습니까?"

"하이델 가문에서 왔네. 제이먼일세."

"무례를 용서하십시오. 저희 가주님께 바로 통신을 올리겠습니다. 잠시만 기다려 주시길 바랍니다."

저택에 들어가는 것은 어렵지 않았다. 직접 에칸에게 초대받은 손님은 아니었지만 제이먼과 그는 모종의 관계가 있는 듯했고, 허가가 떨어지자마자 경비대장 제이콥의 안내를 받으며 상층으로 올라갔다. 그리고 얼마 되지 않아 복도에서 녹색 머릿결의 여인을 마주치게 됐다.

"다, 당신은?!"

"음? 자네, 에린과 아는 사이였나?"

거의 1년 만에 다시 마주하게 된 인연. 에린은 아직도 그때의 기억이 생생한 것인지 예상치 못한 용찬의 방문에 몹시 당황스러워했다. 오직 중간에 껴 있던 제이먼만이 이해 못 한 표정으로 둘을 번갈아 쳐다보는 상황. 하지만 그렇게 깊은 인연도 아니었기 때문에 용찬은 가볍게 그녀를 무시하며 경비대장을 따라갔다.

"하이델 가주님. 도대체 저 남자와 함께 오신 이유가 무엇인가요?"

"일단 나중에 따로 이야기하자꾸나."

제이먼까지 이동 마법진에 몸을 싣자 복도는 금방 고요해졌다. 홀로 남겨진 에린은 멍한 표정으로 이동 마법진을 쳐다보며 이유를 추측해 봤지만 끝까지 답은 나오지 않고 있었다.

[플레이어 명: 고용찬]

…….

간만에 확인한 정보창엔 많은 변화가 있었다. 아직 광악 시절 때의 능력치는 복구하지 못했지만 이 정도만 해도 많은 발전일 것이다.

'그러고 보니 광군주의 무덤에서 얻은 아이템들도 아직 확인하지 않았었군. 바쿤으로 돌아가자마자 종류를 분류해서 쓸 만한 것들은 따로 빼둬야겠어.'

유태현이 드랍한 장비부터 시작해 하이 랭커들의 장비, 원정대의 귀중품, 광군주가 드랍한 보상 아이템들까지. 자신은 물론 병사들의 전력까지 단숨에 상승시킬 수 있는 기회였다.

그렇게 잠시 생각을 정리하고 있었을까. 집무실 맞은 편 의자에 앉아 있던 에칸이 찻잔을 내려두더니 이내 입을 열었다.

"왜 이제 와서 내게 진실을 요구하는 거지? 그것도 헨드릭 프로이스까지 함께 데려와서 말야."

"헨드릭이 그녀를 찾아냈어."

"……자네."

제이먼의 눈동자엔 미련이란 두 글자가 가득 맺혀져 있었다. 그런 눈빛에 난색을 표하던 에칸은 창가 아래로 내려다보이는 에린의 모습에 질끈 두 눈을 감으며 자리에서 일어났다.

"정 그렇게 알고 싶다면 따라오게."

"고맙네."

"나에게 고마워할 필요 없어. 어차피 이미 다 지나간 일이니까. 양심이 있다면 적어도 나에게 도움을 청하진 말게. 나는 이미 예전 일들을 전부 청산하고 이렇게 가문의 부를 키우고 있으니까."

대체 과거에 무슨 일이 있던 것일까. 전생자이던 용찬도 과거 전쟁에 대해선 정보가 희미했기에 궁금증은 더욱 증폭되었다. 하지만 직접 그 일을 겪었던 에칸은 치가 떨린다는 듯 인상을 구기다가 이내 책장 속에 있던 푸른 책을 하나 꺼내 들었다.

드르르륵.

집무실에 비밀 장치까지 숨겨져 있던 것인지 책장 뒤로 감춰져 있던 통로가 열렸다. 그 속으로 따라 들어간 제이먼과 용찬은 어두컴컴한 통로 내부 속에서 무언가를 꺼내 들고 오는 에칸을 발견할 수 있었고, 그는 질렸다는 표정으로 그것을 둘에게 건넸다.

[기억의 수정]

송곳처럼 생긴 투명한 유리 수정. 전생에서도 4년 차가 지난 뒤에서야 발견됐던 유니크급 소비용 아이템이었다.

"여기에 모든 진실이 담겨 있네. 용무가 끝났으면 얼른 저택에서 떠나주게."

"……."

갑작스러운 축객령에 당황스러울 법도 하건만 제이먼은 군말 한 번 하지 않고 고개를 끄덕였다. 그렇게 저택을 나선 둘은 그대로 바쿤으로 돌아왔고, 에칸에게 건네받은 기억의 수정을 최상층에서 확인하려 들었다.

"후회하지 않겠나? 이것은 자네의 가주인 펠드릭조차 모르는 진실이야."

"어떤 진실이든 받아들일 준비가 되어 있습니다."

"좋아. 그럼 가동하겠네."

기억의 수정은 저장된 기억을 생생히 보여주는 효과를 가지고 있었다. 망설여지는 것은 전혀 없었고 오히려 펠드릭조차 모르는 진실이란 것에 의문이 들 뿐. 하지만 그런 의문에 사로잡힐 새도 없이 풍경이 뒤바뀌었다.

[기억의 수정을 사용했습니다.]

[에칸 리스엘의 기억을 회상합니다.]

[사용 횟수 2/3]

'총 세 번의 사용 횟수라. 우리가 사용하기 전에 다른 누군가가 한 번 사용했던 것 같군.'

가장 먼저 보이는 것은 메마른 대지 위로 날아드는 수천 마리의 와이번들. 그리고 그 아래로 보이는 수만 명의 인간들까지. 여러 곳에서 다발적으로 터져 나가는 포성에 금방 고개가 돌아갔다.

'마족들의 군세.'

마계에서 총 전력을 동원한 것인지 맞은편에서부터 어마어마한 숫자의 군세가 몰려왔다.

-진격하라!

선봉에 서 있던 것은 다름 아닌 펠드릭 프로이스였다. 그의 우렁찬 함성 소리에 사기는 단숨에 급증했고, 수십 개의 가문이 동원된 마족들의 군세는 12명의 권좌가 포함된 플레이어 연합군을 상대로 치열한 혈투를 벌였다.

물론 처음엔 마족들이 승기를 잡고 있었다. 육체부터 인간들과 달리 강인했고, 각 가문의 마왕들도 권능을 통해 강력한 힘을 발휘하고 있었기 때문에 전쟁의 흐름은 군세에게 넘어와 있는 상태였다.

하지만.

-아직은 때가 아니다.

예상 외의 변수가 전쟁의 판도를 바꾸기 시작했다.

쿠구구구궁!

동시다발적으로 발생한 정체불명의 폭발. 인간과 마족 가릴 것 없이 모든 존재를 집어삼키기 시작한 검은 연기는 순식간에 대량의 희생자를 출몰시켰고, 그런 지옥 같은 광경 속에서 에칸은 누군가의 시신을 끌어안고 울부짖었다.

-아아, 레오나. 이러지 마. 날 혼자 놔두고 가지 마. 제발!

-에칸. 우린 가야 하네! 귀환도 안 되는 지역이야. 얼른 일어나게!

레오나 드 빌리에. 에칸과 평생을 함께 했던 여인이었지만 가문을 대표해서 전쟁에 나선 한 명의 사령관이기도 했다. 때문에 그가 느끼는 절망과 슬픔은 더욱 클 수밖에 없었고, 곁에서 동행하고 있던 제이먼은 어떻게든 에칸을 데리고 악몽의 탑을 벗어나려 했다.

-왜, 왜 안 살아나는 거야. 여긴 악몽의 탑이잖아. 여기서 우린 불사자라고!

-일어나게. 제발 부탁이네!

-레오나를 놔두고 내가 어딜 간단…….

콰앙!

유일한 탈출구는 악몽의 탑에 입장할 때 사용했던 게이트.

하지만 탈출을 시도하기도 전에 검은 연기가 다시금 둘을 덮쳤고, 제이먼은 얼마 남지 않은 마력을 모두 끌어내 에칸을 멀리 밀쳐낼 수 있었다. 그 결과 검은 연기에 직격한 제이먼은 온몸에 구멍이 뚫리는 치명적인 부상을 입었고, 세상이 떠나가듯 오열하던 에칸은 뒤늦게 정신을 차리게 됐다.

-젠장. 지금 뭐 하는 짓이야!

-쿨럭! 자네라도 살게. 이번 전쟁을 위해 가장 많이 희생한 것은 자네이지 않던가. 그러니 나를 버리고 탈출하게.

-기다려. 내가 어떻게든 치료술사를 불러올 테니까 여기서 잠자코 기다리고 있어!

-치료술사? 여기 어디에 치료술사가 있단 말인가. 어리석은 생각 그만하고…….

-닥치고 있어!

주변을 살펴봐도 보이는 것은 싸늘한 시신들뿐이었다. 이미 대부분의 군세들은 검은 연기를 피해 게이트로 도망친 지 오래였고, 그 많고 많던 치료술사들도 지금은 보이지 않고 있었다.

그러던 도중 우연히 에칸의 눈에 띈 것은 다름 아닌 성직자 플레이어. 마족에겐 치명적인 독과도 같은 신성력이었지만 하이 랭커 수준의 성직자라면 가능할지도 몰랐다.

-제발…… 제발 내 친구를 살려줘. 부탁이야!

-마, 마족?!

-이렇게 무릎 꿇고 빌겠네. 제발 제이먼을 살려주게.

-저리 가. 안 그러면 신성 마법을 사용…….

-제바아아아알!

도저히 방법이 없었다. 그저 할 수 있는 것이라곤 간절히 부탁하는 것뿐. 인간을 학살하던 마족이 이렇게 고개까지 숙이며 부탁하는 것이 우습게 보일지도 몰랐지만 그 정도로 에칸은 절실했다.

그리고 그런 마음에 동요한 것일까.

-나쁜 놈들. 내 동료들을 죽일 때는 그렇게 서슴지 않고 달려들었으면서 이제 와서 내게 동료를 살려달라고 부탁을 한다니. 정말 너무하잖아.

눈물을 뚝뚝 흘리고 있던 그녀가 불현듯 바닥에 주저앉아 제이먼의 상태를 살피기 시작했다.

-평생…… 평생 저주할 거야.

-쿨럭, 인간이 왜 나를?

-그리고 내 자신도 저주할 거야. 평생, 평생을 후회하며 살 거라고.

증오의 관계이던 인간이 도리어 마족을 구해주는 아이러니한 광경. 다행히 방법이 없는 것은 아니었던 것인지 그녀는 흐르는 눈물을 닦을 새도 없이 급히 주문서를 준비해갔다. 그리고 백지이던 주문서에 룬어를 새기고 있던 찰나, 제이먼이 힘겹게 손을 들어 올려 그녀의 눈물을 닦아주기 시작했다.

-울지 말게.

-…….

-자네는 아무런 잘못이 없어. 그러니 울지 말게나.

서로의 눈빛엔 오만가지 감정이 가득 담겨져 있었다. 전쟁의 원인이던 분노와 증오는 점점 줄어 들어갔고, 침묵 어린 분위기 속에서 제이먼은 정상적으로 몸이 치유되어 갔다.

그리고.

슈우우우웅!

거의 치료가 끝날 무렵, 에칸은 볼 수 있었다.

-이, 이건?!

-꺄아아아악!

악몽의 탑 상층을 뒤덮은 수백 개의 소용돌이들과 그런 소용돌이에 빨려 들어가는 그녀와 제이먼을. 뒤늦게 그 둘을 구하기 위해 뛰어들었지만 되려 에칸까지 역풍에 휩쓸려 날아갈 뿐이었다.

'아, 안 돼! 제이먼!'

그렇게 반대편 소용돌이에 휩싸여 게이트까지 날아갔을 때쯤 에칸은 볼 수 있었다.

'저 자식들은?!'

언덕 위에서 유유히 사라져가는 일련의 무리들을. 그리고 그 무리 속에서 미소를 띠우고 있는 푸른 로브의 여인을.

[기억의 수정 효과가 사라집니다.]

절망의 대지 최북단, 파이몰른. 마계에서 가장 기온이 낮은 설산지대로서, 사시사철 눈발이 휘날리는 이곳은 마족들이 거

의 살지 않는 지역이기도 했다. 가끔씩 이종족들과의 거래를 위해 무역 활동을 벌이는 상인들을 제외한다면 거의 오지나 다름없는 지역. 하지만 어찌된 것인지 그런 파이몰른에 한 명의 인간이 출몰했다.

"크르르르."

"게헤헤. 지금 나한테 이빨 보이는 거냐?"

오직 북부에서만 사는 화이트 타이거는 생전 처음 보는 인간의 모습에 경계심이 치솟았다. 처음엔 단순히 먹잇감 중 하나로 보였지만 사냥꾼으로서의 본능이 알려주고 있었다.

저놈은 위험하다고.

때문에 기회를 틈타 도망치려 준비하고 있었지만 이미 늦은 후였다.

콰직!

"깨에에엥!"

목덜미를 낚아채는 정체불명의 형체. 기괴한 눈동자가 도배된 검은 구체에 붙잡힌 화이트 타이거는 제대로 발버둥도 쳐보지 못하고 그대로 집어삼켜지고 말았다.

[탐랑이 화이트 타이거를 포식했습니다.]

['사냥꾼의 본능' 특성을 터득했습니다.]

[탐랑이 불만을 표하고 있습니다.]

“우라질 새끼. 뱃속에 거지가 들었나. 뭐만 처먹으면 불만스럽다고 찡찡거리네. 용의 심장을 먹을 때가 가장 좋았었는데. 게헤헤헤. 아쉬워. 아쉽단 말이지.”

은둔자의 숲에서 패배해 도망친 지도 벌써 2주가 다 되어가고 있었다. 공간 포식술의 패널티로 잃어버린 능력들만 해도 무려 수백 개였고, 아직 그 능력들의 절반도 채 복구하지 못한 상태였다.

‘하필 저장해 두었던 위치가 처음 용대가리 놈과 싸우던 곳일 줄이야. 대체 여긴 길이 어떻게 되어 있는 거야. 시부럴.’

사태후는 대충 화이트 타이거의 가죽을 벗겨내어 몸에 둘렀다. 그리고 눈을 가늘게 뜨고 있는 탐랑의 형체를 후려치며 거센 눈발을 뚫고 앞으로 전진하기 시작했다.

서서히 눈앞으로 드러나는 희미한 인영. 언제 이리로 접근한 것인지 그 인영은 천천히 자신의 앞으로 걸어왔다.

“아, 혹시 길을 잃으신 건가요?”

“뭐여. 마족이냐?”

“후훗. 마족이라고 해야 될까요. 우선은 인간이라고 소개해 두죠.”

“지랄하고 자빠졌네. 자기소개고 자시고 뒤지기 싫으면 그 답답해 보이는 후드부터 벗어.”

정체가 무엇이든 순식간에 제압할 자신이 있었다. 하지만 어째서일까. 푸른 로브를 입은 여인에게서 무언가 심상치 않은 기운이 느껴지고 있었다. 때문에 사태후는 나름 경계심을 갖추며 거리를 유지했다.

그리고.

후드 속에 감춰져 있던 금발이 찰랑거리며 바깥으로 드러나자 묘한 기류가 퍼져 나갔다.

"혹시 조언자가 필요하지 않으신가요?"

"뭐?"

사태후의 인상이 와락 구겨졌다.

콰드득.

사용 횟수가 한 번밖에 남지 않은 탓일까. 현실로 돌아오자마자 기억의 수정에 살짝 금이 갔다.

전대 서열전에서 벌어진 악몽의 탑에서의 충돌. 숨겨져 있던 에칸의 기억은 이루 말할 수 없을 정도로 충격적인 진실을 담고 있었다.

'……베로니카.'

무리에 둘러싸여 있던 여인은 예언의 마녀가 분명했다. 이런 일을 벌여놓고 그동안 자신을 속였던 것일까. 당최 속셈이 무엇인지 감이 잡히지 않았지만 한 가지는 확실했다.

'나에게 숨기고 있는 비밀이 있어.'

용찬은 살기 가득한 눈빛으로 수정을 내려다봤다.

"정신이 좀 드나?"

"이런 일이 있었군요. 그래서 두 분께선 소용돌이에 휘말린 후 어떻게 되신 겁니까."

"으음. 그 이후로 우린 소용돌이에 휘말려 정체 모를 공간으로 이동되고 말았지. 시간이 정지된 공간. 마법도 아이템도 일채 사용이 불가능한 그런 공간에서 우린 셀 수 없이 오랜 시간을 보냈었지."

아련하게 물든 제이먼의 두 눈동자가 파르르 떨려왔다.

악몽의 탑에서 사건이 벌어진 지 얼마 지나지 않아서 태어난 록시. 시간상 앞뒤가 맞지 않던 것이 의문스러웠는데, 이렇게 그 비밀이 당사자의 입에서 서서히 풀려나가고 있었다. 아마 시간이 정지된 공간에서 둘은 애틋한 감정을 싹 틔웠을 터.

하지만 그런 인연도 영원할 순 없던 것인지 정체불명의 현상에 의해 둘은 각자 다른 지역으로 이동되고 말았다.

"다행히 나는 본래 있던 마계로 이동되었지만……."

"반대로 그녀의 행방은 불명이었단 거군요."

"그렇다네."

마침내 밝혀진 진실은 허무하기 짝에 없었다. 그 때문일까. 절로 쓴웃음이 흘러나왔다. 그 많은 플레이어들 중 하필 록시의 친모가 그녀였을 줄이야. 용찬은 울렁거리는 속을 애써 진정시키며 자리에서 일어났다.

"헨드릭. 어딜 가는 것인가?!"

"확인해야 할 게 있습니다."

"그녀, 그녀는 어디에……."

"돌아와서 알려 드리도록 하죠."

급선무는 프로이스 저택에 머물고 있는 베로니카를 찾아가는 것이었다. 때문에 신아람에 관한 일까지 뒤로 미루며 급히 프로이스 가의 저택으로 돌아갔지만 방 안에 남아 있는 것은 나무로 깎아 만든 조각상과 작은 편지 한 장뿐이었다.

-바쁜 용무가 생겨서 이만 떠나야 할 것 같네요. 그래도 약속대로 고대 신께 부름을 받을 수 있는 작은 제단을 준비해 두었으니 걱정 마시길. 남은 빈칸에 지배자의 표식을 끼워 넣으시면 원하던 대로 고대 신께서 찾아가실 거예요. 그러니 절 더 이상 귀찮게 하지 말아주시길 바라요.

어이가 없어서 욕이 나올 지경이다. 그동안 제단을 찾아다닌다고 하더니 고작 준비한 게 이런 작은 조각상인 것이었을까. 편지의 내용대로 두 개의 빈 홈 중 하나가 지배자의 표식으로 채워져 있었지만 용찬이 원하던 것은 이런 게 아니었다.

"이 여자가 언제 저택을 빠져나갔지?"

"이른 아침에 가주님께 인사를 드리고 돌아가셨습니다."

"목적지나 행방에 대해선?"

"죄송합니다. 저로선 아는 게 없습니다."

입구를 지키던 경비대장 콜렌이 고개를 깊이 숙였다. 예전과 달리 A급으로 성장한 용찬의 기세를 정면으로 받아내는 것은 거의 불가능한 일이었다. 물론 본인은 그런 것 따위 신경도 쓰지 않고 통신이 되지 않는 수정구에 인상을 와락 구기고 있었지만.

'설마 내가 찾아온다는 것을 미리 짐작하고 이른 아침에 떠난 건가. 그게 아니면 단순히 우연?'

도통 베로니카의 의도를 알 수 없어 답답하기만 했다. 정녕 에칸의 기억에서 본 대로 그녀가 전쟁에 끼어든 것이라면 무언가 다른 비밀이 숨겨져 있는 게 틀림없었다. 게다가 언덕 위에서 함께 나타났던 일련의 무리들까지. 혹여 자신을 속인 것마저 계획의 일부였다면 용찬은 오히려 놈들에게 이용을 당한 셈이었다.

-헨드릭. 설마 이제 와서 거래를 지키지 않을 셈인가.

"……."

-헨드릭?

복잡한 머릿속으로 제이먼의 목소리가 울려 퍼졌다.

'어쩔 수 없지.'

이제 와서 거래를 틀어버릴 수도 없는 노릇이었다.

그 이후로 펠드릭을 대면해 베로니카의 행방을 묻기도 했지만 아쉽게도 알아낸 것은 없었고, 계약 내용대로 제이먼에게 신아람의 위치를 알려주며 거래를 마무리했다.

"……고맙네. 나중에 따로 바쿤으로 보수를 보내도록 하지."

미개척 지역 렌슬릿. 서서히 각 진영의 플레이어들이 몰려드는 상황 속에서 마족이 인간들의 마을에 숨어들기란 쉽지 않았다. 한때 마법의 대가라고 불렸던 하이델 가주이긴 하지만 흔적을 남기지 않으려면 안전한 방법이 필요할 터.

그런 제이먼의 고민을 뒤로한 채 바쿤으로 돌아온 용찬은 며칠 간 생각을 정리하는 시간을 가졌다.

허무하게 죽어버린 복수의 대상, 목표를 잃어버린 전생자, 유일한 버팀목이 되어주었던 여인의 충격적인 정체까지.

"왜 그러십니까. 마왕님?"

"……아무것도 아냐."

가끔씩 록시와 눈이 마주칠 때마다 만감이 교차하는 가운데 고민은 갈수록 길어지기만 했다. 그리고 서열 19위 마왕의 선전포고와 동시에 모든 생각이 정리가 됐다.

'귀환한다.'

더 이상 하멜에 미련은 없었다. 그저 처음 목표대로 현대로 돌아가는 것뿐.

그렇게 바쿤의 마왕은 다시 한번 왕좌에서 일어났다.

"서열전 일정이 잡혔습니다. 서열 19위 마왕 레오 다반서. 마왕성 에이트를 이끌고 있는 동부 지역의 지배자입니다."

마왕성 플레이어로서의 목표는 두 가지. 첫 번째는 플레이어의 모든 진영을 함락시키는 것, 두 번째는 모든 마왕을 처치하는 것이었다. 여기서 도중 마녀들이 엮이게 되면서 회귀에 대한 비밀을 파헤치는 것까지 목표가 되어버리긴 했지만 우선적인 것은 귀환이었다.

"그러기 위해선 마계를 통합시킬 필요가 있어."

"서열 1위. 서열전이 끝날 때까지 그 자리를 유지하기만 한다면 마계의 통치권을 획득하실 수 있으실 겁니다."

"그리고 플레이어들이 악몽의 탑에 오르는 것도 막아야겠지."

겸사겸사 지배자의 표식을 얻어 회귀에 대한 비밀을 풀고 되려 놈들을 전쟁으로 유도시킨다. 여기까진 그럴듯한 계획이었지만 아직 수많은 대형 길드와 몇 명의 권좌들이 남아 있었다. 게다가 타이탄 길드와 관계를 맺었던 대륙의 성국까지. 이런 많은 변수들을 뚫고 서열 1위에 오를 수만 있다면 원하던 대로 회귀에 성공할 수 있을 것이다.

“크흠흠. 아무튼 그 첫 계단이 레오 다반서와의 서열전이라고 볼 수 있습니다.”

“음. 서두가 길었군. 그래서 그전에 정리해야 될 것은?”

“이런, 마왕님. 그동안 제가 그리 보고서를 올렸는데 하나도 보지 않으셨나 보군요.”

집사 그레고리의 눈빛이 살벌해진다. 아마 자신이 자리를 비운 동안 마왕성의 업무를 모두 도맡아 처리해 왔을 터. 관리에 소홀했단 점에서 할 말이 없던 용찬은 애써 시선을 피하며 고개를 돌렸다. 그리고 탁자 위에 놓여 있던 보고서를 살피며 문제점들을 파악했다.

“바쿤의 영역?”

“하아, 바깥에도 나가지 않으셨던 것입니까. 직접 확인해 보시죠.”

바쿤으로 돌아온 이후 방 안에만 틀어박혀 있었으니 영역 상태를 알 턱이 없었다. 그렇게 그레고리가 어두컴컴했던 방 안의 창가를 열어젖히자 아래로 대수림을 연상케 하는 숲속이 눈에 들어왔다.

"으음."

"아이리스 님께서 심으셨던 씨앗이 이렇게 자라났습니다. 그리고 이것뿐만 아닙니다. 저번에 던전에서 획득하신 아이템들과 장비들이 아직도 산처럼 쌓여 있습니다."

"음."

"게다가 그 던전에서 데려오셨던 레버튼이란 플레이어 분께도 아직 제대로 설명조차 해드리지 않으셨잖습니까. 이대로 계속 방에 머물게 할 수도 없는 노릇입니다. 마왕님!"

절로 온몸에 식은땀이 흘러내린다. 어쩌면 용찬에게 있어 가장 최악의 상대는 바쿤의 집사일지 몰랐다.

"그리고 작센 가공소의 현황, 바하무트에서 파견된 뱀파이어들, 거의 준비를 마친 아리샤 님의 마법 공방, 지하에 갇혀 있는 플레이어. 거기다가 정보 집단 테오스의 추가 목표 등등까지!"

"……."

"꼭!"

인자한 미소로 얼굴을 들이미는 그레고리.

"서열전 일정 전까지 전부 정리 부탁드립니다."

산더미처럼 쌓인 보고서를 몇 번이나 강조하던 그는 속이 후련하다는 듯 편한 발걸음으로 방을 나갔다.

'그동안 쌓인 게 많았나 보군. 며칠 휴가를 주는 것도 나쁘진 않겠어.'

물론 집사마저 자리를 비우게 되면 바쿤은 관리가 하나도 되지 않을 것이다. 뒤늦게 자신의 생각을 고쳐먹은 용찬은 자리에서 일어나 2층 빈방에 머물고 있던 레버튼을 찾아갔다.

"너! 너! 이 자식!"

"진정해라."

"지금 진정하게 생겼어?! 내가 있는 곳이 마왕성인데 플레이어인 내가 진정이나 하게 생겼냐고!"

"유능한 인재에게 소속 따윈 상관없지."

"고용찬. 넌 날 속였……."

덥석!

멱살을 붙잡으려던 팔목이 멈춘다.

"내가 언제 널 속였지? 난 그저 펄션 길드를 버리고 날 따르라고 했던 것뿐인데. 마왕이든 마왕성이든 그딴 건 신경 쓰지 마라. 목숨을 구해준 대가로 날 위해 일해주기만 하면 돼."

강제로 레버튼의 팔을 떨쳐낸 용찬이 등을 돌렸다. 그리고 그에게 넌지시 손짓을 하며 대장간이 있던 지하 1층으로 천천히 내려가기 시작했다.

바쿤의 전속 대장장이인 잭 펠터가 가공소를 맡기 시작하며 지금은 빈 창고가 되어버린 바쿤의 지하. 다소 복잡한 심정으로 따라 내려가던 레버튼은 갑자기 멈춰 선 용찬의 모습에 인상을 구겼다.

"대체 여기 뭐가 있길래 그러는 건데."

"자, 봐라."

"응?"

구석 한편에 빼곡히 쌓여 있는 온갖 아이템과 장비들. 아직 봉인된 옵션도 제대로 확인하지 않은 장비들까지 몇몇 눈에 보이는 가운데 용찬이 첫 지시를 내렸다.

"네 스킬로 재탄생시킬 아이템들이다."

"자, 잠깐. 이것들을 전부?"

"그래."

"그러면 그전까진……."

"여기서 못 나가는 거지."

어느새 지하의 커다란 철문을 사수하고 있는 바쿤의 마왕이었다.

◀ 75장 ▶

정리의 시간

레버튼이 겜블 워리어로 전직하면서 얻게 된 기술은 총 세 개다. 하나는 행운의 시험이란 특성으로서, 아이템을 사용할 때마다 럭키 코인의 결과에 따라 효과가 증폭 혹은 하락 되는 능력이었다. 그리고 나머지 두 개는 상당히 특별한 기술이었는데, 그중 하나가 바로 이 무수히 많은 아이템들을 바쿤에게 필요한 아이템으로 바꿔주는 효과를 가지고 있었다.

[겜블 워리어 레버튼이 행운의 합성을 시전합니다. 지정된 아이템 네 개를 합성해 새로운 결과물을 만들어냅니다.]

[성공! 레우도의 실크햇을 획득합니다.]

'더 페이서 상단에게 넘겨줄 아이템들을 제외해도 상당수가 필요 없는 아이템들이야. 차라리 이렇게 행운의 합성을 이용해 재활용하는 게 가장 적절한 처리 방법이겠지.'

이 얼마나 훌륭한 활용성이란 말인가.

"끄아아아. 이 빌어먹을 실크햇. 그만 좀 쳐 나와라!"

물론 그만큼 많은 시간을 들여야 하는 게 단점이긴 했지만 자신이 고생하는 것이 아니기 때문에 상관없었다. 그렇게 레버튼이 모자를 부여잡고 고래고래 과음을 치는 사이 용찬은 따로 모아둔 주요 아이템들을 확인하기 시작했다.

암살왕의 부츠, 암살왕의 장갑.

줄곧 태현이 모아왔던 암살왕 장비 세트 중 두 개가 눈에 들어온다.

'암살왕 세트가 총 다섯 개의 장비로 이루어져 있었나. 그중 두 개가 추가로 나온 것까진 괜찮은데…….'

심히 고민됐다. 암살왕의 장비를 세 가지만 착용해도 세트 아이템 효과가 발휘되어 자유롭게 그림자를 다룰 수 있었다. 물론 태현과 달리 숙련도는 한없이 낮겠지만 전생 때의 장비가 없는 지금은 오히려 암살왕의 장비가 옳은 선택일 수도 있었다. 그리고 긴 고민 끝에 용찬은 두 개를 추가로 착용하기로 결정했다.

[암살왕의 장갑을 착용했습니다.]

[암살왕의 부츠를 착용했습니다.]

['그림자' 특성을 획득했습니다.]

비록 다섯 개가 모였을 때의 효과보단 덜 했지만 그림자를 움직이거나 그림자 속에 몸을 숨기는 등 기본적인 기술은 가능했다.

'본래 장비를 되찾기 전까지 내가 잘 써먹어 주마.'

그 외에도 다른 랭커들이 드랍한 장비들이 여러 개 모여 있었지만 대부분 무투가에게 적합한 효과가 아니었다. 게다가 운이 없게도 하이 랭커들은 인벤토리 속에 있던 대비 용품들만 무수히 떨어트린 상황. 그나마 병사들에게 도움이 될 만한 장비들을 몇몇 있긴 했지만 나머진 전부 상단을 통해 처분하거나 혹은 지하에 계속 보관해 둘 예정이었다.

[그림자 특성이 활성화됩니다. 자신 혹은 상대방의 그림자를 자유자재로 다룰 수 있습니다.]

-냐? 냐아?! 그림자가 움직인다!

-쨰쨰짹!

형체화된 두 정령이 용찬의 발밑에서 벗어난 그림자를 보며 당황해했다.

'일단 내 그림자를 움직이는 정도인가. 잘만 연습하면 전투 때 큰 도움이 될 수도 있겠어.'

환영 분신과의 연계도 나름 생각해 볼 수 있는 조합이었다. 그런 것을 아는지 모르는지 체셔와 레비는 무작정 그림자의 머리 위를 공략하려 들었고, 나중에 가선 마치 새로운 장난감이라도 발견한 듯 이리저리 오르락내리락 거렸다.

-냐아아앙. 내 부하 1호다!

-짹? 째째짹!

-냐아앙. 이 그림자는 내 꺼다!

-째에에엑!

이젠 그림자를 놓고 경쟁까지 벌이는 것일까. 잠시 그 광경을 지켜보던 용찬은 대충 몇 개의 아이템을 집은 뒤 홀로 방을 빠져나갔다.

-냐아아앙!

-째에엑!

"아, 시끄러. 이것들아!"

난데없는 방해꾼의 등장에 레버튼의 심기는 더욱 날카로워져 있었다.

"어딜 갔다 오는 게냐. 한참 기다렸다. 이놈아."

바쿤의 3층은 제법 달라져 있었다. 비교적 좁았던 복도는 좌우 벽을 전부 허물어 더욱 넓어져 있었고, 일부 병사들이 사용하던 방들도 모조리 위층으로 옮기며 완전히 하나의 공간이 되어 있었다.

"여기가 바쿤의 마법 공방?"

"아직 완전히 준비된 것은 아니지. 그래도 마저 준비가 끝나면 본격적으로 연구가 가능해질 게야."

"흐음."

마법 공방의 주인. 한때 붉은 마녀이기도 했던 아리샤가 주변 곳곳에 그려진 마법진들을 가리켰다. 비록 본인이 가지고 있던 마력들은 잃었다고 하나 마법에 대한 지식은 머릿속에 그대로 담겨져 있는 상황. 아마 그녀의 조수인 유한성을 통해 마법진을 그려 연구를 준비하고 있는 듯했다.

"연구를 통해 얻을 수 있는 이득은 뭐가 있지?"

"아티팩트 제작 혹은 분해, 마법 강화, 아이템 분석, 마법진 활성화 등등이 있겠지. 그 예시 중 한 가지가 지금 준비 중인 광역 보호 마법진이고 말이지. 이게 완성되기만 하면 전보다 편하게 침입자들을 막을 수 있을 게다."

"더 필요한 건?"

"더 페이서 상단을 통해 필요한 마법 재료와 시약들은 편하게 구하고 있으니 걱정……."

퍼엉!

외부에서 적이 습격이라도 한 것일까. 갑작스러운 포성과 함께 3층 전체가 흔들려 왔지만 다행히 침입자가 있는 것은 아니었다.

"콜록, 콜록! 이 미친 새끼야. 내가 가르쳐 준 비율대로 넣었어야지! 아오. 답답해 죽겠네!"

실험 도중 폭발이 일어난 것인지 건너편 벽에서부터 먼지를 뒤집어 쓴 한성이 걸어 나왔다. 그 뒤로 사악하게 웃고 있는 셀로스도 보이고 있었지만 굳이 걸고넘어지진 않았다. 오히려 더 신경이 쓰이는 것은 한성에 손에 쥐여 있는 한 쌍의 작은 날개였다.

"저건?"

"끄응, 전부터 계속 연구하고 있는 요정의 날개인데 좀처럼 만족스러운 결과가 나오질 않더구나. 그나저나 이번에도 연구실을 날려먹은 게냐?!"

"아니, 내 말 좀 들어보쇼! 저 자식 전부터 날 죽이려고 아주 수작을 부린다니까!"

마법 공방의 조수로 선택된 유한성과 셀로스. 붉은 마녀였던 아리샤의 밑에서 많은 것들을 배우고 있는 것 같긴 했지만 아직은 그렇다 할 소득이 없는 듯했다. 그렇게 스승과 제자가 한바탕 소란을 일으키는 사이 용찬은 바닥에 떨어진 요정의 날개를 내려다보다 이내 고개를 돌렸다.

[탐랑-백태산]

'이것도 아직 연구 중인가 보군. 일단 나중에 다시 찾아오든가 해야겠어.'

유독 테이블 위에 놓인 탐랑의 구슬들이 신경 쓰였지만 활용 방법이 나오기 전까진 단순한 구슬에 불과했다. 때문에 일찌감치 미련을 버리며 유유히 3층을 빠져나갔고, 다음으로 하나의 숲이 되어버린 바쿤의 영역을 찾아갔다.

"엇. 마왕님이다!"

이젠 다크 엘프들의 주거지가 되어 버리기도 한 숲속에 발을 들이밀자 나무 위에 앉아 있던 헥토르가 빠르게 반응해 왔다.

"아이리스는 어디에 있지?"

"제가 안내해 드릴게요. 따라오세요!"

마치 기다렸다는 듯 지상으로 착지한 놈의 얼굴엔 미소가 만연했다. 그동안 병사들에게 무심했던 게 거짓말같이 느껴질 정도다.

[호감도: 100%]

[충성심: 100%]

'언제 호감도와 충성심이 이렇게 높아져 있었지?'

게이지가 한계까지 채워진 호감도와 충성심. 그제야 헥토르가 불만스러운 기색 한 번 내비치지 않고 안내를 시작한 게 이해가 됐다. 이 정도 수준이면 충신 중에서도 최상의 충신을 뜻할 터. 어떤 위험한 지시에도 망설이지 않는 극한의 충성심이 나름 기대가 되긴 했지만…….

"헤헤헤헤. 마왕님. 저 이제 사격 명중률이 50%는 넘어요. 대단하죠?"

하필 이 녀석이란 게 문제였다.

"대단하긴 하군."

"그렇죠? 그렇죠?"

"그래. 이제야 명중률이 50%를 넘었단 게 감탄스러울 정도야."

"헤헤헤. 제가 좀!"

이렇게 눈치까지 없는 뱀파이어라니. 진혈왕이란 칭호가 우스울 정도로 순진하기 그지없는 표정에 쓴 웃음이 흘러나왔다. 헥토르의 말에 가볍게 장단을 맞춰주고 있었을까.

"어, 어! 다들 피해!"

"크에에에에!"

줄기에 리본을 달고 있던 네펜데스가 흉폭한 기세로 달려들었다.

'진정한 주인도 못 알아보고 달려드는 꼴이라니. 역시 이놈은 처분하는 게…….'

손끝으로 뇌전이 일렁거리던 찰나, 쩍 벌려진 놈의 입안으로 종이뭉치가 들어갔다. 서서히 붉게 달아오르는 푸른 줄기. 본능대로 입안에 들어간 것을 삼켜버린 네펜데스는 괴상한 비명을 내지르며 바닥에 고꾸라졌다.

"후, 하마터면 큰일 날 뻔했어."

언제부터 영역에 있던 것이었을까. 커다란 채집통을 등에 메고 있던 진협이 이마의 땀을 닦아내며 천천히 걸어 나왔다. 그리고 안절부절못하고 있던 아이리스에게 딱밤을 선사하며 호통을 치기 시작했다.

"그러니까 내가 평소에 잘 관리하라고 했잖아."

"히잉. 미안해."

"아무튼 네펜데스가 안 죽어서 다행이다."

누구도 마왕을 걱정하진 않았다. 오히려 마왕의 손에 처분될 뻔할 마계의 식물을 걱정할 뿐. 하지만 굳이 틀린 말도 아니었기 때문에 용찬도 기세를 죽이며 천천히 둘에게로 다가갔다.

"잡담은 거기까지. 이진협. 넌 여기서 무엇을 하는 거지?"

"아, 영역이 대수림이 된 이후로 온갖 마법 재료와 약초들이

자라나서. 혹시 도움이 될까 싶어서 채집하고 있었어."

"흐음."

자연의 흐름 속에서 자라나는 갖가지 식물들. 그들 중에선 특별한 효과를 품고 있는 마법 재료 및 약초들도 무수히 많았다. 때문에 로버트와 아리샤도 오히려 두 팔 벌려 진협의 채집을 환영하고 있었고, 집사인 그레고리는 아예 그를 위해 연구실을 차려주려 마음먹고 있었다.

'관찰력뿐만 아니라 연금술에도 나름 재능이 있단 건가. 잘하면 연금술사로 키울 수도 있겠어.'

불현듯 마왕성의 상점 시스템이 떠올랐다. 하지만 그보다 먼저 처리해야 할 것은 아이리스의 처우였다.

'강제 퀘스트의 패널티가 어떤 저주인지는 몰라도 A급이면 어느 정도 버틸 수는 있을 거야. 그것을 감수하면서 아이리스를 처리할지 아니면 이대로 계속 정원사로서 활용할지. 결국 둘 중 하나겠어.'

물론 정원사의 활용성은 무궁무진했다. 게다가 이젠 아이리스뿐만 아니라 다른 인간 병사들까지 바쿤에 소속되어 있지 않던가. 굳이 퀘스트의 패널티까지 감수해 가면서 그녀를 내쫓을 필요는 없었다. 오히려 지금은 아이리스의 능력을 강화해 더욱 기술들을 숙련시켜야 할 때였다.

"그래서 이 숲은 되돌리지 못하는 거냐?"

"으응. 아무래도 내 힘으론 안 될 것 같아."

"그레고리가 또 한소리 하겠군. 쯧. 아무튼 여기서 더 이상 씨앗을 심지 말고……."

쩌저저적!

불현듯 멀쩡하던 땅이 갈라진다. 그 속에서 튀어나오는 한 줄기의 새싹. 이미 바닥에 또 다른 씨앗을 심어두었던 것인지 고개를 끄덕거리던 아이리스가 사색이 된 채 벌벌 떨기 시작했다.

[위대한 식물이 탄생했습니다!]

[창공의 식물 멜버른의 뿌리가 자라납니다.]

잭과 콩나무를 연상시키는 커다란 줄기가 높이 치솟더니 이내 바쿤이 있던 땅 자체를 하늘 위로 상승시킨다.

"……."

고개를 들어 올리자 새하얀 구름이 눈에 사로잡혔다. 얼마나 상공으로 높이 치솟은 것일까. 멍하니 서 있던 진협은 뒤늦게 땅 아래를 내려다보며 확인에 나섰다.

"컥!"

희미하다. 아까 전까지 해도 딱 달라붙어 있던 지상이 이젠 희미하게 보일 정도였다. 마치 천공섬처럼 공중에 붕 떠버린 바쿤의 상황에 숲에 있던 다크 엘프들은 분주히 식물의 근원으로 모여들기 시작했고, 얼마 되지 않아 성 안에 있던 병사들도 하나둘씩 바깥으로 나오고 있었다.

그리고.

"아이리스으으니이이임-!"

집사의 통곡 어린 비명이 하늘 전체로 퍼져 나갔다.

[위대한 식물 멜버른의 줄기가 지상에 뿌리를 박았습니다. 감시탑의 시야가 지상으로 확장됩니다. 생명의 문이 개방됩니다.]

정원사의 인공 씨앗은 무작위로 새로운 식물을 탄생시킨다. 위대한 식물인 멜버른도 그중 하나였고, 현재 바쿤은 하늘성을 연상케 할 정도로 하늘 높이 떠올라 있었다.

'커다란 줄기로 땅을 지탱하는 꼴이라니. 그래도 지상으로 내려가는 출입구가 만들어져서 다행이야.'

덩굴 사이로 생성된 보라색 빛깔의 포탈. 다행히 줄기를 타고 아래로 내려가는 것은 아니었던 것인지 지상과 성 앞으로 포탈이 연결되어 있었다.

"역시 우리 바쿤은 달라도 뭐가 달라! 이제 하늘까지 둥둥 떠다니고 있잖아!"

"그치, 그치?!"

"뭐가 그렇단 것입니까. 이게 마왕성으로 보이십니까?!"

한 차례 게거품을 물고 쓰러졌던 그레고리는 정신을 차리자마자 사건의 주범인 아이리스를 야단쳤다. 이미 지상에 뿌리를 박은 멜버른을 이제 와서 제거할 수도 없는 노릇이었고, 괜히 잘못 건드렸다가 마왕성 자체가 지상에 추락할 수도 있었다.

[멜버른의 줄기 20,000/20,000]

그마나 다행이라면 멜버른의 줄기 내구도가 상당하다는 것. 상태창으로 보이는 방어력만 해도 진영 내 도시 성문 수준이었고, 따로 아이리스가 줄기의 내구도를 회복할 수도 있어 당장은 안심할 수 있었다. 그리고 마침 바하무트에서 지부를 설립하고 돌아온 테오스의 마스터인 다페스가 가장 먼저 포탈을 이용하게 됐는데…….

"이게 꿈이야. 생시야. 내가 다른 마왕성으로 잘못 찾아온 거 아니지. 그치?"

"제가 어떻게 압니까."

"이 새끼야. 내가 모르면 너라도 알아야지!"

애꿎은 부하들에게 화풀이할 정도로 충격이 엄청 났던 모양이다. 그렇게 포탈에 이상이 없단 것을 확인한 용찬은 바쿤의 현 상황을 보류 해두기로 하며 우선적으로 다페스를 만났다.

뱀파이어 왕국 바하무트와 동맹을 맺은 이후 천천히 음지에서 영향력을 키우기 시작한 테오스. 수도 세힌트에 지부까지 설립한 바쿤만의 정보 길드는 뱀파이어들의 협조를 받으며 마계 곳곳에 정보를 수집하고 있었다.

"그레고리의 보고서를 통해 테오스에 관한 것은 어느 정도 들었다. 그래서 현재 투입시킬 수 있는 인원은 총 몇 명 정도지?"

"기존에 있던 수하들 40명과 이번에 새로 영입된 중급 뱀파이어 84명. 총 124명의 정보 길드원들이 상시 대기 중입니다."

"파견 가능한 지역은?"

"현재 절망의 대지 북부를 제외한 웬만한 지역엔 전부 파견이 가능한 상태입니다. 지금은 주로 소도시, 대도시들을 위주로 일부 길드원들을 투입시켜놓은 상태고 말이죠."

더 페이서 상단의 금전적인 지원, 바쿤의 전력 지원, 잭의 가공소에서 지급하는 장비들까지. 무수히 많은 지원들 속에서 영향력을 키우기 시작한 테오스는 이미 음지의 정보 집단 중 하나로 자리 잡게 되었고, 이전에 한성에게서 받아낸 마법 아티팩트까지 추가로 지원해 주자 침투력과 보완력이 더욱 상승해 있었다.

그런 만족스러운 보고에 용찬은 고개를 끄덕거리며 새로운 지시를 내렸다.

"지금부터 침투가 불가능한 지역을 제외하고 나머지 전 지역으로 길드원들을 투입시켜라. 목표는 프로이스 저택에 들렀던 예언의 마녀의 행방이다."

"간단히 인상착의와 특징, 옷차림을 설명해 주시면 더욱 조사가 손쉬워질 것입니다."

"그리고 네가 받을 골드도 늘어나겠지."

"으흐흐흐. 역시 마왕님께선 뭘 잘 아시는군요."

추가적으로 통치 국가 바이칼의 동태를 살피는 것까지 지시를 마치자 다페스의 두 눈은 골드처럼 황금빛으로 반짝거리고 있었다.

"아, 마왕님. 오셨습니까?!"

"마왕님. 여긴 어쩐 일이십니까?"

다음으로 찾아간 곳은 잭의 가공소였다.

일전에 가공소의 주인이던 관리 대장들을 격퇴하면서 새로운 주인으로 거듭난 잭은 이미 작센 지역의 훌륭한 지배자로서 인정받고 있었고, 이번에도 제작된 장비들을 수출하기 위해서인지 미리 로버트가 방문한 상태였다.

"확인 차 잠시 들렀다. 별다른 이상은 없겠지?"

"너무 평화로워서 오히려 이상할 지경입니다. 정직원으로 채용한 이종족들은 전부 하나같이 신도시 펠터로 이주하기 위해 발에 불이 날 정도로 열심히 일하고 있고, 저희와 계약을 맺은 플레이어들도 여전히 자신들의 이득을 챙기며 공생 관계를 갖추고 있는 상태입니다."

"그렇다면 다행이군. 현재 바쿤 병사들을 위한 장비 제작 현황은?"

"마계 드워프들과 함께 작업을 이어나가는 중입니다. 단언컨대 전보다 장비의 품질이 더욱 좋을 것입니다. 최소 레어. 잘하면 유니크급 장비까지 한두 개 완성시킬 정도죠."

갖가지 종류의 광석들과 뛰어난 장비 제작자들. 그리고 무척 만족스러운 제작 환경까지. 더 페이서 상단에게 따로 납품하는 장비들은 물론, 바쿤의 병사들을 위한 새로운 방어구 및 무기들도 완벽히 준비가 되어가고 있었다. 특히 이번에 대대적으로 바쿤으로 넘어온 다크 엘프들을 위한 장비도 따로 염두에 두고 있던 것인지 잭은 다양한 종류의 병기들을 차례대로 소개해 주었고, 일부 특별한 직업을 가지고 있던 병사들을 위한 장비들도 미리 도안을 준비 중이었다.

거의 지적할 게 없는 완벽한 가공소의 현황!

굳이 트집 잡을 것도 없는 깔끔한 작업 계획에 용찬은 흡족해했고, 마지막으로 펠터란 신도시를 둘러본 뒤 바쿤으로 돌아가려 했다.

"제가 직접 안내해 드리겠습니다. 일단 그전에 이것부터 받으시죠."

"이건 푸른 갈퀴 용병단의 반지?"

"전에 마저 못 끝냈던 강화를 드디어 끝냈습니다."

암살왕의 머플러에 이어 두 번째로 강화에 맡겼던 푸른 갈퀴 용병단의 반지가 돌아왔다. 전처럼 강화에 성공한 것인지 홈에 박힌 보석은 더욱 영롱한 빛을 띠웠고, 확인한 효과도 예상보다 훨씬 높아져 있었다.

'이런 효과로 업그레이드될 줄이야. 나머지 목록의 장비들도 꽤 기대되는군.'

나머지 목록의 장비뿐만 아니라 추가적으로 강화할 수 있는 장비가 증가한다면 더욱 전력이 상승할 것이다. 그렇게 강화된 반지를 받아들고 신도시 펠터로 이동하자 눈앞으로 우글거리는 이종족들이 보였다.

"헛. 저기 봐봐. 마왕님이야!"

"마왕님. 만세. 만만세!"

"마왕님. 항상 감사합니다!"

인간을 비롯해 다크 엘프, 오크, 드워프, 놀 등 이전까지 노예에 불과하던 그들은 가공소의 정직원이 된 채로 용찬을 향해 끊임없는 존경심을 표했다. 그리고 빼곡히 지어진 건물들 속에서 상점을 이용하고 있는 이종족들이 보이자 함께 따라오고 있던 로버트가 추가적으로 설명을 전해주었다.

"이렇게 정직원들에게 지급된 골드를 펠터의 상점가를 통해 회수하고 있습니다."

“줬다 뺏는 격이군.”

“그런 말씀 마시죠. 골드는 돌고 돌게 마련입니다.”

상인으로서 나름 경험이 풍부한 것 때문일까. 상단주인 로버트는 어떻게 골드를 사용하고 성취하는지 정확히 알고 있었다.

‘단순히 노동력을 얻는 것뿐만 아니야. 저들은 이미 바쿤의 마왕인 나에게 충성을 맹세하고 있어. 나중에 가선 훌륭한 전력 자원으로도 활용할 수 있을 거야.’

물론 지금은 병사 인원에 제한이 걸려 빈자리가 애매했지만 차후엔 어떻게 될지 모르는 일이었다. 때문에 용찬도 로버트의 말에 고개를 끄덕이며 마저 더 페이서 상단의 현황에 대해 묻기 시작했다.

“현재 바쿤의 수입원은 상단까지 총 다섯 곳입니다. 가문에 비해선 턱없이 낮은 숫자이긴 하지만 마왕성들 중에선 꽤나 많은 수입원을 차지한 격이죠. 특히 잭님의 가공소와 마력석 동굴은 상당한 수입을 내주고 있어 저희 상단도 큰 모자람 없이 운영하고 있는 상황입니다.”

“매달 바쿤에 들어오는 순수익은 어느 정도지?”

“달마다 변동이 있긴 하지만 평균적으로 5백만 골드쯤입니다. 아마 저희 상단이 헤임달에 본격적으로 지부를 설립한다면 그때부턴 1천만 골드 단위로도 벌 수 있을 겁니다.”

“주로 판매하는 것들은?”

"우선 마력석 동굴에서 나오는 마력석들과 잭님이 납품해 주시는 상등품의 장비들. 그리고 레필스 약초밭과 바쿤의 영역에서 채집되는 마법 재료들과 약초를 통해 수익을 올리고 있습니다."

여기서 추가적으로 수입원을 늘릴 수만 있다면 더 페이서 상단은 충분히 마계 10대 상단에 들 수도 있을 것이다.

'아예 이번 기회에 제이먼에게 새로운 수입원을 요구해도 괜찮겠어.'

점점 마계에서 바쿤의 명성이 드높아지고 있었다. 그 선두 주자가 더 페이서 상단이었고, 바하무트와 동맹을 맺은 이후로 더욱 프로이스 가문에 많은 관심을 보이고 있는 마족들이었다. 그렇게 신 도시 펠터를 한 바퀴 쭉 둘러보며 더 페이서 상단의 현황까지 확인을 마치자 남은 것은 지하 감옥에 갇힌 플레이어들과 현 병사들의 전력 상태 체크뿐이었다.

"자, 그러면 마저 처리해 볼까."

게이트를 통해 바쿤으로 돌아온 용찬은 곧장 지하 감옥으로 향했다.

"왜, 왜 안 되는 거야. 대체 왜 소환 기술이 먹히질 않는 거냐고!"

"……."

"야, 넌 거기 박혀서 뭐 하고 있어. 이런 도움도 안 되는 놈이랑 함께 있어야 한다니. 미쳐 돌아버리겠네. 진짜!"

지하 감옥에 수감되어 있는 플레이어는 두 명. 한 명은 타이탄 길드원이자 태현의 동료이기도 했던 서머너 레이 안이었고 나머지 한 명은 광군주의 무덤을 앞두고 배신을 했던 리우칭이었다. 마력 및 스킬 봉인 족쇄에 묶여 있던 레이는 어떻게든 빠져나가기 위해 발버둥을 치고 있었지만 반대로 리우칭은 망연자실한 표정으로 감옥 구석에 박혀만 있었다.

그런 둘에게로 다가선 용찬은 싸늘한 두 눈길로 가장 먼저 그녀를 압박했다.

"아직도 말할 생각이 들지 않는 건가?"

"하, 내가 무엇을 더 알고 있을 거라 생각하는데, 나 진짜 더 이상은 모른다니까. 그러니까 이거 얼른 풀어!"

"……하긴, 그놈이 너에게 계획들을 전부 알려줄 리는 없겠지."

"내가 여기서 나가기만 하면 너 같은 마족 새끼들은 전부 다 죽여 버릴 거야. 갈기갈기 찢어서 전부 도륙을 낼 거라고. 알아-?!"

역으로 궁지에 몰리자 이젠 미쳐 버린 한 것일까. 도저히 대화가 통하지 않는 레이 안의 태도에 절로 손이 올라갔다. 이미 얻을 수 있는 정보들은 전부 뽑아낸 상태.

활용성을 잃은 인질의 최후야 뻔했다.

"자, 잠깐. 지금 뭐 하는 거야?!"

"궁금한가?"
"아니, 이건 아니지. 잠깐만. 아직 말 못 한 정보들이 있어. 엄청 고급스러운 정보들이라고. 듣고 싶지 않……."
콰직!
어떻게든 살아남기 위해 머리를 굴리던 레이 안의 신형이 축 늘어진다. 평소 때도 길드에 그리 관심이 없던 그녀가 엄청 중요한 정보를 가지고 있을 리는 만무했다.
"이제 남은 것은 너뿐이군. 리우청. 마지막으로 물으마. 왜 날 배신했지? 설마 김민아 때문인가?"
"……."
"계속 입 다물고 있을 거냐."
"아델리아."
"뭐?"
몸을 오들오들 떨던 리우청이 사색이 된 얼굴로 입을 열었다.
"걔는 왜 이용한 거야. 아무 잘못도 없는 애였잖아."
"아, 겨울탑의 제자였던가."
"나, 난 더 이상 못 하겠어. 차라리 죽여줘."
"그래. 김민아 이전에 델마누스의 제자가 계기가 되었던 거로군. 이제야 좀 알겠어. 하지만……."
홍미를 잃은 두 눈이 깜빡거린다. 아예 그에게서 등을 돌린 용찬은 손에 맺힌 뇌전을 거두며 출구로 향했다.

"너 같은 놈을 쉽게 죽일 순 없지. 죽여 달라고 애원하는 놈을 죽이는 취미 따윈 없어."

"머, 멈춰. 기다려!"

"평생 거기에 갇혀 고통스러워해라."

이미 배신자의 말로는 정해진 것이나 다름없었다. 뒤늦게 감옥 속에서 억눌린 비명이 메아리처럼 울려 퍼졌지만 용찬은 개의치 않고 통로의 문을 닫았다.

'이제 대충 정리가 끝났나.'

그레고리가 올린 보고서의 일들은 대부분 정리가 됐다. 이제 남은 것은 레버튼이 합성한 결과를 확인하고 마왕성 상점을 이용해 전력을 상승시키는 것뿐. 하지만 그에 앞서 서열전 일정이 빠르게 찾아왔고, 바쿤은 마계 위원회가 생성한 임시 필드 속에서 마침내 19위 마왕과 마주하게 됐다.

"이번 서열전의 종목은 마왕성 함락입니다. 누가 수비를 맡으시겠습니까?"

"침공하는 쪽보단 수비하는 쪽이 훨씬 유리하겠군. 뭐, 서열이 낮은 헨드릭에게 양보해 주지."

"흐음."

마왕성 에이트의 주인인 레오 다반서는 오만했다. 그다지 가문전에 관한 소식을 신경 쓰지 않는 듯했고 오히려 반전의 마왕으로 떠오르고 있는 헨드릭을 과소평가하며 수비를 양보해 주었다. 그리고 서열전이 시작되자마자 레오는 후회하게 됐다.

"아니, 여길 어떻게 올라가?!"

그날, 바쿤은 딱히 그렇다 할 전투를 치르지 않고도 손쉽게 10위권에 진입할 수 있었다.

[마왕성: 바쿤]

[등급: B]

[동맹: 바하무트.]

[용병: 루시엔, 위르겐, 록시, 딩크, 유한성, 이진혁, 레버튼.]

[위치: 절망의 대지 최남단.]

[재정: 14,945,213 골드.]

[수입원: 라딕 던전, 요르스 철광산, 마력석 동굴, 더 페이서 상단, 잭 가공소, 레필스 약초밭.]

[병력: B]

[방어력: B]

[특성: 탄력, 중력.]

더 이상 예전의 최하급 마왕성은 없었다. 서열 74위던 바쿤은 어느덧 서열 19위까지 올라 있었고, 가난하던 재정도 지금은 천만 단위로 계속 유지되고 있었다.

"드디어 서열 10위권에 진입하셨군요. 진심으로 축하드립니다. 마왕님!"

"솔직히 이긴 것 같지도 않지만 아무튼 잘된 일이겠지."

전력상 우위를 점하고 있던 것은 마왕성 에이트였다. 병사들의 숫자만 해도 오백 이상을 넘어가고 있었고, 마왕을 필두로 한 다섯 명의 B급 용병들이 진을 치고 있어 그리 만만한 상대는 아니었다.

때문에 레오도 오만함을 버리지 못하고 수비를 양보한 것이었지만 그게 패배의 요인이 되어버리고 말았다.

'못 오를 마왕성 쳐다도 보지 마라!'

이런 유행어가 헤임달에 떠돌 정도로 멜버른의 줄기는 높고 길었다.

'허허허. 이제 바쿤을 아주 하늘성으로 만들었구나. 헨드릭!'

'비행형 몬스터들을 제외한다면 마왕성에 침입하기도 힘들겠어.'

'여기서 바캉스를 즐겨도 되겠구만.'

서열전 승리 소식을 듣고 방문했던 프로이스 가문의 원로들은 칭찬을 아끼지 않았다. 무뚝뚝하기로 소문이 난 나이언까지 긍정적인 반응을 보이지 않았던가.

'……'

물론 마지막으로 방문했던 펠드릭만큼은 예전의 그 영광스럽던 바쿤을 잊지 못한 것인지 와락 인상을 구겼지만 그 누구도 신경 쓰지 않았다.

띠링!

잠시 기억들을 회상하고 있었을까. 한동안 잊고 있었던 수행 과제 메시지가 다시금 눈앞에 나타났다.

[93. 세 번째 마력 코어를 확보하십시오.]

[목표: A급 마력 코어 0/1]

[성공할 경우: 바쿤의 세 번째 특성.]

'언제 나오나 했더니 이제야 나오는군. 그나저나 세 번째 특성이라.'

아리샤의 말대로라면 왕좌에 장착한 마력 코어의 종류에 따라 특성이 달라진다고 했었다. 그 기억을 떠올린 용찬은 바쿤과 지속적인 거래를 맺고 있던 에린에게 통신을 걸었다.

-갑자기 또 뭐예요?

"A급 마력코어."

-뭐, 뭐라구요?

"부탁하지."

-잠깐만…….

뚝!

용건만 던져놓고 통신을 끊어버리자 수정구가 몇 차례 더 빛을 발했지만 간단히 무시했다.

융합의 권능을 가지고 있는 에린 리스엘. 마력 코어 중에서도 가장 마력의 순도가 높은 A급을 주문하긴 했지만 그녀라면 충분히 완성 시킬 수 있을 것이다. 그렇게 판단한 용찬은 그레고리에게 나머지 업무를 맡겨놓고 지하로 발길을 돌렸다.

'자, 합성의 결과는 어떻게 됐을까.'

내심 레버튼이 합성한 장비들이 기대되고 있었다.

"더, 더는 못 해. 차라리 날 죽여라. 이 자식아!"

"흐음. 그래서 유니크 장비는 이게 전부라고?"

"뭐? 이게 전부?!"

얼마나 더 많은 숫자의 유니크 장비를 바란 것일까. 밑도 끝도 없는 무리한 용찬의 요구에 레버튼이 게거품을 물고 쓰러지려 했다.

겜블 워리어인 그가 합성을 통해 만들어낸 유니크 장비의 숫자는 총 세 개. 딱히 합성 재료들이 큰 값어치를 하는 아이템들은 아니었지만 기대보단 못 한 결과였다.

'그렇게 행운 수치가 높았는데 이 정도라니. 뭐, 애초에 합성 스킬의 숙련도가 낮았으니 그리 이상한 결과도 아니지.'

깔끔히 정리된 지하 공간을 훑어보던 시선이 돌아간다. 합성을 통해 탄생한 유니크 장비의 종류는 이랬다.

갈색 고글, 흑색 오브, 가시 달린 방패. 겉만 살펴보면 그저 단순한 노말 아이템처럼 생겼지만 효과는 달랐다.

[더글라스의 고글]

[등급: 유니크]

[옵션: 민첩 2 상승, 체력 2 상승, 시야력 대폭 증가, 하루에 한 번씩 시야가 없는 지역을 확인할 수 있는 '정밀 시야 측정기' 스킬 사용 가능.]

[설명: 예전 모험가였던 더글라스가 착용하고 다니던 고글이다. 지금은 강대한 마력이 고글에 맺어져 디텍터들에겐 가히 보물과도 같은 장비로 알려져 있다.]

'호오. 디텍터 전용 장비 같은 건가. 시야력이 대폭 증가한다면 필드를 돌아다닐 때도 제법 쓸 만하겠어.'

특히 시야가 없는 지역을 확인할 수 있는 '정밀 시야 측정기'란 스킬은 매우 매력적이었다. 그 외에도 흑마력을 대폭 상승시키고 조종하는 시체에 일시적으로 생명력을 불어넣을 수 있는 버벨레온의 오브, 다른 존재에게 걸린 상태 이상 기술을 자신에게로 전이시킬 수 있는 도그먼의 가시 방패까지. 합성으로 나온 유니크 장비의 숫자는 만족스럽지 않았지만 효과만큼은 매우 훌륭했다.

"주인은 이미 정해진 것이나 다름없겠어."

"후우. 이제 난 쉬러 가야겠어. 너무 피곤해."

"어딜 가는 거지?"

"네 말대로 합성을 전부 끝냈잖아. 피로가 한계까지 몰려 있다고. 이제 나도 좀 쉬자!"

며칠 동안 지하에 박혀 주구장창 합성만 한 게 원인인 듯했다. 퀭한 눈 밑으로 깊게 쏠린 다크 서클은 안쓰럽기 그지없을 정도였다. 그 정도로 레버튼은 무척 피곤에 찌들었단 뜻일 터. 하지만 가장 중요한 볼일이 아직 남아 있었다.

덥석!

"아직 쉬기엔 이르지."

슬금슬금 도망치던 레버튼의 팔목을 붙잡은 용찬은 그대로 스테미너 포션을 꺼내 그의 입에 쑤셔 넣었다. 그리고 강제로 체력을 회복한 노예(?)를 데리고 곧장 바쿤의 4층으로 올라갔다.

이제 남은 것은 병사들의 전력을 상승시키는 일뿐. 예전부터 병사 소환 및 기술 부여 관련으로 운이 지극히 없던 용찬은 한이라도 들린 듯한 눈빛으로 소환권들을 꺼내 들었다.

“자, 마지막 스킬을 시전해라.”

“대, 대체 여기서 무엇을 하려고?”

“지난날의 결과를 바로 잡을 시간이다.”

오늘만큼 진지한 날도 없을 것이다. 사뭇 방 안으로 느껴지는 싸늘한 기세에 레버튼은 마른침을 삼켰고 이내 지시대로 겜블 워리어의 마지막 스킬을 시전했다.

[겜블 워리어 레버튼이 행운의 오오라를 시전했습니다. 일정 범위 내로 파티원들의 행운 수치를 대폭 상승시킵니다. 플레이어 고용찬의 행운 수치가 상승합니다.]

겜블 워리어의 세 번째 기술 ‘행운의 오오라’. 주변에 있는 모든 파티원의 행운을 일정 수치만큼 상승시켜 주는 광범위 효과였고, 행운 수치가 오른 것을 확인한 용찬은 즉시 손에 들고 있던 병사 소환권을 찢었다.

[대성공! 바질리스크가 소환됩니다.]

‘첫 소환권부터 대성공?’

가늘어진 두 눈이 바닥에 주저앉은 레버튼을 향한다. 마계에서도 B급 네임드 수준에 달하는 괴수 바질리스크. 특히 상대를 돌처럼 굳게 만드는 석화 기술이 유명한 몬스터로서, 아주 만족스러운 결과라고 볼 수 있었지만 그리 기분이 좋지만은 않았다.

"그레고리. 지금 당장 4층으로 내려와라."

-예. 알겠습니다.

본격적인 소환을 위해선 병사들의 상세 정보를 알려줄 서포터가 필요했다. 그렇게 그레고리까지 4층으로 합류하자 용찬은 망설일 것 없이 나머지 병사 소환권들을 차례대로 찢기 시작했다.

성공! 대성공! 성공!

"마, 마왕님. 대체 이게 무슨?!"

그동안 얼마나 소환 운이 없었으면 일반적인 성공 메시지에도 이리 놀라는 것일까. 순식간에 4층으로 집결한 바질리스크와 오우거, 트롤 등의 모습에 그레고리는 침착함마저 잃은 것인지 채 설명을 이어나가지 못했다.

"정말 어이가 없군."

"요, 용찬?"

"겨우 한 명이 스킬을 시전한 것뿐인데 이렇게 결과가 달라지다니."

사방으로 일렁거리는 광폭한 뇌전. 어이가 없는 것을 넘어 허탈하기까지 한 용찬은 마지막 남은 소환권을 구기며 다시 상점창을 켰다.

[스킬 부여권을 구매했습니다.]

[특성 부여권을 구매했습니다.]

만약 행운의 오오라의 효과 덕분에 소환이 성공한 것이라면 부여권의 결과도 다르진 않을 것이다. 그렇게 판단한 용찬은 벌벌 떨고 있는 그레고리와 레버튼의 앞에서 자신에게 부여권 두 장을 사용했다.

[파이렛 3식을 터득했습니다.]

[기공술을 터득했습니다.]

전생에서 자주 사용했던 두 기술이 부여된다.

"……."

할 말을 잃은 마왕은 쓴 웃음을 흘리며 등을 돌렸다.

그리고.

"요, 용찬아. 멈춰. 멈추라고!"

"마왕니이이이임!"

"쿠어어어어?!"

마왕의 분노가 4층으로 작렬했다.

-정말 너무한 거 아니에요?! 이렇게 갑자기 마력 코어를 요구하시면 저보고 어쩌란 말이에요?!

몇 년 동안 마력 코어를 제작해 온 덕분일까. 통신을 건 지 며칠도 되지 않아 도착한 A급 마력 코어에 절로 입꼬리가 올라갔다.

"말은 그렇게 해도 무척 빠르게 제작했군그래."

-한동안은 의뢰도 받지 않을 테니까 그렇게 아세요.

"어차피 그럴 생각이었다."

무리한 요구에 미운털이 박힌 듯했지만 개의치 않았다. 어차피 계약상 계속 바쿤과 거래를 유지해야 되는 에린이었다.

이로써 93번째 수행 과제는 클리어한 것이나 마찬가지인 상황. 마침 레버튼을 통해 바쿤의 병사들까지 추가로 소환시켜 두었으니 남은 것은 세 번째 특성을 확인하는 일뿐이었다.

"그레고리. 현재 병사들의 숫자는 총 몇 마리지?"

"이번에 합류한 신규 병사들까지 포함하면 총 350마리입니다."

"만족스럽군. 일단 각 부대장들에게 훈련을 지시해 둬라."

"알겠습니다."

간단히 훈련을 마친 후 그럴듯한 직업을 가지게 되면 신규 병사들에게도 잭의 장비들이 지급될 것이다.

'그러고 보니 직업 목록을 확인하는 것을 깜빡했군. 이제부

턴 내가 모르는 직업이 나와도 무시하지 말아야겠어.'

아이리스의 직업인 정원사만 해도 전혀 의도치 않은 결과였지만 오히려 많은 성과를 드러냈지 않던가. 물론 바쿤을 하늘로 붕 띄어버린 사건에 대해선 굳이 할 말이 없었지만 그것도 오히려 레오 다반서와의 서열전에서 좋은 결과를 가져다주었었다.

[1.기사(조건 필요)]

[2.마법사(조건 필요)]

[3.방패병]

[4.치료술사(조건 필요)]

[5.음유시인(조건 필요)]

'……음유시인?'

주로 악기를 통해 버프 혹은 디버프를 가져다주는 보조 계열 직업. 이것만큼은 정원사와 달리 용찬도 알고 있는 직업이었다. 하지만 전생에서도 딱히 큰 위력은 못 보인 비주류 직업이었기 때문에 나름 고민이 됐다.

'음. 일단 보류해 두고 우선 특성부터 확인해 봐야겠어.'

언제고 연주에 자질을 갖춘 병사가 나타나면 음유시인으로 전직할 기회도 저절로 생길 것이다. 그렇게 직업 목록 창을 끈 용찬은 손에 쥐고 있던 A급 마력 코어를 왕좌의 빈 홈에 꽂아

넣었다.

쿠구구구궁.

마치 경련하듯 좌우로 흔들리는 마왕성. 갑작스러운 소란에 당황한 것인지 아래층에 있던 그레고리마저 최상층으로 급히 올라왔다.

"마왕님!"

"아, 소란 떨 것 없어. 세 번째 특성 때문……."

"그게 아니라 손님이 찾아왔습니다!"

"손님?"

바쿤에 찾아올 손님이라고 해봤자 전에 인연을 맺은 마왕들과 가문에 연관된 마족들뿐이었다. 한데, 바쿤의 집사인 그가 왜 이리 호들갑을 떠는 것일까. 용찬은 깊은 의문을 떨치지 못하고 자리에서 일어나 물었다.

"누구지?"

"치, 침묵의 마왕 로저스입니다."

"……드디어 미끼를 물었나."

서열 4위에 달하는 침묵의 마왕 로저스. 한때 프로이스와의 가문전에서 충돌하기도 했던 카롯의 지배자이지 않던가. 그런 그가 찾아왔단 것은 구속의 방울을 끝내 풀지 못하고 도움을 청하러 왔단 뜻이었다.

때문에 용찬은 마음 편히 바쿤 1층으로 내려가 문을 열었고, 금방 입구에 서 있는 로저스를 발견할 수 있었다.

"로이스는?"

"아무리 마족이라도 수면은 청해야 하는 법이지."

"잠시 동안 감시는 피할 수 있겠군. 그나저나 여긴 어떻게 올라온 거지?"

"비행형 몬스터를 잊고 있었나?"

수풀 사이로 편히 앉아 있는 갈색 와이번이 보인다. 아예 멜버른의 줄기를 무시한 채 와이번을 타고 올라온 것인지 로저스가 어깨를 으쓱거렸다.

"흐음. 그렇군. 일단 안으로 들어……."

쿠구구궁!

전보다 요란스럽게 흔들리는 마왕성. 아니, 정확히는 바쿤이 있는 땅 전체가 진동하고 있었다. 그런 현상에 당황한 와이번은 고래고래 비명을 내지르고 있었고, 얼마 되지 않아 지상과 이어져 있던 멜버른의 줄기가 공중으로 치솟았다.

[바쿤 세 번째 특성이 활성화됩니다.]

['비행' 효과가 발동되고 있습니다.]

[목적지를 지정해 주십시오.]

공중을 둥둥 떠다니는 것을 넘어 이젠 바쿤이 있던 섬 자체가 비행을 시작했다. 목적지도 없이 상공을 오가는 바쿤의 광경에 용찬은 인상을 구겼고, 맞은편에 서 있던 로저스는 멍하니 주위를 둘러보다 이내 경계를 갖추었다.

"이것도 네놈의 계획이었나? 날 어디로 데려갈 심산이지?"

"……."

할 말을 잃은 바쿤의 마왕이었다.

To Be Continued

Wish Books

9클래스 소드 마스터

이형석 퓨전 판타지 장편소설
WISHBOOKS FUSION FANTASY STORY

검성(劍聖), 카릴 맥거번.
검으로 바꾸지 못한 미래를 다시 쓰기 위해
과거로 돌아오다.

이민족의 피로 인해 전생에 얻지 못한 힘.

'이번 생에 그걸 깨주겠다.'

오직 제국인들만이 사용할 수 있었던,
그 힘을!

'나는 마법을 익힐 것이다.'

이제, 검(劍)과 마법(魔法).
두 가지의 길 모두 정점에 서겠다.

9클래스 소드 마스터: 검의 구도자

Wish Books

무공을 배우다

목마 퓨전 판타지 장편소설

WISHBOOKS FUSION FANTASY STORY

"무(武)를 아느냐?"

잠결에 들린 처음 듣는 목소리에 눈을 떴을 때,
눈앞에 노인이 앉아 있었다.

"싸움해 본 적 있나?"
"없는데요."

[무공을 배우다.]

20년 동안 무공을 배운 백현,
어비스에 침식된 현대로 귀환하다!

'현실은 고작 5년밖에 지나지 않았다고?'